Juha Vuorinen

Göttlich versumpft.

Aus dem Tagebuch eines Saufkopfs

Mich ver-
arscht man
nicht!

Juha Vuorinen

Göttlich versumpft.

Aus dem Tagebuch eines Saufkopfs

Aus dem Finnischen
von Gabriele Schrey-Vasara

eichborn

Dieser Titel ist auch als Hörbuch und E-Book erschienen

FSC
www.fsc.org
MIX
Papier aus verantwortungsvollen Quellen
FSC® C014496

Papier: holzfrei Schleipen - Werkdruck, der Cordier Spezialpapier GmbH

Die Übersetzung wurde gefördert von FILI – Finnish Literature Exchange

Eichborn Verlag in der Bastei Lübbe AG

Titel der finnischen Originalausgabe:
»Juoppohullun päiväkirja«

Lektorat: Stefan Lutterbüse
Umschlaggestaltung: Massimo Peter unter Verwendung
von Cover-Zeichnungen von © Pfarrer Kärme
Illustrationen: Pfarrer Kärme
Satz: Schaffer Grafik + Satz, Hofheim a. Ts.
Gesetzt aus der Adobe Text Pro
Druck und Einband: GGP Media GmbH, Pößneck

Printed in Germany
ISBN 978-3-8479-0560-8

5 4 3 2 1

Sie finden uns im Internet unter www.eichborn.de
Bitte beachten Sie auch www.luebbe.de

Kapitel 1

Montag, 23.3.1998

Ich war am Abend in einem Pub in der Nähe, wo ich eine Lady auftat, die gut einen Kopf größer war als ich. Schon in der Kneipe merkte ich, dass die Dame mindestens so viel trinken konnte wie ich, also irrsinnig viel. Es gelang mir, die Riesin in meine Bude zu locken, indem ich ihr versprach, da gäbe es Schnaps. Das Weib hätte ihn aus dem Eimer gesoffen wie ein Pferd, wenn ich ihr einen hingestellt hätte. Gegen drei Uhr in der Nacht und ziemlich abgefüllt, pennte ich in meinem Hochbett ein. Als mein Radiowecker 3.15 zeigte, warf sich die Hünin splitternackt auf mich und fragte:

»Ficken wir?«

Es war der größte Fehler meines Lebens, dass ich zustimmte, denn das brachte mir die erste Räumungsklage ein. Erstens hatte die Megäre so lange Beine, dass ihre Knie im gleichmäßigen Takt gegen die Zimmerdecke rumsten, und zweitens schrie sie zweieinhalb Stunden lang ohne Pause:

»Mehr, mehr, fester, fester ...«

Zum Schluss war ich so kaputt, dass ich fürchtete, mir würde beim Bumsen die Aorta platzen. Kurz vor sechs sackte die Walküre endlich weg. Gott sei Dank.

Dienstag, 24.3.

Ich wurde wach, weil mein Schädel fürchterlich brummte und ich dringend pinkeln musste. Auf dem Klo merkte ich, dass das Schiffen höllisch wehtat, und noch bevor die Pisse das Ende des Zapfens erreichte, schrie ich auf. Ich hatte einen so fiesen Kater, dass ich vor meinem eigenen Schrei fast in die Hose machte. Leider wurde auch mein Gespons vom Vorabend davon wach. Von dem Gehobel in der Nacht klebten mir die Haare an der Kopfhaut. Es sah aus, als hätte ich einen beschissenen Helm aus Haaren auf. Ich hoffte sehnlichst, die sexbesessene Madame würde bald verschwinden, damit ich mit meinem Kater alleine wäre. Aber sie dachte gar nicht daran, sich zu verziehen, sondern stand splitternackt in der Küche und bediente sich ungerührt am Bier aus meiner Notration. Leicht ungehalten zog ich nach und kippte rein, so viel ich konnte, bevor das Luder alle Pullen alleine köpfte. Von dem hastigen Trinken wäre mir beinahe der Magen hochgekommen. Die Olle machte immer noch keine Anstalten zu gehen, obwohl wir schon alle Mollen gezischt hatten.

Stattdessen fläzte sie sich nackt auf dem Sofa. Ihre Stelzen waren so lang, dass sie vom Sofa aus mit den Zehen den Fernseher hätte einschalten können. Ich hatte auf dem Klo einen Eimer aus Wasser, Zucker und Hefe am Blubbern. Zielsicher entdeckte das Biest mein Hausgebranntes, schleppte es ins Wohnzimmer und löffelte die halbvergorene Brühe mit der Kelle wie Quellwasser. Ich war so sauer, dass ich mitlöffelte. Wir becherten den ganzen Tag. Am Abend kletterte ich besoffen aufs Hochbett. Ich wurde wach, als die Leiter knarrte. Das Weibsbild stürzte sich auf mich, ihre Augen glänzten wie bei einer wahnsinnigen Kuh. Ich bekam die zweite Räumungsklage.

»Mehr, mehr, fester, fester«, kreischte die Stute. Zwischendurch beruhigte sie sich, aber als ich gerade am Einschlafen war, weckte mich ein Knurren dicht am Ohr.

»Ich will mehr von dir!«

Nach vier Stunden Getöse hörten wir auf, und ich wollte endlich schlafen, obwohl meine Lenden glühten wie im Feuer. Ich war gerade am Eindösen, da fuhr ich auf, weil in meinem Gedärm ein fürchterliches Schleudern einsetzte, wie in einer Zentrifuge. Das gärende *kilju* tat sein naturgegebenes Werk. Mir war klar, dass ich es über die Leiter nicht mehr rechtzeitig schaffen würde, also sprang ich seitlich vom Hochbett und trippelte mit kleinen Schritten zum Klo. Aus dem Lärm, der kurz darauf aus der Kloschüssel dröhnte, schloss ich, dass ich mir gerade die Därme aus dem Leib kackte. Der Schweiß, der mir in Strömen aus den Poren lief, bildete eine Pfütze auf dem Boden, während ich meinen ganzen Magen durch den Arsch presste. Nach einer Weile klopfte es an der Klotür, dann hörte ich eine flehende Stimme:

»Dauert es noch lange?«

»Ganz bestimmt!«, knurrte ich.

Gleich darauf wurde das Klopfen fordernder.

»Ich muss ziemlich dringend.«

Ich hörte ihren Magen grollen. Ihr Darm war vermutlich ein paar Meter länger als meiner, aber der Hausgepunschte tat auch da seine Wirkung. Die Schnepfe ging mir auf den Geist, ich rief ihr zu, sie solle gefälligst warten. Kurz darauf hörte ich, wie ihre fetten Schenkel hektisch gegeneinanderklatschten, dann tat es einen Kanonendonner, dann einen zweiten und noch einen dritten. Mit weinerlicher Stimme klagte die Xanthippe:

»Du hast mich ja nicht reingelassen ...«

Die Grazie hatte die Wände im Flur kackbraun gemalert und, noch schlimmer, den Garderobenständer gleich mit dazu.

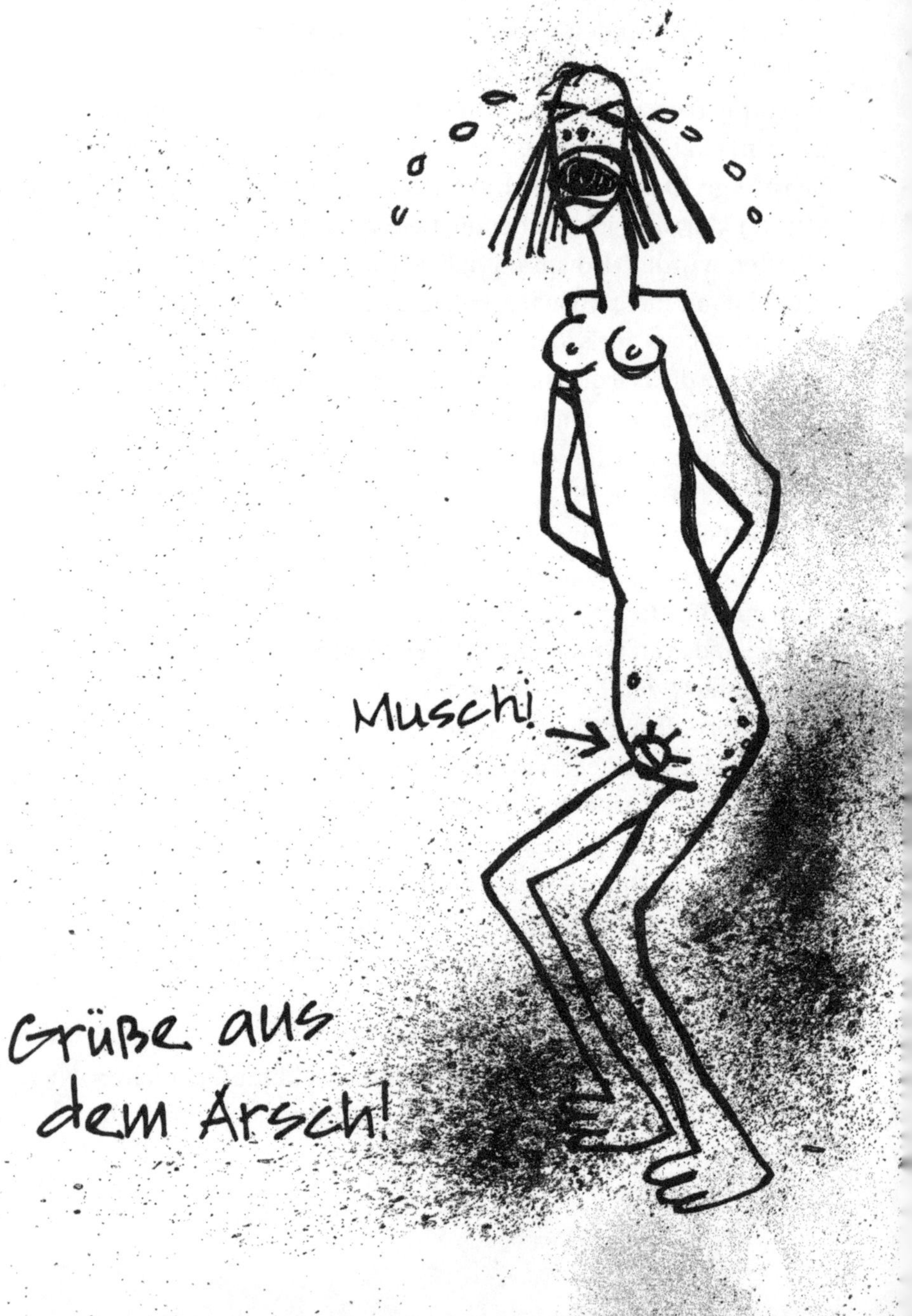
Muschi!
Grüße aus dem Arsch!

Mittwoch, 25.3.

Am Morgen ging das Sahnestück. Sie fragte, ob wir uns noch mal treffen und ein bisschen reden könnten. Ich war den ganzen Tag damit beschäftigt, die Wände zu schrubben und zu kotzen. Zwischendurch ging ein Teil von mir Glimmstengel kaufen. Am Kiosk holte ich das Geld aus der Tasche, aber der Schein war so dreckig, dass ich ihn der Verkäuferin nicht geben mochte. Also ging ich wieder nach Hause, um mein Geld zu waschen. Am Abend kaufte ich bei einem Dealer zwei Liter Sprit. Ich nahm einen Probeschluck aus der einen Flasche: Das Gesöff hatte einen leichten Beigeschmack von Petroleum, aber der Verkäufer behauptete, der Stoff wäre sauber. Also erstand ich die zwei Flaschen und fing an zu trinken.

Donnerstag, 26.3.

Keine Erinnerung.

Freitag, 27.3.

Keine Erinnerung.

Samstag, 28.3.

Ich zittere und habe Angst. Unter dem Kram, den mein Alter mir in einer Kiste hinterlassen hat, habe ich irgendeine Pille gefunden. Die werfe ich mir jetzt ein. Das Fahrtenmesser halte ich die ganze Zeit in der Hand.

Sonntag, 29.3.

Keine Erinnerung.

Montag, 30.3.

Keine Erinnerung.

Dienstag, 31.3.

Aus dem Zustand meiner Matratze schloss ich, dass ich mindestens zwei Tage lang nicht mal aufgestanden war, um aufs Klo zu gehen. Ich fühlte mich seltsam, irgendwie unwirklich. Erst mal kippte ich sämtliche Pillen in die Schüssel, mir war zum Kotzen und zum Heulen. Also heulte und kotzte ich, danach ging's mir besser. Dann klingelte ich nebenan und fragte, welcher Tag heute wäre. Die Nachbarin sagte, der letzte. Ich schämte mich, aber ich musste sie fragen, in *welchem* Monat. Zum Glück war sie so nett, es mir zu sagen. Plötzlich ging mir auf, dass heute mein Geburtstag war. Das erzählte ich gleich der Nachbarin. Sie umarmte mich und wollte wissen, wie alt ich würde. Es war mir zu peinlich, zu fragen, welches *Jahr* wir haben, also behauptete ich, ich würde einunddreißig. Meine Nachbarin sagte, das sei kaum zu glauben. Ich nahm es als Kompliment. Der Mann meiner Nachbarin besaß ein Moped und ich fragte, ob ich es mir borgen könnte, um zum Alko-Laden zu fahren. Weil ich Geburtstag hatte, lieh mir der Alte sein Opa-Moped samt Helm. Er hat mindestens Hutgröße 65. Er klagte immer, dass ihm der Nacken wehtut. Wenn ich so eine Riesenmelone auf dem Hals balancieren müsste, wäre ich bestimmt von der Hüfte aufwärts total steif. Obwohl ich vier Wollmützen unterzog, wackelte der Helm auf dem Kopf wie der Hintern einer alten Freundin. Trotzdem fuhr ich mit dem Moped zum Alko-Laden. Von irgendwelchen Gängen hatte der Alte nichts gesagt, daher nahm ich an, dass das Moped Automatik hatte, es fuhr auch fast sechzig, obwohl ich nicht schaltete. Ich kaufte sechs Flaschen Klaren und hängte die Tüte an den Lenker. Der Motor lief so heiß, dass er mir das eine Hosenbein verkokelte. Ich beschloss, die Abkürzung durch das Gebiet mit den Einfamilienhäusern zu nehmen. Irgendwie rutschte mir die Hand vom Gashebel, und da stellte sich heraus, dass das Moped noch einen zweiten Gang besaß. Jetzt begriff ich, was der Nachbar, der früher Automechaniker gewesen war, in seinem Keller getüftelt hatte. Der Schwachkopf hatte sein Moped getunt, im zweiten Gang fuhr es fast Hundertzwanzig. Ich brauste bei Rot über die Kreuzung – vorläufig ohne Zusammenstoß. Als ich in voller Fahrt auf eine zwei Meter hohe, dichte Weißdornhecke zuraste, bekam ich es mit der Angst zu tun, zumal ich plötzlich merkte, dass der Helm von dem Opa kein Visier mehr hatte.

Der Abflug durch die Hecke tat eigentlich nicht weh. Erst auf dem Betonboden im leeren Swimmingpool im Garten hatte ich auf einmal überall höllische Schmerzen. Leicht irritiert schraubte ich eine der heil gebliebenen und im Fahrtwind gekühlten Schnapsflaschen auf. Ich merkte, dass die einzige Stelle, die nicht schmerzte, der Hals war – von innen. Aber dann wurde es trotzdem richtig unangenehm, weil der eiskalte Schnaps mir die Kehle verbrannte. Ich ließ die Rakete des Nachbarn im Schwimmbecken liegen, kletterte raus und ging nach Hause. Unterwegs kaufte ich im Eckladen vier Packungen Pflaster. Sie hatten nur Lion King. Zu Hause

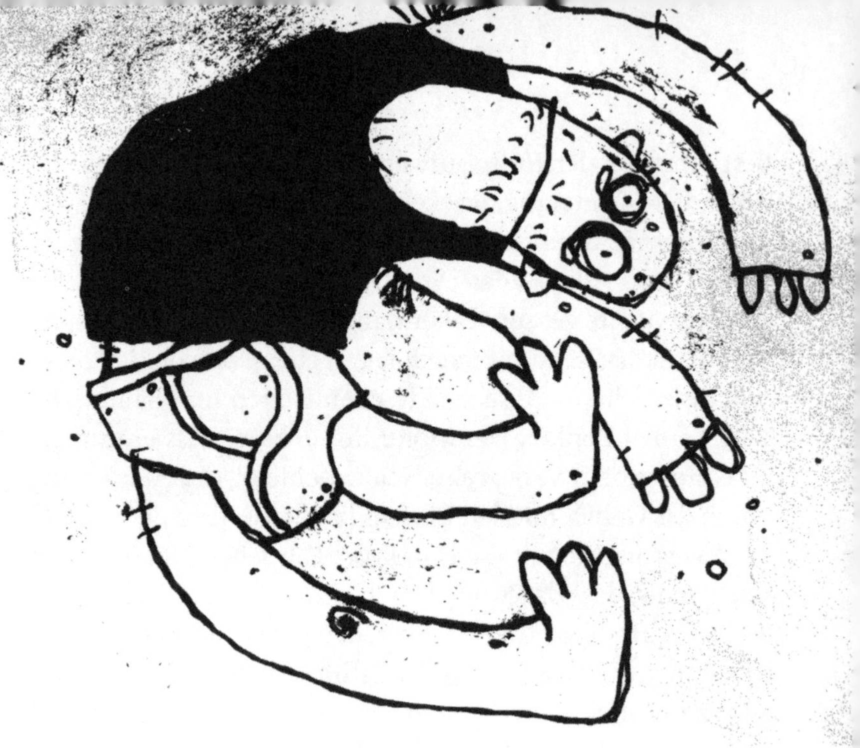

klebte ich sie alle nacheinander auf. Mein Gesicht sah aus wie ein Kinderbild, die einzigen Stellen, an denen keine kleinen Löwen grinsten, waren die Augäpfel. Ich trank aus zwei Schnapsflaschen gleichzeitig. Allmählich ließ der Schmerz nach. Ich beschloss, morgen festzustellen, welches Jahr wir haben, und dem Nachbarn seinen Helm zurückzubringen. Und wenn ich es schaffte, würde ich danach noch zu den Bullen gehen und den Idioten mit seinem frisierten Moped anzeigen.

Mittwoch, 1.4.1998

Heute war offenbar irgendein Deppentag, denn Kristian rief an und erzählte mit weinerlicher Stimme, er sei auf einem Familientreffen gewesen. Die ganze Sippschaft war nach dem Fest in einen Charterbus gestiegen, nur Kristian konnte nicht mitfahren, weil er noch saubermachen musste. Eine halbe Stunde später hatte er einen Anruf bekommen, der Bus wäre verunglückt. Ein türkisches Flugzeug war direkt auf den Bus gestürzt und hatte die ganze Sippe plattgemacht. Dann sagte Kristian noch, die ganzen Häuser und die zig Millionen, die er jetzt erben würde, könnten ihn niemals über den Verlust seiner Verwandten hinwegtrösten. Anschließend schwieg er eine Weile und fing dann plötzlich an zu singen:

»April, April, iss Hering, trink Schmutzwasser drauf ...«
Ich legte auf und ging zum ersten Mal kotzen. Als das Telefon erneut klingelte, zog ich den Stöpsel heraus und beschloss, mich erst morgen wieder zu melden.

Donnerstag, 2.4.

Weil das Telefon ausgestöpselt war, wurde ich nicht von seinem Klingeln geweckt, sondern von einem Wahnsinnsgebimmel an der Tür. Ich guckte durch den Spion, ob wirklich jemand draußen stand, denn in verkatertem Zustand hörte ich manchmal Geräusche, die es gar nicht gab. Als ich Kristians aufgedunsene, stoppelbärtige Fresse sah, ließ ich den werten Herrn herein. Ein Türspion ist, soweit ich weiß, aus gewölbtem Glas und müsste das Gesicht runder machen. Ich beschloss, den Immobilienservice anzurufen und prüfen zu lassen, ob mein Spion falsch eingebaut war, denn Kristians Visage war in Wahrheit noch aufgedunsener als durch den Gucker. Wir machten uns über den Fusel her, den Kristian mitgebracht hatte. Nachdem wir uns eine Weile warmgetrunken hatten, fragte Kristian, ob ich sehen wolle, wie er sich das Licht ausschießt.

»Von mir aus«, antwortete ich.

Kristian warf zwei teuflisch starke Schmerztabletten ein und sackte nach zehn Minuten weg. Ich soff allein weiter. Weil ich nichts zu tun hatte, dachte ich mir, ich könnte meinem Freund zum Dank für den Schnaps einen Dienst erweisen und ihm die unordentlichen Bartstoppeln rasieren. Also holte ich Schaum und Rasierer aus dem Bad. Ich war wohl schon ziemlich beduselt, denn nach der Rasur konnte ich Kristians Augenbrauen nicht mehr entdecken. Ich kann nicht mehr richtig gucken, dachte ich und kletterte auf mein Hochbett, um zu pennen.

Freitag, 3.4.

Ich wurde durch ein heftiges Geräusch aus dem Schlaf gerissen, was ich vielleicht am allermeisten hasse, weil ich ein eher schreckhafter Mensch bin. Aus dem Badezimmer kamen hysterische Schreie und dramatische Schluchzer. Ich kletterte nach unten, um nachzusehen, was los war. Kristian stand ungefähr einen Zentimeter vor dem Spiegel und betrachtete sein Gesicht. Er behauptete, er hätte Krebs. Mir klappte die Kinnlade runter. Dann fing er an zu erklären, er hätte vor einem Monat angefangen, sich einen Bart stehen zu lassen. Und jetzt wäre der Bart verschwunden, außerdem auch die Augenbrauen und an einem Auge sogar die Wimpern. Stattdessen wären überall kleine Narben aufgetaucht, und seine Nase wäre eingekerbt wie ein aufgeplatztes Grillwürstchen.

»Ich hab Krebs, ich hab Krebs«, jammerte Kristian. Ich fragte, ob die Pillen, die er zum Fusel geschluckt hatte, Zytostatika oder irgend so ein Zellgift waren. Er behauptete, es wären stinknormale Schmerztabletten, die das zentrale Nervensystem betäubten. Um Kristian zu beweisen, dass er keinen Krebs hatte, packte ich ihn an den Haaren und zog ihn wie verrückt durch das Bad. Ich weiß nicht, ob mit seinem Gleichgewichtssinn etwas nicht stimmte oder nur sein Kreislauf am Ende war, jedenfalls klappte er mittendrin zusammen. Als er wieder zu sich kam, zeigte ich ihm meine Hände.

»Guck mal, dir ist kein einziges Haar ausgegangen.«

Bevor er ging, bat Kristian, ich solle ihm eine Skimütze leihen. Die zog er so tief ins Gesicht, dass nur die blutige Nasenspitze zu sehen war. Auf einmal dröhnte mir fürchterlich der Kopf. Zum Glück hatte Kristian eine von seinen tollen Pillen im Bad vergessen.

Samstag, 4.4.

Keine Erinnerung.

Sonntag, 5.4.

Keine Erinnerung.

Montag, 6.4.

Ich habe den ganzen Nachmittag im dunklen Kleiderschrank gehockt und gezittert. Jetzt ist Schluss mit der Sauferei. Ab heute bleibe ich nüchtern.

Dienstag, 7.4.

Letzte Nacht habe ich ziemlich genau fünf Minuten geschlafen. Die restliche Zeit habe ich mich im verschwitzten Bett gewälzt und Zuckungen gekriegt. Die fünf Minuten reichten aber aus für einen Traum, in dem bis zum Hals enthäutete Dobermänner auf mein Hochbett sprangen, um mich zu zerfleischen. Ich wurde von meinem eigenen Schrei wach, ich hatte mir in die Hand gebissen. So fest, dass sie blutete. Ich schob die Hand unters Kissen und überlegte, ob ein Mensch von seinem eigenen Biss Tollwut kriegen kann. Am nächsten Morgen bin ich gleich zum Tierarzt, um mich gegen Rabies impfen zu lassen. Die Leute in der Praxis haben mir gedroht, die Polizei zu rufen, wenn ich nicht sofort verschwinde. Als ich rausging, hörte ich sie von irgendwelchen Spinnern reden. Keine Ahnung, wer gemeint war.

Mittwoch, 8.4.

Letzte Nacht habe ich schon eine Viertelstunde geschlafen. Ich fühlte mich direkt ausgeruht. Meine Netzhaut war so müde, dass ich den Schaukelstuhl von ganz alleine schaukeln sah. Ich weiß nicht, was für ein verdammter Hundezwinger in meinem Unterbewusstsein steckt. Im Traum klingelte es an meiner Tür. Ich machte auf, und da marschierten langhaarige Schäferhunde rein, in norwegischen Fischerpullovern. Anfangs benahmen sie sich ganz anständig, aber nachdem sie eine Weile in meiner Bude rumgeschnüffelt hatten, stürzten sie sich alle auf mich und fingen an, mich in Stücke zu reißen. Ich wurde von meinem Geheul wach. Wenn man nüchtern ist, hat man den ganzen Tag nichts anderes zu tun als über seine Träume nachzudenken. Davon wird man neurotisch.

Donnerstag, 9.4.

Gegen Mittag rief mein Vetter an, von dem ich so ungefähr vor zehn Jahren zuletzt gehört hatte. Er fragte, ob er Olavi bei mir in Pflege geben könne. Klar doch, sagte ich. Ich dachte mir, ich könnte das Söhnchen von meinem Vetter kennenlernen und mit ihm Fernsehen gucken. Dabei würden sich meine Nerven hoffentlich ein bisschen beruhigen. Am Nachmittag klingelte es. Klar, mein Vetter mit seinem Sohn. Ich öffnete und brachte mich mit einem Sprung hinter die Garderobe in Sicherheit. Ich zitterte am ganzen Leib, denn mein Vetter hatte einen Hund bei sich, der mindestens hundert Kilo wog.

»Platz, Olavi!«, befahl mein Vetter.

Der Riesenarsch klatschte auf den Boden. Na, immerhin

schien das Viech zu gehorchen. Ich blieb mit dem angeblich braven Hund allein. Weil ich wissen wollte, um welche Rasse es sich handelte, lieh ich mir beim Nachbarn ein Hundebuch. Am ähnlichsten sah Olavi dem Foto von einem Mastiff, und das Gewicht passte auch. Bis zu hundert Kilo und mehr … Nachdem ich Olavis Rasse bestimmt hatte, beschloss ich, mich genauer über ihn zu informieren. In dem Buch stand, es sei typisch für Vertreter dieser Rasse, größere Gegner anzugreifen, denn sie fürchteten sich vor nichts. Außerdem hieß es, sie müssten mit fester Hand erzogen werden, sonst wären sie gefährlich für ihre Umgebung. Ich hatte solchen Schiss, dass ich laut heulte. Olavi kam zu mir und leckte mir mit seiner zeitungsgroßen Zunge über das Gesicht.

Später machten Olavi und ich einen Spaziergang. Offenbar war irgendeine Hündin läufig, denn Olavi rannte mit gesenkter Schnauze los. Ich hatte mir seine Leine fest um den Arm gewickelt, damit er mir ja nicht weglief. Ich hatte seit mehr als fünfzehn Jahren keinen Sport getrieben und kam schon beim Treppensteigen aus der Puste. Jetzt rannte ich gefühlte fünfzehn Kilometer ohne Halt. Nach einer kleinen Ewigkeit hörte ich auf zu rufen, weil ich merkte, dass mich das Gebrüll noch mehr Kraft kostete. Vor meinem Haus traf Olavi dann auf die läufige Hündin. Er leckte ihr die Dose wie ein Idiot. Als ich den erregten Rüden endlich wieder in meiner Bude hatte, wagte ich völlig ausgepumpt einen Blick in den Spiegel. Lederjacke, Jeans, Boots und Schirmmütze waren klitschnass, von dem, was ich darunter trug, ganz zu schweigen. Eigentlich hatte ich geglaubt, eine Lederjacke wäre wasserdicht. Ich stieg mit Klamotten in die Duschkabine. Dann noch einmal ohne. Mein Puls lag immer noch zwischen 300 und 400. Als ich das Wasser abstellte, wunderte ich mich über die Geräusche aus dem Wohnzimmer. Olavi war dabei, mein Sofa zu besteigen. Ich versuchte ihn wegzuscheuchen, aber er knurrte nur drohend. Den ganzen Abend saß ich auf dem harten Fußboden vor der Glotze, obwohl mir vom Laufen der Arsch richtig brannte. Ich musste die Lautstärke am Fernseher voll aufdrehen, denn Olavi rammelte das Sofa, die Sofakissen, jedes Kissen einzeln, und zweimal versuchte er sogar mich zu bespringen. Ich war stinksauer, dass ich mir keine Waffe besorgt hatte.

Freitag, 10.4.

Ich hätte wahrscheinlich zum ersten Mal seit einer Woche schlafen können, wenn das Hochbett nicht so gewackelt hätte, weil Olavi stundenlang die Leiter bestieg. Es wurde eine sehr lange Nacht.

Samstag, 11.4.

Olavi wurde gestern abgeholt. Ich schlief bestimmt zwei Stunden, nur träumte ich leider die ganze Zeit von Olavi. Was er im Traum mit mir tat, will ich nicht in mein Tagebuch schreiben. Der Traum wirkte so echt, dass ich gleich nach dem Aufwachen mein Arschloch abtastete, um festzustellen, ob es wirklich wund war.

Dienstag, 14.4.

Scheiße, ich war jetzt neun Tage ohne Alk. Die Rettung kam heute um 12 Uhr, als ein Freund mich bat, als Möbelschlepper mit ihm nach Tampere zu fahren. Seine Schwester zog dahin, und er sollte ihre Möbel im Kleintransporter zu ihrer neuen Wohnung bringen. Mein Kumpel meinte, wir könnten über Nacht in Tampere bleiben. Er hatte irgendwelche Gutscheine für ein Hotel.

In Tampere luden wir die Sachen aus und fuhren zu unserer Unterkunft. Mein Kumpel hatte zwei Flaschen Klaren mitgebracht, die wir aufschraubten, sobald wir im Zimmer waren. Weil ich so lange nicht gesoffen hatte, wollte mir der Schnaps partout nicht zu Kopf steigen, während mein Kumpel schon vor neun am Ziel war. Jetzt hockte ich schon wieder allein vor der Glotze. Ich beschloss, in die nächste Kneipe zu gehen. Dort traf ich eine attraktive Lady, aber als ich ihr vorschlug, sie manuell zu befriedigen, war ich wieder allein, allerdings mit einer ziemlich großen Beule. Ich torkelte zurück zum Hotel.

Mittwoch, 15.4.

Weil ich nicht einschlafen konnte, trank ich die Minibar leer. Auf ex. Allem Anschein nach regt so ein Getränkemix die Hirntätigkeit an, jedenfalls kam mir spontan eine Idee. Ich stellte meine Armbanduhr und die von meinem Kumpel auf 8.00 Uhr. Dann rief ich bei der Rezeption an, bat flüsternd um einen Testanruf in unserem Zimmer und schlüpfte schnell ins Bett. Kurz darauf klingelte das Telefon, und mein Kumpel wurde wach. Ich nahm den Hörer ab und bedankte mich. Weckruf, erklärte ich meinem Kumpel. Der guckte ungläubig auf seine Uhr und fragte, wie spät es auf meiner wäre. Acht Uhr morgens, antwortete ich. Mein Freund sagte, wir müssten wohl zum Frühstück. Dann guckte er zum Fenster raus und wunderte sich, wo zum Teufel die Sonne steckte. Er war aber noch so besoffen, dass er trotzdem zum Frühstück ging. Ich versprach, gleich nachzukommen, schlich mich auf den Flur und beobachtete, wie er an der Rezeption vorbei in das geschlossene Restaurant marschierte. Kurz darauf stand die Rezeptionistin hinter ihm.

»Was wollen Sie?«, fragte sie.

»Frühstück.«

»Frühstück gibt es erst in fünf Stunden.«

»Was soll das für ein Scheißfrühstück sein, das um ein Uhr mittags serviert wird?«

Mein Kumpel brauchte ziemlich lange, um zu begreifen, dass es ein Uhr nachts war.

Ich lag prustend unter der Decke, als er ins Zimmer zurückkam.

Er sagte nur:

»Leck mich am Arsch.«

Am Morgen fuhren wir ab. Ich hatte einen fürchterlichen Brummschädel, obwohl ich nur einen Abend lang gebechert hatte. Unterwegs hielt mein Kumpel bei einem Gebrauchtwagenhändler mitten in der Walachei. Mir war so schlecht, dass ich nicht mit reingehen wollte. Ich guckte mir den Schrott auf dem Hof an, da krachte es plötzlich am Ackerrand, ein höllischer Knall, und im nächsten Moment flog das Dach einer Hütte durch die Luft! Zuerst dachte ich, jetzt krieg ich den Säuferwahnsinn, aber als mein Kumpel und der Autohändler kreidebleich aus dem Haus nebenan schossen, begriff ich, dass ich keine Fata Morgana gesehen hatte. Der Autohändler stammelte bloß:

»Denen ist der Brennkessel explodiert, oh du liebe Kacke, der Schnapsbrennkessel ist explodiert …«

Es war nicht zu bestreiten, dass reiner Ethanolgeruch in der Luft hing. Wir gingen zum Ort des Unglücks. Höchstwahrscheinlich war die große rauchende Grube der ehemalige Standort des Kessels. Im Schuppen auf dem Hof fanden wir mehrere Flaschen Schwarzgebrannten. Wir beschlossen, den Besitzer vor Scherereien mit der Polizei zu bewahren, und nahmen den Schnaps kurzentschlossen mit.

Später machte ich mir in meiner Bude mit dem Schwarzgebrannten einen schönen Abend. Er schmeckte wunderbar. Ich nahm mir vor, irgendwann mal in den Wäldern von Nurmijärvi nach dem Schnapsbrennkessel zu suchen, auch wenn er womöglich bis in die Nachbarprovinz geflogen war. So wie das geknallt hatte.

Donnerstag, 16.4.

Ich habe vorläufig mit dem Saufen aufgehört. Ich hatte Schmerzen in der Brust und war geil. Am Abend hatte ich nur noch Schmerzen in der Brust.

Freitag, 17.4.

Kristian kam zu Besuch. Seine Augenbrauen wuchsen allmählich nach. Sieht witzig aus, wenn die Augenbrauen und der Bart gleich lange Stoppeln sind. Diesmal schleppte Kristian keinen Schnaps an. Vielleicht hatte er beim letzten Mal einen Schock gekriegt. Ob er irgendwelche Pillen geschluckt hatte, weiß ich nicht, jedenfalls schlug er plötzlich vor, zu ringen. Ich hab noch nie in nüchternem Zustand gerungen, schon gar nicht mit einem Mann. Ich finde, wenn zwei Männer in einer Zweizimmerwohnung ringen, hat das einen homoerotischen Anstrich. Ich war so beunruhigt, dass ich beschloss, die Sache auf Anhieb zu klären. Blitzschnell donnerte ich Kristian die Faust in die Fresse. Er wimmerte und hielt sich an seinem glühenden Zinken fest. Wenn man genau lauschte, konnte man den Herzschlag in seiner Nase hören. Witzig, Kristians Nase machte pupum, pupum, pupum ... Als ihm Nase und die Augen nicht mehr liefen, fing er sofort an zu maulen. Ein komischer Kauz. Wenn man ihm auf die Nase haut, läuft aus der Nase Blut und aus den Augen tropfen Tränen. Zum Glück ging er dann bald.

Samstag, 18.4.

Nichts zu tun. Langweilig.

Sonntag, 19.4.

Nichts zu tun. Langweilig.

Montag, 20.4.

Am Morgen bekam ich einen Schock, als ich in der Zeitung las, dass man einen Schnapskrampf kriegen kann, selbst wenn man schon vor Tagen mit dem Saufen aufgehört hat. Ich rannte alle naselang zum Spiegel und sah nach, ob ich mir womöglich im Delirium die oberen Schneidezähne ausgeschlagen hatte.

Dienstag, 21.4.

Ich wartete auf den Schnapskrampf, ohne Erfolg.

Mittwoch, 22.4.

Ich beschloss, nicht länger auf den Schnapskrampf zu warten und ging zum Alko-Laden. Anschließend süffelte ich Gin, der aus irgendeinem Grund meine männlichen Hormone in Aufruhr bringt. Ich erinnerte mich, dass in den letzten Schuljahren einige lecker aussehende Tussis in meiner Klasse gewesen waren. Das brachte mich auf die Idee, ein Klassentreffen zu organisieren. Ein ganz besonderes Klassentreffen natürlich: Ich rief nur die Girls aus meiner Klasse an. Das war keine leichte Aufgabe, denn die Namen, die ich in meiner alten Telefonliste fand, waren alle falsch. Schließlich rief ich die Eltern der Mädels an und bekam die aktuellen Adressen und Telefonnummern. Einige waren schon Mutter geworden, die schloss ich von der Party aus. Die Geschiedenen setzte ich unter bestimmten Voraussetzungen auf meine Gästeliste. Die anderen wunderten sich, sie meinten, das Klassentreffen sollte doch erst in zwanzig Jahren stattfinden. Eine zauberte sogar ihren Klassenring hervor, in den das Datum eingraviert war: »Hesperia 1.5.2018«. Ich musste ihr erklären, dass sie möglicherweise den falschen Ring bekommen hatte.

Ich schaffte es tatsächlich, die Girls in eine Kneipe in der Nachbarschaft zu locken. Sie waren ein bisschen erstaunt, weil außer mir keiner von den Jungs da war. Einige waren schon ziemlich hausbacken geworden, deshalb widmete ich mich der größten Schnapsdrossel von damals, Pussi-Pia. Sie schien immer noch keine Kostverächterin zu sein. Pia hatte schon in der Penne höllisch viel geraucht, deshalb war ihre Stimme brummiger als meine. Ich bat sie, ein bisschen leiser zu sprechen. Es war mir peinlich, dass sie männlicher klang als ich.

Die anderen Mitschüler (also die Mädels) gingen schon ziemlich früh naserümpfend nach Hause, aber Pussi-Pia leistete mir beim Zechen Gesellschaft. Als die Kneipe zumachte, schleppte ich sie in meine Bude ab. Pia war ziemlich angetüdelt, als mir bei ihrem Anblick eine entsetzliche Erinnerung kam. Die Schabracke hatte anscheinend immer noch nicht gelernt zu küssen, denn sie kam mit offenem Mund auf mich zu. Es war ein Gefühl, als ob man in ein Abflussrohr guckt. Ich kam mir echt beknackt vor, als ich die Zunge wie den

Propeller eines Flugzeugs aus dem Zweiten Weltkrieg in dem Riesenloch mitten im Gesicht kreisen ließ. Pia hatte einen derartigen Sog, dass es mir nicht im Traum eingefallen wäre, mit ihr Oralsex zu treiben. Bestimmt hätte sie mir den Kolben mitsamt den Wurzeln ausgerissen. Schon bei der Vorstellung läuft es mir immer noch kalt den Rücken herunter.

Donnerstag, 23.4.

In den frühen Morgenstunden kletterte ich mit Pussi-Pia in mein Hochbett. Im nächsten Augenblick stieg die besoffene, mit Männerstimme brabbelnde Walküre schon auf mich. Ich weiß nicht, was intensiver nach Zigaretten roch, Pias Atem oder ihr Unterleib. Ich hatte Pussi-Pia zuletzt vor ungefähr fünfzehn Jahren gepimpert. Offenbar hatte sie in der Zwischenzeit fleißig deutsche Pornofilme geguckt, denn sie redete komisches Zeug:

»Arsloch! Oooooh, ich bin so klein und du bist so grooß! Oooh, geil, geil, ich komme!«

Meiner Erinnerung nach hatte Pia in der Schule kein Deutsch gelernt, also handelte es sich offenbar um eine private Fortbildung. Die deutschen Kommandos an meinem Ohr wirkten sich allerdings entspannend auf meine Potenz aus. Als Pussi-Pia dies bemerkte, ging sie zur Landessprache über.

»Fick, fick, fick …«, dröhnte es durch meine Wohnung.

Nachdem ich mir dieses monotone Geschrei zehn Minuten lang angehört hatte, fragte ich Pia, was ich denn ihrer Meinung nach täte. Offenbar wurden meine Gebete erhört, denn Pia sackte urplötzlich in sich zusammen. Zuerst dachte ich, sie wäre tot, aber als gleich darauf das Schnarchen einsetzte, kam ich zu dem Schluss, dass sie was Besseres zu tun hatte.

Am Morgen stellte sich heraus, dass Pussi-Pia gar kein Single war, sondern mit einem total durchgeknallten Boxer zusammenlebte. Obendrein rief dieses superkluge Fräulein von meinem Telefon aus den verrückten Boxer am Handy an und gurrte:

»Ich bin bei einer alten Freundin ... ja, ich liebe dich auch.«

Gleich darauf klingelte das Telefon. Der durchgeknallte Boxer prüfte nach, von wo Pia angerufen hatte. Toll, ich musste die Tussi rausschmeißen und ihretwegen einen Schlagstock und eine Gaspistole kaufen. Ich wartete den ganzen Tag auf den irren Boxer. Ich hatte eine solche Scheißangst, dass ich nicht mal dazu kam, unter meinem Kater zu leiden.

Sonntag, 26.4.

Im Suff rumgetorkelt. Erinnerungsfetzen. Ich habe versucht, bei dem nörglerischen Nachbarn durch den Briefschlitz zu pinkeln ... soweit ich mich erinnere, ging es ums Pinkeln.

Montag, 27.4.

Ich schlenderte durch die Stadt und stellte erfreut fest, dass die Damenwelt schon auf Sommerkleidung umgestiegen war. Ein Prachtexemplar im Minirock stöckelte über die Straße, eindeutig eine Nutte. Ein notgeiler Elektromonteur in seinem Lieferwagen starrte so hingerissen auf den Hurenarsch, dass er direkt in die Straßenbahn fuhr. Ich lachte so heftig, dass ich kotzen musste. Auch die Nutte kicherte vor sich hin. Ich kaufte bei Alko ein, und auf dem Rückweg sah ich, wie Feuerwehrleute versuchten, den eingequetschten, fuchtig aussehenden

Elektromonteur zu befreien. Er hing sicher mit dem Pimmel in seinem Schrottauto fest. Arschloch, blödes. Ich beschloss, einen neuen Feiertag einzuführen. Ab jetzt ist der 27. April der Tag des Schluckspechts. Vom Fenster aus guckte ich mir die Leute an, die auf der Straße rumliefen, und befeuchtete mir die Kehle mit frischem Schnaps. Die Tussis sahen in ihren Frühlingsklamotten hinreißend aus, das musste ich zugeben. Ich zermarterte mir das Hirn, wie ich eins von den saftigen Pfläumchen in meine Bude zaubern könnte. Offenbar forderte der sechste Sauftag seinen Tribut, denn ich schlief beim Nachdenken ein.

Dienstag, 28.4.

Beim Aufwachen hatte ich einen alarmierenden Kater. Zum Glück war noch Schnaps da. Ich erinnerte mich daran, dass ich gestern überlegt hatte, mit welchen Tricks ich an eine Muschi käme. Heute war mein Glückstag, denn ich hatte sofort eine Superidee! Ich kritzelte eine Annonce auf einen Zettel:

»Erotikmesse, exklusiv für Frauen! Den ganzen Sommer geöffnet! Freier Eintritt! Adresse: Vaasankatu 48 C! Seife und Handtuch mitbringen! Für Lesben Zutritt verboten!«

Ich machte mich sofort auf und brachte mein Inserat zu allen möglichen Zeitungen. Offenbar geht es der Presse schlecht, denn mit Ausnahme des Kirchenblättchens nahmen es alle an. Mit glitzernden Augen wartete ich auf den nächsten Tag.

Scheiße, der Schnaps stieg mir nicht mehr richtig zu Kopf. Ich überlegte, ob ich an der Tankstelle Frostschutzmittel für

LKW-Luftdruckbremsen holen und trinken sollte. Ich fing an, meine Zehen zu zählen und kam immer wieder zu demselben Ergebnis, siebenundzwanzig. Nach einer Weile überlegte ich mir, dass ich wohl einen Zeh mehrmals gezählt hatte. Ich verzog mich auf den Balkon und zählte Schafe.

Mittwoch, 29.4.

Beim Aufwachen war mir furchtbar schlecht. Als ich gerade die Zeitung holen wollte, klingelte es Sturm. Ich erschrak so fürchterlich, dass ich an die Lampe im Flur sprang, die mitsamt der Leitung runterkam. Vorsichtig öffnete ich die Tür. Auf den ersten Blick hätte man die Tussi für einen Roboter halten können, so viel Blech und Metall hatte sie im Gesicht.

»Ist hier die Erotikmesse?«, kreischte sie. Ich zog sie herein und schloss die Tür. Wir starrten uns verwundert an. Dann fragte sie, ob es Piercing-Shows gäbe. Ich war total von der Rolle, wieso Piercing-Shows, zum Teufel. Die Tussi erklärte, sie hätte in der Zeitung ein Inserat von einer Erotikmesse für Frauen gesehen und wolle noch ein paar Ringe an die Zunge. Sie sperrte den Mund auf, der jetzt schon voll von allem möglichen Metallschrott war. Mir war auf den ersten Blick klar, dass ich meinen Johannes eher in eine Holzschälmaschine stecken würde als in den Mund dieser Blechzicke. Ich erklärte, die Erotikmesse sei heute geschlossen. Als die Tussi abzog, hörte ich ihre Fratze noch auf der Straße klirren.

Während des Tages geriet ich in einen, vorsichtig gesagt, neurotischen Zustand. Ich versuchte, Terpentin zu trinken, aber es blieb nicht drin. Daraufhin rief ich in Leppävaara beim Entzug an und bekam einen Platz. Ich bat einen Kumpel, mich zu fahren, verriet ihm aber nicht, was ich in Leppävaara vorhatte. Unterwegs fragte er, wie ich den 1. Mai feiern würde. In der Entzugsklinik, aber das mochte ich ihm nicht erzählen.

In Leppävaara ließen sie mich sofort ins Röhrchen pusten. Ich versuchte zu erklären, dass ich mich nicht um eine Stelle als Chauffeur bewarb, sondern nach der einwöchigen Sauftour Medikamente brauchte. Das Alkometer zeigte noch 1,8 Promille, obwohl ich schon total nüchtern war! Der Pfleger sagte, ich bekäme die Medikamente erst, wenn der Pegel auf exakt eine Promille gesunken wäre. So hockte ich also zitternd im Raucherzimmer zwischen den anderen Säufern und wartete auf die eine Promille. Es wurde Abend, bis ich die ersten Pillen bekam. Was für eine Erleichterung.

Donnerstag, 30.4.

Ein irres Gefühl, die Maifeier mit Profis im Entzug zu verbringen. Einer der Kollegen fragte, ob ich mir einen Tausender verdienen wolle. Dafür hätte ich in Vantaa in eine Bude gehen und den Bewohner erschießen müssen. Der verkaufte nämlich Schwarzgebrannten, den er mit Petroleum panschte. Ich versprach, den Kerl notfalls auch umsonst abzuknallen, sobald ich aus dem Entzug raus war. Säufer betrügt man nicht, und verarschen tut man sie schon gar nicht.

Kapitel 2

Freitag, 1.5.1998

In der Entzugsklinik gab es einen Getränkeautomaten, an dem man sich mit Antialkoholischem versorgen konnte. Ich schlug ein paar Kumpels vor, einen kleinen Brunch zum 1. Mai zu organisieren, für den ich eine Flasche Fusel beschaffen würde, den wir in den Saft kippen konnten. Da würde Leben in die Bude kommen, wenn all die mit starken Medikamenten zugedröhnten Säufer im Entzug auf den Fluren Letkiss tanzten. Wir haben dann beschlossen, noch mal Gnade walten zu lassen.

Samstag, 2.5.

Der Entzug wurde allmählich langweilig. Die einzige Unterhaltung waren die Geschichten der Meisterzecher über das wahre Saufen. Deshalb zog ich es vor, meine Sachen zu packen, nach Hause zu gehen und mir stattdessen ein Eishockeyspiel anzusehen. Finnland siegte 6:0, aber ich achtete hauptsächlich auf die lettischen Schönheiten auf der Tribüne. Ich war schon wieder geil. Also beschloss ich, so schnell wie möglich meine private Erotikmesse wieder zu eröffnen.

Montag, 4.5.

Ich blätterte die Stellenanzeigen in den Zeitungen durch. Scheißjobs, ausnahmslos. Fast alle erforderten regelmäßige Anwesenheit. Bei den Stellen, die mich am ehesten interessierten, wurde ein akademischer Abschluss vorausgesetzt. Ich erkundigte mich bei der Universität, was akademische Abschlüsse sind. Eine Stelle sagte mir besonders zu, Projektleiter Export bei Nokia. Aus der Liste, die ich von der Universität bekommen hatte, wählte ich einige ansprechend klingende akademische Abschlüsse aus. Dann sog ich mir eine verdammt gute Bewerbung aus den Fingern.

»Ich bin ein dreißigjähriger, sachkundiger, aufgeweckter Führungstyp. Tätigkeiten in entscheidenden Funktionen sind mir vertraut. Zu meinen Hobbys zählen u. a. gute Weine. Ich habe u. a. die folgenden Abschlüsse: Theologe, Agronom, Magister der Rechtswissenschaften, Magister der Philosophie und Lizentiat der Medizin. In den humanistischen Wissenschaften bin ich leider erst Kandidat (cand. hum.). Außerdem habe ich an der Berufsschule Vallila drei Monate Autoschlosser gelernt. Da ich keine Familie habe, steht Fernreisen nichts im Wege. Meine Gehaltsvorstellung sind mindestens vier Riesen ... netto auf die Kralle. Ich erwarte, baldigst von Ihnen zu hören. Falls ich nicht ans Telefon gehe, bin ich wohl gerade beim Einkaufen, komme aber bald zurück.«

Ich fand meine Bewerbung so überzeugend, dass ich zum Copy-Shop rannte und gleich hundert Kopien machte. Noch am selben Tag schickte ich meinen Brief an ungefähr zwanzig weitere Firmen. Ich war dermaßen begeistert, dass ich sofort meine einzige ererbte Krawatte anprobierte. Dabei hätte ich mich aber fast erwürgt, daher bat ich den Hausmeister, mir das Ding zu binden.

Donnerstag, 7.5.

Ich hatte mich offenbar als Geschäftsführer bei Merita-Finance beworben, denn von da bekam ich einen Brief:

»Da wir keinen Geschäftsführer für unseren Konzern suchen, können wir Ihre Bewerbung nicht bearbeiten. Wir bedanken uns jedoch für Ihr Interesse.«

Ich war so sauer über diese Behandlung, dass ich sofort eine Antwort an die Merita-Finance schickte:

»Scheiße, steckt euch euren Geschäftsführer sonstwohin! Der Job hätte mich sowieso nicht interessiert. Ihr geht ja doch den Bach runter. Ciao.«

Von meiner Art, kleine Probleme sofort aus der Welt zu schaffen, bekam ich so gute Laune, dass ich beschloss, zum Schnapsladen zu latschen. Zuerst löste ich aber mein Konto bei Merita auf. Ich versuchte, auch die Konten aller meiner Freunde aufzulösen, aber dafür brauchte ich angeblich irgendeine beschissene Vollmacht. Ich nahm mir fest vor, die zu besorgen. Mich verarscht man nicht.

Am Abend guckte ich Eishockey, Finnland gegen Schweden. Die 0:1-Niederlage machte mich so wütend, dass ich den Fernseher zum Fenster rauswarf.

Freitag, 8.5.

Ich suchte vor dem Haus nach meinem Fernseher. Er war nicht da. Mir fiel auf, dass der Nachbar sein Auto mit einer Art Dachluke ausgestattet hatte. Sie war offenbar noch nicht fertig, denn die eigentliche Luke fehlte. Ich kratzte mein Geld zusammen und kaufte einen neuen Fernseher. Es reichte gerade für ein gebrauchtes tragbares Schwarzweißgerät. Echt toll, morgen vor einem schwarzweißen 12-Zoll-Anus zu hocken und den Grand Prix Eurovision zu gucken.

Samstag, 9.5.

Den ganzen Tag Bier gezischt. Gegen Mittag traf ich zufällig meinen Nachbarn, der total in Rage war.

»Weißt du vielleicht, wer seinen Fernseher aus dem Fenster geschmissen hat?«

Ich spielte den Ahnungslosen. Der Nachbar erzählte, irgendein Arschloch hätte einen Fernseher auf das Dach von seinem Auto geworfen. Als der Fernseher das Dach durchschlug, war er explodiert, so dass das Lenkrad, die Sitze und alles in die Hölle geflogen waren. Ich bemühte mich um eine mitfühlende Reaktion.

»Sind wenigstens deine Plüschwürfel heil geblieben?«

Er sah mich wütend an.

Am Abend guckte ich den Grand Prix Eurovision. Zur Siegerin wurde Dana International gekürt. Die sah zum Vernaschen gut aus, muss ich sagen. Mein Kumpel rief gleich danach an und erzählte, dass die Siegerin ursprünglich ein Mann war. Ich wollte meinen Ohren nicht trauen. Immerhin hatte ich schon eine ganze Menge Tussis gevögelt, die viel schlimmer aussahen. Ich pfefferte meinen Fernseher wieder zum Fenster raus und ging kotzen. Ich konnte nicht einschlafen, denn ich war mir sicher, dass ich garantiert irgendwann mal einen Mann gefickt habe.

Sonntag, 10.5.

Ich hatte keine Lust, aus der Bude zu gehen, weil der Fernseher, den ich in der Nacht runtergeworfen hatte, auf der Motorhaube des Autos von meinem Plüschwürfel-Nachbarn gelandet war. Der Werbespruch »Ein Datsun hält was aus« ist gar nicht mal gelogen.

Montag, 11.5.

Am Morgen wurde ich von wahnsinnigen Flüchen geweckt, die von der Straße hochschallten. Mein Nachbar raufte sich die Haare und schrie wie ein Schwein, dem eine Elektropeitsche im Hintern steckt.

»Welcher verdammte Idiot schmeißt ständig Fernseher auf mein Auto!«, brüllte der Nachbar und musterte die Fenster. Ich zog es vor, einen weiteren Tag zu Hause zu bleiben. Ich rief meinen Kumpel an und bat ihn, mir eine Kiste Bier zu bringen. Nüchtern hätte ich es in der Bude nämlich nicht länger ausgehalten, zumal ich keine Glotze mehr hatte. Es schien mir nicht ratsam, einen neuen Fernseher ins Haus zu tragen, während der Nachbar die Überreste des alten aus seinem Schrott-Datsun pulte. Da könnte ein peinlicher Verdacht aufkommen.

Mein Kumpel brachte russischen Fusel. Er meinte, es wäre ihm zu anstrengend gewesen, eine Bierkiste die Treppe hochzuschleppen. Ich sagte, wenn ich wegen dem Fusel das Augenlicht verliere, müsste er mir einen Blindenhund kaufen. Mein Kumpel hatte seinen großzügigen Tag, denn er versprach mir obendrein noch einen weißen Stock. Die gute Laune verging mir, als ich an dem russischen Fusel schnupperte. Er roch nach Nagellackentferner. Ich probierte alle möglichen Mixturen aus, aber gegen den widerlichen Heizölgeschmack kam nichts an. Schließlich trank ich das Zeug mit Fleischbrühe gemixt. Eine geniale Idee, da braucht man nicht zu überlegen, ob man schon was gegessen hat. Es war wohl das erste Mal, dass ich über einer Tasse Fleischbrühe weggesackt bin ...

Dienstag, 12.5.

Ich bekam Post aus Kempele. Offenbar hatte ich meine Bewerbung an irgendeine Elektrofirma geschickt, und die hatte Interesse an mir. Ich rief gleich in der Chefetage an und schlug vor, als Erstes meinen Sommerurlaub zu nehmen. Was für einen verdammten Sommerurlaub?, fragte der Boss. Ich erklärte ihm, dass es in allen anständigen Firmen üblich ist, im Sommer Urlaub zu machen. Außerdem unterstrich ich, dass ich keinerlei Elektroinstallationen übernehmen könnte, weil ich vor zwei Jahren einen saftigen Stromschlag bekommen hatte. Ein Kumpel von mir hatte in Pattaya so einen komischen elektrischen Penisvergrößerer gekauft. Im Suff wollten wir diese elektrische Zaubermühle testen. Ich steckte meinen Schwanz in den Schlund von dem Ding, während mein Kumpel den Stecker in die Steckdose schob. In der nächsten Sekunde flog ich rückwärts ungefähr fünf Meter weit aus dem Wohnzimmer direkt an die Wand im Flur. Eine halbe Minute lang wusste ich nicht, wer ich bin, obwohl ich die ganze Zeit bei Bewusstsein war. Es war ein irres Gefühl, mit dem Rücken an der Wand zu stehen, kokelnde Kabel am Pimmel, und nicht zu wissen, wer man ist. Als ich dem Chef der Elektrofirma davon erzählt hatte, wollte er mich unbedingt kennenlernen. Ich muss wohl nach Kempele fahren. Da kann ich mir auch gleich das Urlaubsgeld holen.

Mittwoch, 13.5.

Ich wollte wieder mal einen Fernseher kaufen. Der Verkäufer meinte argwöhnisch, ich würde die Dinger wohl mit Profit weiterverscherbeln. Ich fragte ihn, ob er schon mal im Fernsehen war. Als er verneinte, knallte ich ihm das Gerät mit der Mattscheibe voran auf den Kopf.

»Jetzt bist du drin«, sagte ich und latschte zum nächsten Fernsehladen.

Schließlich fand ich ein gebrauchtes Gerät, das meinem Budget entsprach. Es hatte nur einen Fehler: Wenn es mal lief, durfte man es nicht abschalten. Überglücklich schleppte ich den 28-Zoll-Farbfernseher nach Hause. Mein Nachbar lauerte auf der Straße, um zu sehen, wer einen neuen Fernseher anbrachte. Zum Glück steckte meiner in einer Kühlschrankverpackung. Jetzt kann ich nur hoffen, dass niemand dem Nachbarn einen Kühlschrank auf den Datsun schmeißt.

Donnerstag, 14.5.

Mein Fernseher funktionierte erstaunlich gut, obwohl er schon seit zwei Tagen lief. Ich weiß nicht, wer sich bei dem Spiel gegen Tschechien mehr erhitzte, ich oder der Fernseher.

Ich stopfte mir massenhaft Küchenkrepp in die Fresse, um mir keine weitere Räumungsklage einzuhandeln. Der Nachbar hat sich bestimmt über das seltsame Röcheln in meiner Bude gewundert, als ich, die Schnauze voll Küchenkrepp, versuchte, die Finnen anzufeuern. Ich bohrte mit einem langen Nagel ein Loch in das Papierknäuel und steckte einen Strohhalm hinein, durch den ich mir Weißwein zog. Nach dem Match schwitzte ich mehr als die finnische Mannschaft. Ich kriegte das Papier nicht ganz aus dem Mund, die Hälfte schluckte ich runter. Den Rest des Abends dachte ich darüber nach, ob man sich, wenn man Klopapier isst, überhaupt noch den Hintern abwischen muss.

Freitag, 15.5.

Ich hatte allmählich einen ziemlich krassen Kater. Ohne es so richtig mitzukriegen, hatte ich wieder mehrere Tage am Stück gesoffen, und mir ging langsam die Kohle aus. Ich rief meinen Kumpel an und erzählte ihm von meinem Traum, in dem ich eine große Marmorkugel war. Ein riesiger Croupier nahm mich zwischen die Finger und schnipste mich auf eine Roulettescheibe. Mir tat alles weh, als ich schließlich auf der 20 zur Ruhe kam. Mein Kumpel sagte, ich müsse unbedingt ins Casino gehen und Roulette spielen, es könne sich nämlich um eine Intuition handeln. Ich ging auf die Palme, weil ich mich nicht beleidigen lassen wollte. Erst als er mir haarklein verklickert hatte, was eine Intuition ist, beruhigte ich mich wieder.

Mit 300 Mark in der Tasche flitzte ich ins Casino und setzte alles auf die 20. Der Croupier warf die Kugel, ich starrte sie hysterisch an. Die Kugel hüpfte und hüpfte, bis sie endlich

Halt machte – auf der 20!! Leck mich – ich hatte über 10 500 Mark gewonnen!!!

Ich küsste den Croupier auf den Mund und ging. Zum Glück war er eine Frau, denn geküsst hätte ich ihn auf jeden Fall. Ich lief schnurstracks zum Alko-Laden und belohnte mich mit der schönsten Schnapsflasche, die ich finden konnte. Polnischer Wodka, er hieß Chopin. Eine verdammt schöne Flasche ... oder Flaschen, denn ich nahm gleich zwanzig Stück.

Samstag, 16.5.

Ich hatte noch achtzehn schöne, volle Flaschen von dem polnischen Wodka! Ganz bewusst verzichtete ich darauf, mich schon am Morgen vollzuschütten, denn ich wollte das Spiel zwischen Finnland und Schweden sehen.

Es war so furchtbar wie erwartet, und als das Ausgleichstor der Finnen nicht anerkannt wurde, gingen bei mir alle Lichter aus. Ich wollte gerade mit beiden Händen den Fernseher packen, als mir einfiel, was mit den beiden vorigen Glotzen passiert war. Also sprintete ich in die Küche und schmiss den Herd zum Fenster raus. Nach dem höllischen Krach zu schließen, war er nicht auf dem Asphalt gelandet. Vorsichtig spähte ich aus dem Fenster. Mir kam der Verdacht, dass mein Nachbar in seinem Wagen einen riesigen Magneten aufbewahrt, denn auch der Herd war geradewegs auf dem Dach von seinem Datsun gelandet. Da wird der gute Mann sich wundern. Ich soff bis zum Umfallen und schnitt Schweden aus sämtlichen Atlanten raus.

Sonntag, 17.5.

Da es sich als unmöglich erwies, ohne Herd Kaffee zu kochen, beschloss ich, mich in Zukunft gesund zu ernähren und die Plörre durch Wodka und Wasser zu ersetzen. Vor dem entscheidenden Spiel am Nachmittag klebte ich an alle schweren Gegenstände einen Zettel: »NICHT AUS DEM FENSTER WERFEN!« Nach dem Spiel rannte ich wie ein Irrer durch die Wohnung und suchte nach irgendwas zum Rausschmeißen. Zum Glück guckte ich zufällig auf die Straße. Mein Nachbar war nämlich zu dem Schluss gelangt, dass jede Niederlage der Finnen seinem Datsun erhebliche Schäden zufügte. Er hätte mich sozusagen auf frischer Tat erwischt, wenn ich wieder irgendein Haushaltsgerät aus dem Fenster geworfen hätte.

Mittwoch, 20.5.

Ich beschloss, mich nüchtern durch den Tag zu schlagen. Zu meinem Pech kam die Nachbarin an und bat mich, ein paar Stunden den Babysitter zu spielen. Als ich hörte, dass die lieben Kleinen gerade Mittagsschlaf hielten, ließ ich mich breitschlagen. Im Fernsehen lief irgendein idiotischer Shopping-Kanal, auf dem für einen Zahnweißer geworben wurde. Man steckt sich einen merkwürdigen Zahnschutz in den Mund und drückt dann so einen komischen Teig da rein. Die Reklame war derart beknackt, dass ich gnadenlose Kopfschmerzen bekam. Ich suchte wie verrückt nach Schmerztabletten, fand im Arzneischrank der Nachbarn aber nur eine Schachtel, auf der irgendwas mit Suppo stand. An der Seite war eine Tabelle aufgedruckt, an der ich ablesen konnte, wie viele von den Dingern ein Mann meiner Gewichtsklasse neh-

men sollte. Ein Suppo entsprach etwa fünfzehn Kilo, also musste ich mir sechs Stück einwerfen. Ich hatte noch nie solche fettigen, wie ein Pistolengeschoss geformte Tabletten genommen. Schon die erste blieb mir am Gaumen kleben, so dass ich fast erstickt wäre. Schließlich kam ich auf die Idee, die Dinger zu zerkauen und die Schmiere mit Wasser runterzuspülen. Die Kopfschmerzen ließen allerdings nicht nach, sie wurden eher schlimmer.

Als meine Nachbarin zurückkam, fragte ich sie, ob ihre Suppos womöglich alt seien, weil sie überhaupt nicht wirkten. Die Frau guckte in die Schachtel und wunderte sich, wieso die ganzen Dinger verschwunden waren.

»Du hast doch wohl nicht alle auf einmal meinem kleinen Petteri in den Po gesteckt?«, fragte sie.

Ich verstand bloß Bahnhof. Mir brannte die Sicherung durch, und ich fauchte die Alte an:

»Wenn ich Kopfschmerzen hab, steck ich die Tabletten doch nicht einem unschuldigen Kind in den Arsch!«

Die Nachbarin guckte mich total entgeistert an und wollte wissen, ob *ich* die Suppos geschluckt hatte. Ich nickte. Da lachte sie wie blöd.

»Das darf doch nicht wahr sein, der Gammler von nebenan hat Petteris Zäpfchen gegessen, ha ha ...«

Beim Gehen knallte ich die Tür so fest zu, dass die Kopfschmerzen wieder anfingen. Na, die Zäpfchen haben gar nicht mal schlecht geschmeckt ... vielleicht ein bisschen nach Kokosfett.

Samstag, 23.5.

Meine Libido meldete Bedarf an spärlich bekleideten Evastöchtern. Ich stiefelte ins Reisebüro und buchte eine Pauschalreise auf die Kanarischen Inseln. Zur besseren Vorbereitung kaufte ich bei Alko eine Kiste vom stärksten spanischen Wein. Um in Stimmung zu kommen. Sicherheitshalber maß ich auch meine Temperatur. Ich hatte 36,6 Grad Reisefieber.

Montag, 25.5.

Ich freute mich so auf die Reise, dass mein Hintern auf Durchfall schaltete. Um die Sache im Keim zu ersticken, tänzelte ich in den frühen Morgenstunden auf Zehenspitzen zur Tür eines Kleie fressenden Nachbarn. Ich musste ziemlich lange klingeln, bis der verdatterte Ziegenbart öffnete. Rasch erklärte ich ihm, dass ich bald verreisen würde und mir einen Beutel für eine Darmspülung leihen wollte. Der Tieraktivist war sofort hellwach und verschwand in seiner Bude. Kurz darauf kam er mit einer seltsamen Beutel-Schlauch-Kombination zurück. Als ich versprach, ihm den Beutel in einer halben Stunde wiederzubringen, flippte er aus.

»Das wirst du verdammt noch mal nicht tun! Steck ihn dir von mir aus in den Arsch, aber bring ihn mir nicht zurück!«

Ich war total von den Socken. Natürlich wollte ich das Ding in den Arsch stecken, wohin denn sonst?

Ich machte eine fachmännische Darmspülung, zum ersten Mal in meinem Leben. Ich glaube, man sollte trotzdem besser handwarmes Wasser verwenden und nicht eiskaltes wie ich. Man kommt sich vor wie ein Versuchstier, wenn man da mit hochgerecktem Hintern, einen Schlauch im Anus, rumhängt und eiskaltes Wasser in den Auspuff plätschern lässt. Wäre mir echt peinlich gewesen, wenn zum Beispiel der Fernsehgebührenkontrolleur die Tür aufgerissen und mich bei dieser heiligen Handlung überrascht hätte. Schließlich schaffte ich es, die letzten Tropfen aus dem After zu pressen. Ich überlegte, was ich mit dem Beutel tun sollte. Wahrscheinlich hatte der Nachbar auf die Rückgabe verzichtet, weil er nicht nochmal geweckt werden wollte, dachte ich mir. Also schrieb ich als höflicher Mensch mit dickem Filzstift »MIT DANK ZURÜCK!« auf den Beutel und drückte das Ding durch seinen Briefschlitz. Jetzt war ich bereit für den Urlaub.

Dienstag, 26.5.

Als wir in Las Palmas landeten, hatte ich einen solchen Druck auf den Ohren, dass ich dachte, sie würden platzen. Schade, dass während des Fluges keine zeternde Alte neben mir gesessen hat, dann hätte sich dieses taube Gefühl wenigstens gelohnt.

Bei der Last-Minute-Buchung hatte ich nicht auf das exakte Ziel geachtet. Deshalb irrte ich auf dem Flughafen herum und suchte den richtigen Bus. Nachdem ich eine Weile rumgehampelt war, fand ich ihn. Ich verbringe eine Woche in Playa del Ingles! Olé!

Donnerstag, 28.5.

Heute wäre ich fast gestorben.

Ich wollte zu Hause vor den Kumpels damit prahlen, dass ich vor den Augen von 20 000 Topless-Frauen am Strand in den Atlantik gepinkelt hatte. Also ging ich forsch bis zu den Eiern ins Wasser und wollte gerade die Badehose aufschnüren, als mich eine Welle so hoch wie die Chinesische Mauer erwischte und umriss. Als ich den Kopf wieder aus dem Wasser bekam, wurde ich leicht panisch, weil ich nichts sah als Meer. Zum Glück kam ich auf die Idee, meine Birne um 180 Grad zu drehen. Scheiße, zum Ufer waren es schlappe hundert Meter. Ich schwamm los und kam bis auf zwanzig Meter an den Strand heran, bevor die nächste Welle mich wieder zurückwarf.

An diesem Tag schwamm ich bestimmt 20 Kilometer, nur um aus dem scheißkalten Atlantik rauszukommen. Ich war am Morgen zum Pinkeln ins Wasser gestiegen, aber erst um 18.30 Uhr Ortszeit kam ich todmüde endlich wieder raus. Die Frauen waren natürlich weg, und pinkeln musste ich auch nicht mehr. An meinem glühenden Gesicht merkte ich, dass ich vergessen hatte, mich vor meinem Pullerabenteuer einzucremen. Wahrscheinlich ein Fall für den Plastikchirurgen. Ich schleppte mich ins Hotel und ging schlafen. Olé!

Freitag, 29.5.

Ich schlief wie ein Sack. Mir tat alles weh, ob von der Sonne oder vom Schwimmen, weiß ich nicht. Am Morgen schleppte ich mich zum Pinkeln aufs Klo. Als ich da so hockte, musste ich plötzlich irrsinnig weinen. Vielleicht ist mir erst in dem Moment aufgegangen, dass ich wegen ein paar Tropfen Pisse fast abgekratzt wäre.

An den Strand zu gehen, wäre mir nicht im Traum eingefallen, ich blieb in der Sicherheit des Poolgeländes am Hotel. Ich guckte den knackarschigen Tussis zu, die vom Fünfmeterbrett sprangen. Schließlich erklomm eine ältere britische Tante den Turm, die bestimmt irgendwie mit Geri von den Spice Girls verwandt war. Die Tante war genauso klein und hatte ein so gewaltiges Milchgebirge, dass selbst die Heißluftballons sie grüßten. Als ich die riesigen Titten auf dem Sprungturm sah, hielt ich die Luft an. Ich war ganz sicher, dass mindestens einer der beiden Schnuller abreißen würde, falls die Tante sich tatsächlich vom Brett fallen ließ. Sie platschte wirklich runter, in einem Stück. Allerdings fand ich, dass ihre Melonen nach dem Aufklatschen ein bisschen röter aussahen.

Nachdem ich mir ein paar Bierchen hinter die Binde gegossen hatte, nahm ich allen Mut zusammen und ging zum Sprungturm. Erst jetzt fiel mir auf, dass es zwei Treppen gab, eine zum Fünfmeter- und eine zum Dreimeterbrett. Ich nahm natürlich die Dreiertreppe, weil ich unter einer leichten Höhenangst leide und bisher höchstens vom Beckenrand ins Wasser gesprungen bin. Ich beschloss, mich dem Rand des Sprungbretts mit geschlossenen Augen zu nähern. Als ich die Kante an den Zehen spürte, legte ich mit den Beinen voran einen sauberen Sprung hin ... und landete mit beiden Füßen auf den Kacheln neben dem Becken.

Im ganzen beschissenen Pool-Areal wurde es schlagartig mucksmäuschenstill. Ich war gerade aus drei Meter Höhe mit geschlossenen Augen geradewegs auf spanische Kacheln gesprungen. Scheiße, taten mir vielleicht die Beine weh! Ich bemühte mich, möglichst unauffällig auf mein Zimmer zu watscheln. Dort schraubte ich eine Literflasche Whisky auf und badete meine Beine in eiskaltem Wasser. Ich beschloss, keinen Schritt aus dem Zimmer zu machen, bevor die Flasche geleert ... nee, leergetrunken war. Ein Glück, dass ich keinen Kopfsprung gemacht hatte. Olé!

Später machte ich einen Spaziergang in die Stadt. Angeblich vertreibt Bewegung die Schmerzen aus den Beinen. An einer Straßenecke stieß ich auf einen Mann, der am Arm bis zur Achsel lauter nagelneue Rolex-Uhren trug. Ich packte ihn am Nacken und schleppte ihn in das nächste Café. Dort versuchte ich ihm zu verklickern, dass es nicht ratsam ist, Uhren im Wert von vielen Millionen Mark mit sich rumzuschleppen. Nachdem er sich beruhigt hatte, bot er mir eines seiner schönsten Exemplare an.

»This real Rolex for you only seven thousands ...«, flüsterte der Uhrenonkel.

»Kapierst du nicht, dass die Uhr mindestens 100 000 Mark wert ist«, versuchte ich den Profi aufzuklären.

»O-kay, last price for you three thousands!«

Wir stritten sicher eine Stunde lang über den Preis der Uhr. Schließlich erklärte ich mich bereit, 2 500 Mark für die Rolex zu bezahlen, obwohl ich wusste, dass ich den Händler fürchterlich übers Ohr haute. Als ich finnische Geldscheine aus der Tasche zog, protestierte der Mann.

»No, no, 2 500 Pesetas, 2 500 Pesetas.«

Ich war total perplex, in finnischem Geld waren das ja bloß 92 Mark. Ich drückte dem Mann 2 500 Pesetas in die Hand und zog kopfschüttelnd ab.

Sonntag, 31.5.

Ich hätte nie gedacht, dass man im Süden so höllisch viel Geld verbraten kann. Na, andererseits hatte ich eine echte Rolex zum Schnäppchenpreis am Arm. Zur Feier des Tages ging ich in das feinste Restaurant der Insel, ein bisschen war von meinem Roulettegewinn ja noch übrig. Da die Speisekarte auf Spanisch war, entschied ich mich, die Gerichte mit den witzigsten Namen zu bestellen. Am Nebentisch saß irgendein Firmenchef, bei dessen Begleitung es sich bestimmt nicht um seine Frau handelte. Altersmäßig hätte es seine Tochter sein können, aber der hätte er wohl nicht so dreist die Hand auf die Muschi gelegt. Ich merkte, dass der Typ sich für meine Uhr interessierte.

»Ist das eine echte Rolex?«

»Na klar! Die hab ich mir gekauft, nachdem ich beim Roulette ein hübsches Sümmchen gewonnen hatte.«

Seine Augen leuchteten auf. Offenbar war ich auf seiner Top-Ten-Liste fast auf denselben Rang gestiegen wie sein wasserstoffperoxidblondiertes Flittchen. Der Alte befummelte meine Uhr.

»Würdest du sie mir verkaufen? Ich brauche ein Geschenk zum 60. Geburtstag eines Bergrats.«

»He, aufwachen, Alter, so billig komme ich nie mehr an eine echte Rolex, also vergiss es.«

Irgendwann war ich doch bereit, meine Uhr für eine humane Entschädigung von 29 000 Finnmark abzutreten. Wir gingen zusammen zum Geldautomaten, um mein Geld abzuheben. Ich bat, dem Bergrat meine Glückwünsche auszurichten. Er wird sicher überrascht sein, wenn er ein so wertvolles Geschenk bekommt. Olé!

Kapitel 3

Montag, 1.6.1998

Ich beschloss, meinen letzten Urlaubstag vom frühen Morgen an in vollen Zügen zu genießen. Als ich in die Stadt gehen wollte, wäre ich beinahe mit der üppigen spanischen Putzfrau zusammengestoßen. Eine rassige Señorita um die 35. Da ich in Spendierlaune war, drückte ich ihr 10 000 Pesetas in die Hand, für eine Woche Putzen. Sie guckte verwundert auf das Bündel Geldscheine, knallte die Tür hinter sich zu und sprang, den Mopp schwingend, mit gespreizten Beinen auf mich. Ich muss zugeben, dass ich noch nie mit solcher Intensität gevögelt worden war wie an diesem Morgen. Die Frau war in jeder Hinsicht riesig. Als sie mir einen Zungenkuss verpassen wollte, kam es mir vor, als würde mir ein ganzes Schweinefilet in den Mund gesteckt. Sie jaulte während der ganzen Operation.

»Ooh manolito, ooh manolito, si, si, si ...«

Nachdem sie endlich von mir abgelassen hatte, ging ich nochmal zur Morgenwäsche. Unbegreiflich, dieses südländische Temperament – die Putzfrau hatte mir beim Vögeln einen Schwamm in den Arsch gesteckt?! Ein merkwürdiges Gefühl.

Auf dem Weg zum Pub dachte ich darüber nach, welche Infektionen man von einem spanischen Schwamm im Hintern bekommen kann. Ich weiß nicht, ob ich einen Sonnenstich oder zu viel getrunken hatte, jedenfalls kam mir im Pub die Idee, dass ich auf einem Kamel reiten wollte. Ich fing sofort an, nach einer Kamelvermietung zu fragen. Man behauptete, Kamele würden nicht an Touristen vermietet wie Autos (morgens abholen, abends abliefern). Also musste ich einen örtlichen Kamelbesitzer sturzbetrunken machen, bevor ich stolz mein eigenes Kamel durch die Straßen von Playa del Ingles führen konnte. Ich wollte es unbedingt den Gästen in meinem Hotel vorführen. Es war ziemlich schwierig, das Kamel die Treppe hochzutreiben, aber nachdem wir uns eine Weile angewiehert hatten, waren wir tatsächlich in der Poolzone des Hotels angekommen. Als ich ein Schlückchen trank, muss ich ins Wanken geraten sein, denn ich schob aus Versehen eine Literflasche Grant's in den Kamelarsch. Vielleicht lag es an der dreieckigen Form der Flasche oder daran, dass sie so kalt war, jedenfalls sprang das Kamel stehenden Fußes mitten ins Schwimmbecken. Ich habe noch nie einen Swimmingpool gesehen, der sich so schnell von Schwimmern leert.

Ich könnte schwören, dass Kamele von Natur aus keine Freunde des Schwimmens sind. Alle Einheiten der Feuerwehr von Gran Canaria rückten an, um das Tier aus dem Becken zu holen. Zum Glück kann ich überhaupt kein Spanisch, denn ich merkte, dass alle sehr wütend waren. Man fragte mich mehrmals, ob das Kamel mir gehöre. Ich breitete erstaunt die Arme aus.

»Woher sollte ich denn ein eigenes Kamel haben? Ich bin doch bloß ein normaler finnischer Tourist«, sagte ich und ging packen. Olé!

Dienstag, 2.6.

Am Morgen des Abflugs wollte ich noch einmal schwimmen gehen, aber als ich die Kamelkacke auf dem Wasser treiben sah, sprang ich lieber in den Pool des Nachbarhotels.

Am Flughafen von Las Palmas gab es ein spontanes Treffen zahlreicher feuerroter Fressen, die alle die Finnair-Maschine besteigen wollten. Ich stufe mich als beachtlichen Alkoholexperten ein, aber zu meinem Verdruss war das ganze Flugzeug voll von Sachverständigen für Alkoholersatz. Diesmal blieb nach dem Start der Applaus aus, nur irgendein Säufer ließ einen vielsagenden Ruf erschallen.

»Olé!«

Mittwoch, 3.6.

Am Morgen landeten wir in Finnland. Ich hatte saumäßig viel Geld. Vor dem Urlaub waren noch ein paar Tausender übrig gewesen, und jetzt hatte ich wieder fast dreißig Mille!

Nachdem ich in Spanien auf den Geschmack gekommen war, beschloss ich, mir die nächste Muschi zu angeln. Ob es nun an meiner tiefen Bräune oder an meiner dicken Brieftasche lag, jedenfalls schaffte ich es, eine flotte Amsel in meine Bude zu locken. Wir tranken von dem Schnaps, den ich mitgebracht hatte, und ich erzählte von meinen tollen Erlebnissen in Spanien. Ich weiß nicht, warum ich der Schnecke auch von der Episode mit dem Schwamm berichtete, aber die Geschichte törnte sie mächtig an.

»Könnten wir das nicht mal probieren?«, flehte sie.

Ich war dermaßen vom Testosteron beherrscht, dass ich zustimmte. Begeistert rannte die Braut zum Besenschrank und brachte Mopp, Kehrblech, Putzlappen und ähnlichen Kram an. Sie wirbelte herum wie ein Tornado, und bald darauf fand ich mich mit einem Putzlappen im Hintern unter dem brünstig galoppierenden Weib wieder.

Warum sind alle darauf versessen, mir Schwämme oder Putzlappen in den Arsch zu stecken? Das muss irgendein beschissenes Karma sein, die Strafe dafür, wie ich das Kamel behandelt habe, dachte ich den Tränen nahe unter der blindwütig auf mir reitenden Schabracke.

Freitag, 5.6.

Ich guckte zufällig zum Fenster raus und sah das schicke neue Cabrio meines Nachbarn. Offenbar hatte er für seinen von zwei Fernsehern und einem Herd verformten Datsun eine anständige Entschädigung bekommen. Ich rief aus dem Fenster:

»Du hast dir ja eine tolle Sommerkutsche gekauft!«

»Leck mich!«, antwortete der Nachbar.

Ich holte mein Fernglas und musste einsehen, dass das Arschloch doch keine Entschädigung bekommen hatte. Was da stand, war immer noch derselbe Scheiß-Datsun, bloß ohne Dach. Nachdem mein Nachbar gegangen war, trainierte ich Basketball, indem ich zwölf rohe Eier durch das Fenster in sein Auto warf. Ich bekam die volle Punktzahl. Mich verarscht man nicht.

Montag, 8.6.

Ich wurde von fürchterlichem Sodbrennen wach. Weil ich gehört hatte, dass Buttermilch dagegen hilft, spurtete ich in den Laden an der Ecke, um zwei Liter zu kaufen. Ich sagte der Verkäuferin, dass ich eine schlimme Milchallergie habe und deshalb nur laktosefreie Buttermilch trinken kann. Mit knurrenden Gedärmen ging ich in meine Bude, um die lindernde Buttermilch zu trinken. Ich leerte die erste Dose in einem Zug und hatte auch die zweite schon zur Hälfte ausgetrunken, als sich die Welt veränderte: Ich bekam höllischen Durchfall. Die Idiotin im Laden hatte die Ohren auf Durchzug gestellt und mir normale Buttermilch mit Laktose verkauft. Dabei brauche ich bloß eine Käsestange zu essen, und schon habe ich einen Tag lang Dünnpfiff. Und jetzt hatte ich anderthalb Liter normale Buttermilch getrunken, die mit ihrem ungespaltenen Milchzucker sogar ein laktose-intolerantes Pony umbringen konnte. Zuerst stieg mir vor Qual der Schweiß auf die Stirn, und dann kackte ich alles aus, was ich im Darm hatte, und zum Schluss etwas, das ich nicht analysieren kann und will. Alles wäre gut gewesen, wenn die Scheißerei der Qual ein Ende gesetzt hätte, aber danach setzten fürchterliche Magenkrämpfe ein, die mindestens dreißig Stunden dauerten.

Dienstag, 9.6.

Mein Magen war immer noch so durcheinander, dass ich der Vorsicht halber eine Plastiktüte als Unterhose anzog und zum Gesundheitszentrum ging. Dort wurde ich als Erstes gefragt, wie lange ich getrunken hätte.

»Was soll der Scheiß? Ich hab die letzten zwei Tage nur auf dem Klo gesessen!«, tobte ich.

Die Ärzte untersuchten mich und schickten mich zur Blutprobe ins Labor. Angeblich waren meine Leberwerte so hoch, dass ich gleich dableiben musste – zum Entzug! Ich klage über

Dünnpfiff, und die stecken mich in den Entzug! Ruckzuck trug ich verschlissene Krankenhausklamotten und landete in der Bettenstation. Weil alle Zimmer belegt waren, brachten sie mich in der Wäschekammer unter, in der es nicht mal ein Fenster gab. Ein Arzt kam vorbei und fragte mich dies und jenes, unter anderem, ob ich mich schlecht fühlte.

»Ja, ich fühl mich schlecht. Genau genommen fühl ich mich im Moment *richtig* schlecht!«

»Na, dann nehmen wir für den Anfang vier Diapam à 10 Milligramm alle zwei Stunden«, stellte der Doktor seine professionelle Diagnose, und eine sauertöpfische Krankenschwester schrieb alles auf.

Die Schwester brachte einen Becher mit blauen Pillen, die ich Idiot mir alle auf einmal ins Maul kippte. Ein Wunder, dass ich nicht erstickt bin.

Es dauerte nicht mal eine Viertelstunde, dann kam mir die Wäschekammer direkt gemütlich vor, und ich musste kichern wie blöd. Nach zwei Stunden brachte die Schwester die nächste Portion. Ich versuchte abzulehnen, doch sie kippte mir die Pillen ohne viel Federlesens in den Hals.

»Das wird schon wieder«, glaubte ich zu hören.

Mitten im Pillenrausch wurde ich wach und merkte, dass ich dringend pinkeln musste. Ich wollte aufstehen und aufs Klo gehen, war aber so benommen, dass ich fast aus dem Bett gefallen wäre. Also klingelte ich nach der Schwester, die freundlich mitteilte, sie würde mir eine Ente bringen. In dem Moment war ich sicher, dass ich jetzt endgültig durchgedreht war. Was sollte ich mit einer Ente? Erst als sie mit dem Gerät ankam, begriff ich, dass man Urinflaschen Enten nannte. Ich versuchte, in die »Ente« zu pinkeln, irgendwie war es ein komisches Gefühl. Nach nicht mal drei Stunden hatte ich sie vollgepisst, obwohl der Pisspott mindestens anderthalb Liter fasste. Als die Schwester die volle Urinflasche abholte, hörte ich sie meckern, weniger hätte auch gereicht. Das Diapam machte nicht nur furchtbar durstig, sondern auch mutig, und ich nahm mir vor, der Schwester beim nächsten Mal in den Mund zu pinkeln. In China trinken sie ja angeblich jeden Morgen Urin. Allerdings glaube ich nicht, dass ihre erfrischende Morgenpisse so viel Diapam enthält.

Mittwoch, 10.6.

Als ich wach wurde, fühlte ich mich entsetzlich. Ich weiß nicht, ob sie mir in der Nacht noch mehr Diapam verabreicht hatten, aber ich hatte jedenfalls einen ausgewachsenen Kater, so schlimm, wie ich vom Schnaps noch keinen gekriegt hatte. Ich lag den ganzen Tag bloß rum. Am Nachmittag besuchte mich so ein beschissener Rauschmitteltherapeut und laberte über die Gefahren des Alkohols. Wenn ich eine Waffe gehabt hätte, hätte ich ihn garantiert abgeknallt.

Die Wäschekammer kam mir auch nicht mehr so gemütlich vor. Ob es daran lag, dass man mir inzwischen viel weniger Medikamente gab? Ich verbringe meine Zeit sonst nicht in Wäschekammern, daher bekam ich höllische Angstzustände. Als ich dem Arzt davon erzählte, sagte er, das sei ein typisches Entzugssymptom. Verdammte Scheiße, ich war gekommen, um mir ein Mittelchen gegen die Magenbeschwerden zu holen, die ich wegen der Buttermilch hatte, die mir die dämliche Verkäuferin angedreht hatte, aber ich wurde in eine Wäschekammer gesperrt und mit Beruhigungsmitteln vollgestopft. So funktioniert das öffentliche Gesundheitswesen.

Freitag, 12.6.

Der Arzt machte seine übliche Visite und stellte fest, dass mein Puls im grünen Bereich lag. Er meinte sogar, ich dürfte nach Hause. Überglücklich packte ich meine Sachen. Ich schwor mir, nie wieder einen Fuß in dieses Gesundheitszentrum zu setzen, selbst wenn ich von einer Holzschälmaschine zerstückelt würde. Bevor ich ging, servierte man mir noch eine Pampe, die entfernt an Grießbrei erinnerte. Ich aß sie mit großem Appetit, denn aus irgendeinem Grund war mein Magen merkwürdig leer. Dann marschierte ich ohne weitere Zeremonien zur Tür hinaus. Eine Weile genoss ich meine Freiheit, doch dann fühlte sich meine Kiste wieder so an, als hätte man eine brennende Kerze in ein Pulverfass geworfen. Mit Pinguinschritten tänzelte ich ins nächste Café und geradewegs zur Toilette. Dummerweise gab es da nur eine Kabine und ein Pinkelbecken. Gerade als ich zur Kabine preschte, wurde der Riegel vorgeschoben. Der Druck war mittlerweile so unerträglich, dass ich die Hose runterließ und eine volle Breitseite ins Handwaschbecken feuerte. Erst dann ging mir auf, dass es vielleicht vernünftiger wäre, ins Pissbecken zu scheißen als ins Waschbecken. Beim Umdrehen stieg der Druck aber dermaßen, dass ich die Tür und die Wände bespritzte. Was mir bei der ganzen Episode am meisten auf den Keks ging: Ich hörte ganz deutlich, dass der Typ aus der Kabine im Stehen pinkelte, was er genauso gut am Pissoir hätte tun können. Schnell zog ich die Hose hoch und entfernte mich vom Tatort.

Ich hätte zu gern als Schmeißfliege an der Decke gesessen, als der Gentleman aus der Kabine den frisch getünchten Raum erblickte.

Ich esse nie mehr Grießbrei. Von jetzt an esse ich überhaupt nichts mehr, was eine helle Farbe hat.

Samstag, 13.6.

Am Morgen baute ich die Klotür ab, nur sicherheitshalber. Dann trug ich einen kleinen Hocker und einen Tisch ins Klo und probierte dort vorsichtig mit Wasser gekochten Haferschleim. Ich wagte nicht mal, einen Klacks Butter hinzuzugeben.

Dienstag, 16.6.

Der Datsun-Besitzer wollte Verwandte besuchen und bat mich, den Tag über auf sein Auto aufzupassen. Es überraschte mich, dass er nicht in seinem neuen Cabrio fuhr. Vielleicht hatte er Angst vor Gewittern. Ein Auto ohne Dach zu knacken, ist nicht direkt schwierig. Deshalb guckte ich von Zeit zu Zeit aus dem Fenster, ob die Karre noch an ihrem Platz stand.

Am Abend klingelte der Nachbar bei mir, völlig aus dem Häuschen.

»Wo zum Teufel ist mein Wagen?«

Ich brauchte den Verdutzten nicht zu spielen, ich war es wirklich. Kurz darauf rief die Polizei an und forderte uns auf, nach Tattarisuo zu kommen. Ich bat meinen Kumpel, uns hinzubringen, denn wir hatten ja kein Auto mehr. Während ich Mittagsschlaf hielt, hatten irgendwelche bösen Buben den Datsun geklaut und auf den unbeschrankten Bahnübergang in Purola gefahren. Ich hatte ja schon einige schöne Limousinen gesehen, aber eine so schöne noch nie. Die Karre von meinem Nachbarn war ungelogen mehr als 11 Meter lang, aber nur etwa 12 Zentimeter breit. Ein Güterzug hatte sie plattgewalzt. Das Einzige, woran man sie erkannte, waren die albernen Plüschwürfel, die immer noch am Rückspiegel baumelten.

BANZAI, ZUM TEUFEL!
Kochtopf
Bier
Küchen-
messer

Sie waren seltsamerweise heil geblieben, nur die Würfelaugen waren alle abgefallen. Mein Nachbar fragte den Mann vom Abschleppdienst, ob man das Ding noch reparieren könne. Der Abschleppmann warf einen sachkundigen Blick auf den Schrott und antwortete:

»An den Würfel kann man sicher neue Augen kleben.«

Ich biss mir kräftig auf die Zunge, um das wahnsinnige Gelächter zu unterdrücken, das mir in der Kehle saß. Ein schrecklicher Tag, gerade in Sachen Selbstbeherrschung.

Donnerstag, 18.6.

Ich erwachte im Flur auf dem Fußboden, weil das Telefon klingelte. Seltsam, dass sie es immer noch nicht abgeschaltet haben. Es wundert mich auch, dass mein Telefonkabel aus der Wand zur Nachbarwohnung kommt. Ist aber auch egal, ich hab seit Jahren keine Telefonrechnung mehr gekriegt. Eine wütende Tante aus irgendeinem Fotogeschäft rief mich an.

»Es wird höchste Zeit, dass Sie Ihre Fotos abholen.«

Seltsam, ich besitze gar keinen Fotoapparat, aber ich dachte mir, ich hole die Bilder trotzdem ab, vielleicht sind sie von meiner Konfirmation. Also marschierte ich in den Laden und bekam tatsächlich einen ziemlichen Packen Abzüge, noch dazu ganz billig. Voller Eifer rannte ich nach Hause, um nachzusehen, was das für Bilder waren. Auf dem Packen stand sogar mein Name.

Ich habe zwar schon einiges gesehen, aber diese Bilder verblüfften selbst mich. An die dreihundert Aufnahmen von einer Frau, die sich mit einem Esel vergnügte. Als mir der Vorgang als solcher langweilig wurde, versuchte ich zu erkennen, in welcher Umgebung die Fotos gemacht worden waren. Ich kam zu dem Schluss, dass es sich um Griechenland oder die Türkei handeln musste. Ich blätterte in allen möglichen Lexika, um herauszufinden, wo es mehr Esel gab, in der Türkei oder in Griechenland. Aber offenbar hatte bislang nie jemand nachgezählt. Unter all den Fotos war eins von einer traditionellen finnischen Abiturfeier. Eine sehr spezielle Kollektion, würde ich sagen. Ich brachte die Bilder zurück.

»Der Esel auf den Fotos gehört mir nicht, da muss eine Verwechslung vorliegen.«

Nachdem sie einige Fotos durchgeblättert hatte, wurde die Verkäuferin so rot, dass ich fürchtete, ihr würde eine Ader im Kopf platzen. Ich riet ihr zum Abschied zu einem Besuch im Zoo.

Es war bald Mittsommer, da hatte man mit den Vorbereitungen genug zu tun, aber ich musste durch die halbe Stadt rennen, um 299 Bilder abzuholen, auf denen ein Esel mit einer Frau rummacht. Auf dem Foto von der Abi-Feier war allerdings ein ganz flottes Mädchen gewesen. Sollte ich mir die Fotos doch wieder holen und nach der Adresse von der Puppe fragen, ich meine von der Abitur-Puppe?

Freitag, 19.6.

Heute beschlossen wir, Mittsommer unter Männern zu feiern. Wir besorgten für uns fünf insgesamt zehn Flaschen Wodka, zwei Kästen Bier und zehn Fleischwürste. Kristian war schon weggetreten, bevor wir überhaupt am Ziel waren. Er hatte schon am 1. Mai mit dem Saufen angefangen und war inzwischen so platt, dass er unterwegs mindestens dreimal einschlief. Als wir ankamen, stellten wir das Bier in den See und heizten die Sauna an. Wir hatten vor, die Babyschenkel, also die Fleischwürste, auf den Steinen des Saunaofens zu grillen. Die Wursttüte stand auf der Veranda, wo Kristian mit seinen reichlich hundert Kilo Lebendgewicht stolperte und seinen breiten Arsch mit voller Kraft auf unsere Würste platzierte. Die wenigen, die danach noch bereit waren, Wurst zu essen, mussten sich mit bumerangähnlichen Dingern zufriedengeben. Fleischwürste werden erstaunlich platt, wenn man einen Hundert-Kilo-Elefantenhintern draufknallt.

Wir waren alle ziemlich abgefüllt, als wir auf die Idee kamen, dass wir ein eigenes Johannisfeuer brauchten. Wir zogen los, um Holz zu sammeln. Als wir durch den Wald streiften, stieg uns ein seltsamer Geruch nach brennendem Plastik, Gummi und Benzin in die Nase. Vom Nachbargrundstück dröhnte Kristians Gegröle. Scheiße, der verbrannte gerade das neue Glasfiberboot des Nachbarn samt Motor und allem Drum und Dran. Kurz darauf knallte es fürchterlich, als der Benzintank des Bootes explodierte. Ein verdammt teures Mittsommerfest.

Samstag, 20.6.

Als wir wach wurden, waren wir zwar alle teuflisch geil, aber es gab weit und breit keine Frau.

»Wie wäre es, wenn wir uns in dieser Notlage gegenseitig ficken«, schlug Kristian mit todernster Miene vor.

Ich als Größter streckte ihn mit einem Kinnhaken nieder. Dann fingen wir an, bei verschiedenen 24-Stunden-Massageservices anzurufen. Wir zählten unser Geld und stellten fest, dass wir uns eine gute oder fünf preiswerte Masseusen leisten konnten. Wir entschieden uns für fünf preiswerte, denn bei einer würde es doch nur Streit geben. Nach einer Stunde fuhr ein Großtaxi vor, und wir eilten freudig erregt herbei, um die Damen zu empfangen, die uns Erleichterung bringen sollten.

Unbegreiflich! Die jüngste war vermutlich um die fünfzig, und alle waren verflucht fett. Und sie sprachen nur Russisch. Trotzdem beschlossen wir, mit den Russenweibern in die Sauna zu gehen, vielleicht würde das die Lust anheizen. Meine »Braut« hatte so große Titten, dass sie sie nach hinten über die Schultern legen musste, um sich den Bauch zu waschen! Ich muss zugeben, dass mir Kristians Homo-Idee auf einmal ziemlich sympathisch war.

Nach mir schleppte jeder seinen »Schatz« in seine Kemenate und tat, was er tun musste. Meine Romanze war zu Ende, bevor sie überhaupt angefangen hatte. Tatjana hielt sich für unglaublich sexy, sie zog irgendwelche Dessous aus der Sowjetzeit an und wackelte dermaßen mit ihrem gewaltigen Arsch, dass die ganze Hütte schaukelte. Es handelte sich vermutlich um ein erotisches Vorspiel, aber ich rannte raus und kotzte.

Dann dachte ich mir, wenn ich schon dafür bezahle, muss ich die Sache auch erledigen. Ich versuchte auf den Berg zu steigen, doch da fing Tatjana urplötzlich an, mich teuflisch fest auf den Hintern zu schlagen. »Auf dein Po viel Mücken«, erklärte sie. Ich kann es sowieso nicht ab, wenn mir jemand mitten im Akt auf den Arsch trommelt, als wäre er eine Pauke, und bei einer hundert Kilo schweren russischen Hure schon gar nicht. Ich ließ sie mit ihren zündkerzengroßen Nippeln und den Mücken allein, zog mich in eine ruhige Ecke zurück und soff, bis ich einschlief.

dass ich mir die Kehle anfeuchten musste. Als ich an die Theke kam, bot sich ein junger Herr an, mir einen Drink auszugeben. Na verdammt, zu einem kostenlosen Schnaps sag ich nie Nein. Ich kippte den Drink herunter.

Der Discjockey legte Schmusemucke auf, also wollte ich natürlich nach einer passenden Perle Ausschau halten. Bevor ich meinen Blick schärfen konnte, stand der Knabe, der mir den Schnaps spendiert hatte, schon vor mir und forderte mich auf. Mit ihm zu tanzen! Zu Schmusemusik! Als ich zum Tanzboden guckte, waren da, verdammt nochmal, bloß Kerle in Lederhosen und Uniformmützen, die ihre Bärte aneinander rieben.

»Na, kommst du nun tanzen oder nicht?«, zwitscherte der Typ.

»Ich geh mir nur rasch die Nase pudern, bin gleich wieder da«, rief ich ihm geschockt zu.

Ich ging schnurstracks zur Tür, wo der riesige Portier auch noch sagte:

»Fein, einen neuen Po hier zu sehen. Komm bald mal wieder!«

Als ich auf die Straße trat, motzten mich drei breitschultrige Kerle an:

»Scheißschwuli! Willst du's von uns dreien? Eins in die Fresse wahrscheinlich!«

Ich rannte geradewegs nach Hause. Aus irgendeinem Grund war mir wahnsinnig zum Heulen. Aber echte Männer weinen ja nicht. Ich hab's trotzdem getan. Wenigstens ein bisschen.

Mittwoch, 24.6.

Heute war mein Namenstag. Ich habe ihn allein unter Schnapsflaschen gefeiert. Offenbar ziemlich heftig, denn am Abend erinnerte ich mich nicht mehr an meinen Vornamen, vom Nachnamen ganz zu schweigen. Es war peinlich, am Telefon sagen zu müssen, ich wüsste nicht, ob ich zu Hause bin.

Donnerstag, 25.6.

Ich hatte einen so fürchterlichen Kater, dass mir die Ohren wehtaten, als ein verdammt seltsamer Brief durch den Briefschlitz fiel.

HELSINKI 63
Zentralkrematorium

IHRE EINÄSCHERUNG

Da unsere Untersuchungen ergeben haben, dass Sie keinerlei soziale Zukunft haben, bevölkerungspolitisch unproduktiv sind und Ihr weiterer Verbleib in der Gesellschaft daher ohne jeden Nutzen ist, haben wir beschlossen, Sie aufgrund von § 177, Absatz 4 des Gesetzes über den Bevölkerungsüberschuss einzuäschern.

Wir bitten Sie daher, sich am kommenden Freitag um 17.00 Uhr im Krematorium, Ofen 16, Blech Nr. 8, einzufinden. Bringen Sie bitte Gesangbuch, Steuererklärung und die Quittung über die Quellensteuer mit.

Da Sie unseren Ermittlungen zufolge im Lauf Ihres Lebens große Mengen alkoholhaltiger Getränke zu sich genommen haben, fordern wir Sie im Hinblick auf die offensichtliche Explosionsgefahr auf, vor der Einäscherung einen Liter gekochte Ziegenmilch und ein Glas Bitterwasser zu trinken. Sie müssen ferner eine Strohgarbe, 20 kg trockenes Altpapier oder Holzwolle, 3,8 Liter Benzin (95E) sowie zwei Streichhölzer mitbringen. Sofern Sie ein spezielles Arrangement für Ihre Asche wünschen, geben Sie bei Ihrer Ankunft dem Torwächter bitte einen adressierten und frankierten Umschlag für den Versand Ihrer Asche. Andernfalls stiften wir sie dem Verein Agrarsubventionen e. V. als Düngemittel.

Wir verpflichten Sie, selbst für Ihre Todesanzeige und die Abmeldung bei Standesamt, Finanzamt und Ihren Gläubigern Sorge zu tragen und rechtzeitig Ihre Zeitungsabonnements zu kündigen sowie Ihren Pass, Führerschein u. ä. Dokumente den zuständigen Behörden auszuhändigen.

Die Nichtbefolgung dieser Anordnung wird nach § 199, Absatz 6 des Gesetzes über den Bevölkerungsüberschuss mit verschärfter Todesstrafe (= auf Sparflamme) geahndet.

Wir erwarten Sie also zum vereinbarten Termin, über den Sie keine weitere Mitteilung erhalten werden.

Hochachtungsvoll,

DAS KREMATIONSMINISTERIUM

Ich bekam eine Scheißangst und beschloss, wieder zu saufen.

Samstag, 27.6.

Ich kotzte und heulte den ganzen Vormittag. Mittags lag ich zitternd auf dem Sofa und überlegte, wie zum Teufel ich dieses Zittern loswurde. Ich erinnerte mich, irgendwo gelesen zu haben, dass man bei einem Kater viel essen muss. Also zitterte ich mich in den Laden und kaufte eine ganze Mortadella.

Ich saß auf dem Sofa in meiner Bude und machte mich daran, den ungefähr siebzig Zentimeter langen und acht Zentimeter dicken Wurstkolben abzupellen. Mir war immer noch so schlecht, dass ich nicht von der Wurst abbeißen konnte, sondern mich damit begnügte, das Fett am Wurstende abzulecken. Ich hatte sicher eine Viertelstunde an der Wurststange geleckt, als ich zwei Maler bemerkte, die auf ihrer Hebebühne vor meinem Fenster hingen. Selbst mit einem Zirkel kriegt man nicht so runde Augen hin, wie sie die beiden machten, als sie meine Lutscherei begafften. Ich bekam eine wahnsinnige Wut und stürzte, mit der Wurst bewaffnet, ans Fenster, woraufhin der eine Maler erschrak und von der Hebebühne geradewegs auf die Straße stürzte. Von unten war ein fürchterliches Wimmern zu hören. Hoffentlich müssen sie ihm ein Bein amputieren, dem beschissenen Spanner.

Ich konnte den ganzen Tag nicht in meine Wurst beißen, also nahm ich drei Schlaftabletten und kletterte auf mein Hochbett.

Sonntag, 28.6.

Am Morgen hatte ich solchen Hunger, dass ich die ganze Wurstlatte in drei Minuten runterschlang. Danach ging es mir etwas besser. Mir fiel ein, dass ich mir sicher seit einer Woche nicht mehr die Zähne geputzt hatte. Ich putzte sie dreimal, aber auf meinen Legosteinen blieb trotzdem noch eine komische gelbe Schmiere. Das Gebürste mit der Zahnpasta ödete mich allmählich an, also gab ich einen ordentlichen

Spritzer Ajax auf die Zahnbürste und schrubbte die Zähne auf einen Schlag sauber. Schmeckt beschissen, das Zeug, ist aber effektiv. So sauber waren meine Zähne sicher seit fünfzehn Jahren nicht mehr gewesen. Am Abend fingen sie an, höllisch wehzutun. Ich beschloss, zwei Wochen Ferien zu machen und das ganze beschissene Tagebuchschreiben zu vergessen. Überhaupt, was gehen meine Angelegenheiten andere Leute an?

Liebes Tagebuch, ich melde mich am 13. Juli wieder.

Kapitel 4

Montag, 13.7.1998

Heute kam ich aus dem zweiwöchigen Urlaub zurück. Als ich die Tür aufschloss, wäre ich beinahe unter der Post begraben worden. In den zwei Wochen war so viel Post gekommen wie sonst in fünf Jahren. Mühsam kämpfte ich mich wieder ins Treppenhaus und sah nach, ob an der Tür etwa ein Schild hing: »Nur Altpapier«. War nicht der Fall. Ich fing an, meine Post systematisch zu untersuchen. Drei Müllsäcke voll Reklame. Höchstwahrscheinlich steckte mein Arschloch von einem Nachbarn, dessen Auto ich demoliert hatte, hinter der Sache, denn es waren auch Weihnachtsangebote dabei! Was für ein kleiner Mann! Na, die Rache wird umso größer ausfallen!

Der ganze Abend ging dafür drauf, die Post durchzusehen und Rachepläne zu schmieden.

Donnerstag, 16.7.

Mittags ging ich in ein neues Lokal, um mir ein paar große Helle und ein anständiges Essen einzuverleiben. Auf der Karte stand meine Lieblingsspeise, Kartoffelmus und Kohlrouladen. Ich bestellte eine große Portion. Aus der Küche war das unheilverkündende Klingeln der Mikrowelle zu hören, und bald darauf brachte mir eine liebenswürdige Trulla meinen Teller. Mir fiel die Kinnlade runter, als ich sah, was drauflag. Scheiße, da war sicher eine Schubkarrenladung Mus drauf, aber bloß eine Kohlroulade! Ich rief die Kellnerin herbei und legte die Speisekarte neben meinen Teller.

»Entschuldigung, wertes Fräulein, wo ist hier der Fehler, auf der Speisekarte oder auf dem Teller? Auf der Karte steht KOHLROULADEN, aber auf dem Teller liegt eine KOHLROULADE.«

Die Kellnerin fing fast an zu weinen.

»Ich hab dem Besitzer gesagt, dass er mehr als eine drauftun muss«, schniefte sie und verschwand mit meinem Teller in der Küche.

Gleich darauf kam sie wieder zurück. Jetzt lagen ganze zwei Kohlrouladen auf dem Teller, dafür war aber mehr als die Hälfte vom Mus verschwunden. Immerhin hatte der Besitzer die Grammatik genau studiert. Auf dem Teller lag exakt die Mindestmenge an Kohlrouladen, um den Plural zu rechtfertigen. Ich beschloss, Gleiches mit Gleichem zu vergelten, leerte alle Gewürzsoßen, die auf dem Tisch standen, über meine Portion und rührte das Ganze gut durch. Als die Kellnerin die Rechnung brachte und die Ketchup-Senf-Soja-Salz-Pfeffer-Pampe sah, kotzte sie geradewegs auf meinen Teller. Ich gab ihr einen Fünfer Trinkgeld und stiefelte zufrieden zur nächsten Imbissbude. Der Besitzer wird bestimmt nicht versuchen, die Gewürzsoßen wieder in die Flaschen zu füllen ... aber wer weiß. Aber verarschen lasse ich mich nicht.

Samstag, 18.7.

Ich wollte nachsehen, wie es Kristian ging, und klingelte schon frühmorgens bei ihm. Nach einer Weile spähte er furchtsam durch den Türspalt. Er war klitschnass, denn er hatte gerade unter der Dusche gestanden. Kristian sah mich verlegen an und fragte, ob ich ein Geheimnis für mich behalten könne. Ich bejahte. Daraufhin bat er mich, ihm eine Mullbinde um seinen Johannes zu wickeln, weil ihm selbst die Hände zu sehr zitterten. Ich dachte, ich hätte mich verhört. Ob ich einen Verband um seinen Schwengel wickeln könnte? Mir wirbelten drei Gedanken gleichzeitig im Kopf herum: Ist Kristian verrückt? Ist Kristian verrückt und schwul, oder ist er nur schwul? Kristian erklärte, er hätte sich bei der russischen Hure eine äußerst seltene Geschlechtskrankheit geholt. Natürlich erklärte ich mich bereit, einem Freund in Not zu helfen. Insgeheim beschloss ich, wenn sein Pimmel sich auch nur einen Millimeter hebt, während ich den Verband herumwickle, reiße ich ihm den Kolben mitsamt den Wurzeln aus.

Er bewegte sich keinen Millimeter, aber nach dem Geschrei zu schließen, war er tatsächlich ziemlich wund. Eigentlich tat mir Kristian leid. Schließlich ist er mein Kumpel. Um den Tag zu retten und zu Ehren des Sommers dröhnten wir uns mit russischem Fusel so richtig zu. Plötzlich kam mir die Idee, Kristians Piephahn mit dem Fusel zu bepinseln. Mit Spiritus desinfiziert man ja alle möglichen Wunden. Kristian war so besoffen, dass er bereitwillig zustimmte. Er tauchte seinen Schwanz in sein Glas, das mit purem Schnaps gefüllt war. Das war keine gute Idee. In der Nacht schliefen wir beide nicht, weil Kristian auf dem Sofa heulte und jammerte. Na, wenigstens waren die Bakterien tot.

Sonntag, 19.7.

Ich war noch so aufgekratzt, dass ich keine Eile hatte, mich nach Hause zu schleichen. Wir spielten Poker um zehn Pfennig und hielten den Pegel stabil. Kristian schlug mir vor, Naturheiler zu werden. Sein Schwanz tat ihm überhaupt nicht mehr weh. Ich sagte, ich würde es mir überlegen. Eigentlich wäre es ja toll, wenn ich eigene Visitenkarten hätte, mit dem Titel »Schamane«.

Montag, 20.7.

Unglaublich, heute früh rief mich ein alter Schulfreund an und sagte, er hätte einen Job für mich! Dieser Birger war schon in der Schule eine große Nummer! Er soff mittwochs, freitags, samstags und sonntags von morgens bis abends. Am Wochenende zu saufen, war ja nichts Besonderes, aber wir wunderten uns alle, wieso er auch mittwochs pichelte. Birger erklärte uns, sein Vater hätte ihm beigebracht, der Mittwoch wäre ein kleiner Samstag!

Na, jedenfalls sagte Birger jetzt, er hätte gehört, dass ich viel trinke, und wolle mir helfen, wieder hochzukommen. Ich war ein einziges Fragezeichen.

»Hoch von was?«

Er sagte, die Bedingung wäre, dass ich am Abend mit ihm zur AA-Gruppe ginge.

»Zur AA-Gruppe? Was ist denn das für ein Scheißklub?«, fragte ich.

Mir kam der Verdacht, dass Birger sich das Gehirn zu Schmelzkäse gesoffen hatte und glaubte, ich wäre vier. Als Kind war ich in einer Spielgruppe, wo wir »A A Anna ist da«

gesungen haben ... Aber ich wollte meinen alten Kumpel nicht beleidigen, also sagte ich zu.

Birger holte mich ab, in einem verdammt schicken BMW. Wir redeten über dies und das, bis wir vor einem ganz normalen Hochhaus hielten. An der Wand hing ein Schild: »AA-Gruppe«. Da waren Männer und Frauen aller Art. Echt sportliche und weniger sportliche Typen. Ich hätte mich fast auf Birgers Schoß gesetzt, ich wusste ja nicht, was Sache war. Zuerst wurde ein Stück aus einem Buch vorgelesen, in dem es um übermäßiges Saufen ging. Danach sprach jeder über seine eigenen Erfahrungen mit dem Trinken.

»Ich bin Kake und Alkoholiker ...«

»Ich bin Lissu und Alkoholikerin ...«

»Ich bin Henkka und Alkoholiker ...«

Kurz bevor wir an die Reihe kamen, flüsterte Birger mir ins Ohr:

»Vergiss nicht zu sagen, dass du Juha und Alkoholiker bist.«

Ich war total durcheinander. Als Birger an der Reihe war, erzählte er, wie er sich aus seiner entsetzlichen Schnapsabhängigkeit befreit hatte und jetzt ein erfolgreicher Geschäftsmann war. Dann kam ich dran. Ich stand auf und sagte:

»Hallo! Der Birger will, dass ich sage, ich bin Juha und Alkoholiker. Ich bin zwar Juha, aber kein Scheißalkoholiker.«

Dann erzählte ich, wie oft ich im Suff eine Muschi gekriegt habe und wie irrsinnig viel Spaß ich im Rausch gehabt habe. Ich räumte ein, dass der Kater manchmal ein bisschen beschissen war.

»Dann bin ich nämlich immer höllisch geil, trau mich aber nicht zu ficken, weil ich Angst hab, dass mir die Aorta platzt.«

Im Saal war es mucksmäuschenstill. Als die Sitzung vorbei war, gingen wir zum Rauchen auf die Straße. Ich schlug vor, in der nächsten Kneipe ein Bier zu zischen, und versuchte, die Stimmung ein bisschen aufzulockern.

»Nach euren Storys zu schließen, spuckt ja keiner von euch ins Glas, ha ha ...«

Scheiße, die hätten mir beinahe kollektiv die Fresse poliert. Anscheinend hatten die tatsächlich ein Alkoholproblem. Hoffentlich werde ich nie Alkoholiker. Verfluchte Säufer.

Dienstag, 21.7.

Birger rief mich am nächsten Morgen an und sagte, er sei betrübt über mein Verhalten. Er schlug vor, ich solle noch einmal zum Meeting kommen und mich für mein Benehmen entschuldigen. Ich sagte zu, unter der Bedingung, dass ich vorher den elektrischen Fensterheber an seinem BMW kaputtmachen und die Türen zuschweißen durfte. Anschließend würde ich eine Verlängerung an den Auspuff schweißen und alle Abgase in den Wagen leiten.

»Du stirbst aber nicht an den Abgasen, sondern am Scheißgestank, denn was bei deinem scheißfeinen Katalysator-BMW aus dem Auspuff kommt, riecht exakt wie ein Eierfurz«, tröstete ich ihn.

Ich knallte den Hörer auf und öffnete eine Flasche herrlich kühles Bier. Den ganzen Tag überlegte ich mir, wie schrecklich es wäre, wenn der Alkohol ernsthaft zum Problem würde. Alkoholiker ... meine Fresse!

Sonntag, 26.7.

Ich beschloss, nach langer Zeit mal wieder meine Post durchzugucken. Ich öffnete einen, offenbar am Freitag gekommenen, dicken Brief, den der Handschrift nach eine Frau geschrieben hatte. In dem Umschlag fand ich ein Buch: *Zwölf Schritte.* Hä? War ich im Suff beim Tanzen einer Tussi auf die Zehen getreten, oder wieso schickte mir jemand ein Tanzlehrbuch, *Zwölf Schritte*? Ich blätterte in dem Buch. Der erste Schritt lehrte:

»Wir gaben zu, dass wir dem Alkohol gegenüber machtlos sind – und unser Leben nicht mehr meistern konnten.«

Scheiße, das war überhaupt kein Tanzlehrbuch. Ich guckte mir das Werk ein bisschen genauer an. Natürlich, das war das Buch von diesen AA-Heinis. Auf der ersten Seite stand eine Widmung:

»Lieber Juha! Ich habe gemerkt, dass du nichts über die AA-Tradition wusstest, als du zu unserem Meeting gekommen bist. Wenn du erlaubst, erzähle ich dir gern Näheres über unsere Tätigkeit. Liebe Grüße, Tiina.«

Die Handschrift war so schön, dass ich beschloss, mir die Sache definitiv zu überlegen. Zum Glück hatte die Tussi ihre Telefonnummer dazugeschrieben. Obwohl ich eigentlich nur abergläubisch bin, wenn ich einen Kater habe, bekam ich so ein »Die Schicksalsglocken läuten«-Gefühl. Aber so richtig nervös wurde ich, als ich merkte, dass es vom Wohnzimmer zum Klo zwölf Schritte sind. Von der Küche zum Klo sind es zwölf Schritte. Vom Bett zum Klo zwölf Schritte. Vom Flur zum Klo zwölf Schritte. Das musste ein Omen sein. Ab heute ist zumindest mein Scheißhaus eine völlig alkoholfreie Zone.

Montag, 27.7.

Heute bekam ich schon wieder Post, nämlich eine Karte, auf der eine entfernte Tante mir ihren Besuch ankündigte. Sie hatte sogar dazugeschrieben, wann ihr Zug ankam, damit ich auch bestimmt rechtzeitig am Bahnhof wäre. Widerwillig machte ich mich auf den Weg; in meiner derzeitigen Stimmung war mir eine achtzigjährige Schrankdurchwühlerin alles andere als willkommen. Ich war vor der Zeit am Bahnhof und wartete auf die Ankunft des Zuges aus Kuopio. Vielleicht war ich nervös, jedenfalls musste ich plötzlich dringend kacken. Mit kurzen Schritten trippelte ich zum Bahnhofsklo und schaffte es, meine Nervositätsscheiße in die Kloschüssel zu drücken. Dann passierte etwas, was nur in schlechten Komödien vorkommt: Das Klopapier war alle, und mein After sah immer noch aus wie ein Schokoladenkuchen, vom Geruch ganz zu schweigen.

Ich hatte einen Geistesblitz. Mit runtergelassener Hose trippelte ich zur Nachbarkabine, klopfte höflich an und fragte:

»Haben Sie da drin eventuell Scheißpapier?«

Vielleicht hatte ich meine Worte falsch gewählt, denn durch den Türspalt spähte ein empört, aber irgendwie auch neugierig dreinblickender Beamter, der irgendwelche Dokumente las, während er sein Geschäft verrichtete. Da er offenbar nicht die Absicht hatte, mir ein kleines Stück Klopapier abzutreten, sondern mich nur ungläubig anglotzte, schritt ich zur Selbsthilfe, riss dem Kerl die Unterlagen aus der Hand und knallte seine Klotür zu. Dann eilte ich in meine eigene Kabine und wischte mir mit den besagten Dokumenten den Hintern ab. Scheiße, wie hart normales Briefpapier sein kann! Obendrein schlitzte mir eine scharfe Papierkante einen tiefen Schnitt in den Arsch. Außerdem hatte der Staat offenbar kein Geld für

Laserdrucker, denn mein Hintern wurde ganz schwarz von Tintendruckerfarbe. Ich konnte mir nicht erlauben, wegen der Wunde zum Arzt zu gehen, denn der würde mich am Ende noch für einen beschissenen Perversen halten, der sich den Arsch aufschlitzt. Ein schlechter Tag. Ein verdammt schlechter! Da ich mehr Papier genommen hatte, als ich brauchte, und mir bis zur Ankunft des Zuges noch Zeit blieb, beschloss ich, die sauber gebliebenen Unterlagen ein bisschen zu studieren. Meine Konzentration wurde allerdings durch den Lärm aus der Nachbarkabine nicht unerheblich gestört. War da drüben auch das Klopapier ausgegangen? Oh Mann, das waren ja juristische Protokolle. »*In Anbetracht der groben Verkehrsgefährdung von Seiten des Beschuldigten und seiner Trunkenheit am Steuer fordere ich für den Angeklagten eine Haftstrafe nach § Sowieso.*« Scheiße, ich hatte mir aus Versehen den Arsch mit einer Anklageschrift abgewischt. Ich überlegte mir, dass es interessant sein könnte, sich die Gerichtsverhandlung anzugucken. Was dabei rauskommt, ist im wahren Wortsinn ein Scheißurteil.

Damit der Tag so richtig im Arsch war, ertönte kurz darauf eine Durchsage:

»Der Schnellzug 45 aus Kuopio fällt wegen Gleisproblemen heute aus. Wenden Sie sich an das nächste Büro der Bahn.«

»Danke bestens, die Lokführer winken«, rief ich zurück und ging nach Hause.

Dienstag, 28.7.

Eigentlich hatte ich vor, mich zu besaufen, aber nach kurzem Nachdenken fand ich, es wäre vielleicht doch ein bisschen unpassend, im Tran zu sein, wenn ein achtzigjähriges Tantchen ihren »anständigen« jungen Verwandten besucht.

Also beschloss ich, nüchtern durch den Tag zu wanken, und mir Mut zu machen, indem ich diese AA-Tiina anrief. Die Stimme, die sich meldete, klang total sexy. Tiina versprach, am Abend vorbeizukommen. Ihre Stimme war so bezaubernd, dass ich mir vor dem Aufräumen einen runterholte.

Mittwoch, 29.7.

Tiina kam erst heute. Puh! Im Allgemeinen lege ich die Weiber schon im Flur zum ersten Mal flach, aber diese Frau war eine Klasse für sich. Sie schwafelte über die AA-Gruppen und dergleichen. Ich bekam kein Wort mit, weil ich die ganze Zeit überlegte, wie dieses herrliche Wesen wohl ohne einen Faden Stoff am Leib aussah. Ich schaffte es, mich verstohlen neben dieses Abstinenzwunder zu schieben und wollte allmählich zur Sache kommen, als es klingelte. Tante Hulda stand vor der Tür, höchst lebendig (sie hätten sie wenigstens im Sarg liefern können). Soviel zu dem Fick meines Lebens ... jedenfalls mit Tiina. Hand aufs Herz, an Hulda habe ich in diesem Sinne nie gedacht. Tiina begriff und verabschiedete sich, versprach zum Glück aber, bei besserer Gelegenheit wiederzukommen.

Donnerstag, 30.7.

Das Tantchen stand schon um 5.00 Uhr auf. Ich selbst hatte mich ungefähr um 4.30 Uhr schlafen gelegt, nachdem ich die ganze Nacht Videos geguckt hatte, weil ich bei ihrem Schnarchen nicht einschlafen konnte. Dann ging es los.

»Ach ja, ich weiß noch genau, wie im Sommer '47 die Doppelzone zwischen Deutschland, USA und Großbritannien vereinbart wurde. Und es war wohl Februar, als der Friedensvertrag von Paris geschlossen wurde. Auch das weiß ich noch ganz genau. Paasikivi war damals übrigens Präsident, auch daran erinnere ich mich gut. Wenn ich mich nicht ganz falsch erinnere, war im November der Prozess wegen der Waffenverstecke«, schwadronierte die liebe alte Tante.

Ich war verdammt müde, weil ich gerade mal eine halbe Stunde geschlafen hatte, und außerdem bin ich Mitte der Sechziger geboren, das Thema war mir also, gelinde gesagt, fremd. Von Hitler und Stalin hatte ich gehört, aber weiter reichten meine Geschichtskenntnisse nicht.

Die Olle hatte das ganze Jahr 1947 schon Tag für Tag durchgekaut, glaubte ich, aber es kam noch mehr.

»Es muss im Mai '47 gewesen sein, als der Transitvertrag für Porkkala geschlossen wurde. Ich glaube mich zu erinnern, dass im Juni der Wiederaufbau Europas begann.«

Dann kam sie richtig in Fahrt.

»Ich erinnere mich so deutlich, als wäre es gestern gewesen, wie Indien im August '47 unabhängig wurde.«

Ich dachte ernsthaft über die sofortige Eliminierung des Tantchens nach. Sie quasselte munter weiter.

»In Kalkutta gab es im Oktober '47 eine schlimme Hungersnot. Machst du uns was zu schnabulieren?«

Ich erklärte mich bereit, einkaufen zu gehen, um dem Vortrag über das Jahr 1947 eine Weile zu entkommen. Scheiße, womöglich war sie senil und redete Blödsinn. Ich nahm mir vor, nachzuprüfen, ob es 1947 in Kalkutta eine Hungersnot gegeben hatte.

Als ich mit einem gegrillten Hähnchen aus dem Laden kam, erklärte Tante Hulda, sie hätte ihr Gebiss in Kuopio vergessen. Na, ich fang ja wohl nicht an, ein ganzes beschissenes Hähnchen im Mixer zu pürieren. Nix wie zurück in den Laden. Ich beschloss, für die Olle Milchsuppe mit Makkaroni zu kochen. Während ich im Topf rührte, ging der Vortrag weiter.

»Im Oktober '47 haben übrigens die englische Königin Elisabeth und der Herzog von Edinburgh geheiratet.«

Auch während sie die Suppe löffelte, versuchte die Tante noch, mir den Angestelltenstreik in dem fraglichen Jahr nahezubringen, aber wenn sie mit vollem Mund redete, war zum Glück nicht viel zu verstehen. Bevor wir schlafen gingen, meinte sie, sie könnte volle zwei Wochen bei mir bleiben, sie hätte es nicht eilig, nach Kuopio zurückzufahren.

»Mit dir plaudert es sich so nett«, fügte sie hinzu.

Ich schwankte zwischen zwei Möglichkeiten, entweder mich umzubringen oder sie.

Vom Bett aus rief sie noch:

»Morgen könnten wir über die Ereignisse des Jahres '48 sprechen.«

Als ich das hörte, entschied ich mich für die Eliminierung der Tante.

Freitag, 31.7.

Als ich die Makkaroni-Milchsuppe gekocht hatte, hatte Tante Hulda mit keinem Wort erwähnt, dass auch sie Laktose-Intoleranz hat. Muss in der Familie liegen. Nun saß sie den ganzen Tag im Scheißhaus, zum Glück. Von da rief sie mir zu:

»Früher hatte man ein Brett mit einem Loch drin, wo man sein Geschäft verrichtete. Ich erinnere mich, wie da mal was Komisches passiert ist. Im Winter hatte keiner den Abort geleert, deswegen stand die Scheiße so hoch aufgetürmt, dass sie einen fetten Kacker mitten in den Arsch traf. Er hat noch Glück gehabt, dass ihm das Ding nicht das Arschloch aufgerissen hat. Das Zeug war im Winter natürlich hart gefroren. Es muss ganz schön wehgetan haben, mit dem Hintern auf so einen eisigen Scheißstachel zu knallen.«

Danach kam ein seltsames Kichern aus dem Klo. Ich begann endgültig an der geistigen Gesundheit des Tantchens zu zweifeln.

Samstag, 1.8.1998

Ich schaffte es, das Tantchen zu einem Besuch bei meinem Vetter zu überreden, und rannte anschließend sofort zum Alko. Ich war kaum wieder draußen, da fing ich schon an, von dem Euro-Klaren zu trinken. Nur ein paar Schritte vom Laden entfernt war die Flasche wieder halb leer.

Sonntag, 2.8.

Ich hatte Tiina, in die ich vielleicht ein klein bisschen verliebt war, in der Aufregung völlig vergessen. Im Augenblick wollte ich sie aber nicht anrufen, vor allem, weil die nervige Enzyklopädie auf zwei Beinen womöglich wieder auftaucht und ihre historischen Vorlesungen hält. Ich kenne mich in der Geschichte nicht gut genug aus, um sagen zu können, ob die alte Tante nur puren Scheiß erzählt. Aber Paasikivi soll Präsident sein? Quatsch mit Soße! Soviel weiß selbst ich von der Geschichte. Ahtisaari ist Präsident.

Montag, 3.8.

Zum Glück hat sich das Tantchen nicht gemeldet, bisher jedenfalls nicht. Anscheinend interessiert sich mein Vetter brennend für Geschichte.

Dienstag, 4.8.

Als ich in meine Bude kam, stand eine leere Schnapsflasche auf dem Tisch. Die dazugehörige Tante lag schnarchend auf dem Boden, in ihrer eigenen Pisse und Kacke. Ein bisschen Krümelhusten war wohl auch dabei. Verdammte Scheiße, mein Vetter, der Volltrottel, hatte einer Achtzigjährigen Schnaps gegeben.

Nachdem ich das liebe Tantchen in die Wanne geschleppt und eine Viertelstunde lang abgeduscht hatte, kam die alte Scharteke plötzlich zu sich ...

»JUHA, MEIN KLEINER! Wenn du nich mein Verwandter wärst, könnt ich ganz wild werden. All die Erinnerungen steigen wieder hoch, nachdem ich fünfzich Jahre geheuchelt hab, ich wär ehrbarer, als ich bin! Mit dir kann man so frei über alles reden! Hab ich dir davon erzählt, wie in Helsinki die Ollümpjade war? Als Erster fällt mir Tschäck ein, der amerikanische Supermann! Ich hatte schon mindestens mit sechzig Kerlen geschlafen, aber damals hab ich zum ersten Mal einen schwarzen Schwengel gekriegt. Und weißt du was, es ist überhaupt nich übertrieben, was man über die Neger sagt. Haste nich'n bisschen Schnaps für mich, meine Kehle is ganz schorfig«, trompetete das Tantchen.

Ich hatte mit offener Kinnlade zugehört, als die Alte ihren wahren Charakter enthüllte. Jetzt musste ich das »Konjäckchen« opfern, das ich im Schuhschrank verwahrte! Bald klirrten die Gläser, und dann begann die eigentliche Sexualtherapie.

»Ich hab in so'm Ollümpiabüro Broschüren verteilt, als Tschäck reinkam! Da hab ich gleich gesehen, dass er bald noch woanders reinkommt, bei der tollen Beule in der Trainingshose! Unsre einzige Sprache war die Sprache der Liebe, und als wir zum Ficken in den Wandschrank gingen, passten wir erst rein, als sein Schwanz in mir steckte! Er hat meine Titten gedrückt und mir in den Nacken gebissen, dass es mir immer noch heiß den Rücken runterläuft. Und obwohl wir bloß eine Viertelstunde in dem Wandschrank waren, hat er es geschafft, mich zweimal zu bumsen. Zuerst an der normalen Stelle, und dann wollte er es unbedingt auch am Hintereingang!«

Ich saß wie versteinert auf dem Sofa und lauschte mit offenem Mund der historischen Vorlesung.

»Ich konnte zwei Tage nicht sitzen, so ein Hengst war der!«

Die Kognakflasche leerte sich. Mein Kopf pochte und schwirrte, nicht nur vom Schnaps!

»Dann kamen die Italianos, die Basketballspieler. Die wollten mich unbedingt als Betreuerin bei ihrem Training ...«

Das Tantchen lächelte selig über ihre obszönen Erinnerungen ... huh! Und ich hatte mich für einen unübertrefflichen Casanova gehalten! Aber irgendwo mussten meine Gene ja herkommen.

»Die haben mich die ganze Nacht zugeritten. Ich hab so viele Kolben gekriegt, dass ich eine ganze Woche lang nicht mal daran denken konnte, es zu tun! Die waren so feurig! Wenn gerade einer zugange war, hat mir der zweite seinen Pimmel in den Mund gesteckt, und der dritte hat's am Arschloch probiert. Und anschließend haben sie getauscht! Die haben sich aufgeführt, als hätten sie noch nie 'ne Fotze gesehen. Schenk mal nach, Juha ...«

Zum Glück hatte ich noch Schlaftabletten und konnte heimlich eine in ihrem Glas verschwinden lassen. Ich hab bestimmt einen Container voll Pornoheftchen gelesen und mir 400 Stunden Pornofilme angeguckt, aber dass eine Achtzigjährige so eine Schote raushaut, als wäre es gar nichts ... Der einzige Unterschied zwischen den Pornoheftchen und den Geschichten des Porno-Tantchens war der, dass ich diesmal keinen Ständer kriegte.

Nicht mal ins Gesundheitszentrum konnte ich die alte Nymphomanin bringen, womöglich erzählte sie da auch von ihrer italienischen Basketballmannschaft. Irgendwann schlief sie endlich ein. Ich wage nicht daran zu denken, wovon sie träumte.

Mittwoch, 5.8.

Als ich wach wurde, hoffte ich, der vorige Abend wäre bloß ein schlechter Traum gewesen. Von wegen! Ich kochte gerade Kaffee, als das Tantchen auf dem Wohnzimmersofa quietschfidel mit ihrem Bericht weitermachte.

»Dann hab ich in den Himbeeren mit dem Aaretti von nebenan gevögelt, während mein Alter uns gesucht hat, die Schrotflinte in der Hand! Aaretti hatte Schnaps dabei, wo er den wohl her hatte, er war ja aus dem Irrenhaus ausgebüxt, aber er hatte einen großen Pimmel, deswegen war ich ja hinter ihm her, war ’ne schöne Abwechslung! Und als früh um fünf die Marktleute kamen, haben sie gesehen, wie ich an dem Russenkolben gelutscht hab!«

Wir setzten uns an den Küchentisch, und die Alte wollte unbedingt das Fenster aufmachen, um frische Luft zu kriegen. Frische Luft wäre gut für das Gedächtnis, meinte sie. Ich meinte, vielleicht sollten wir das Fenster lieber zu lassen, und außerdem könnte sie ein bisschen leiser reden. Zum Glück sackte sie bald ab, wieder mal.

Donnerstag, 6.8.

Ich weiß nicht, ob Alkohol bei alten Leuten anders wirkt, jedenfalls war das Tantchen den ganzen restlichen Tag völlig still. Kein Wort mehr von Fickereien mit Fußballmannschaften oder von den Ereignissen des Jahres 1947. Ich süppelte zufrieden am Bier und verdaute die Geschichten, die ich gehört hatte. Wenn all die Storys von ihren historischen Arschficks tatsächlich wahr sind, leidet die Alte jedenfalls nicht an Verstopfung.

Freitag, 7.8.

Das Tantchen wurde wach und kam endlich in die Wirklichkeit zurück. Vielleicht war sie dement, denn sie fing wieder mit ihren zivilisierten Jugenderinnerungen an, als wäre nichts gewesen. Zum Glück. Demente haben ja ein schlechtes Kurzzeitgedächtnis, aber wenn es um 50 Jahre alte Dinge geht, ist ihr Verstand scharf wie ein Rasiermesser.

Die Alte schlug selbst vor, sie könnte allmählich mal nach Kuopio zurückfahren. Sie müsste da Beeren pflücken. Ich hätte am liebsten gesagt, deine Beeren sind schon von mehreren Regimentern gepflückt worden, aber da ich ein Gentleman bin, hielt ich die Fresse.

Ich brachte sie noch an den Zug. Irgendwie war mir doch schwer ums Herz.

Als der Zug abfuhr, war ich echt durcheinander. Bisher hatte ich gedacht, *ich* wäre in der Familie der Superficker. Kappes.

Samstag, 8.8.

Ich war tagsüber im Pub, wo bekanntlich alle Kerle mit ihren Bumsgeschichten prahlen. Zu blöd, dass ich die zweitägige Beichte vom Tantchen nicht auf Band aufgenommen hatte. Wenn Ihr wüsstet, scheiß Prahlhänse.

Sonntag, 9.8.

Heute hatte ich keine Lust auf Schnaps. Dafür dachte ich intensiv über die bewegte Jugend meines Tantchens nach. Was habe ich später mal kommenden Generationen zu erzählen? Ich muss wohl anfangen, Material zu sammeln. Wo trainiert eigentlich das italienische Frauenbasketballteam?

Nachdem ich alles eine Weile durchgekaut hatte, kam mir eine grandiose Idee! Ich war noch nie bei einem unserer Verwandtschaftsfeste. Ich beschloss, das nächste Mal hinzugehen und das Tantchen blau zu machen wie einen Hubschrauber, und dann wollen wir mal sehen, was für ein Gesicht die eingebildeten feinen Dämchen und Krawattenknilche machen, wenn das Tantchen loslegt »Dann hat er, Jegor hieß er, mich auf dem Boden von dem Pavillon flachgelegt und nach meiner Muschi gegrapscht!«

Dann lernen sie vielleicht endlich, ältere Menschen zu respektieren, diese scheißvornehmen Typen.

Montag, 10.8.

Vielleicht hat das Tantchen bei mir ein zartes Bedürfnis nach Nähe geweckt, oder eigentlich ein ziemlich heftiges. So schweinische Geschichten, wie sie die Alte ungerührt vom Stapel ließ, habe ich noch von keinem Typen gehört. Puh! Mir läuft es immer noch kalt den Rücken runter.

Ich beschloss, meinen Akku diesmal nicht mit Schnaps aufzuladen, weil ich mich endlich mit Tiina treffen wollte, nachdem das Tantchen endlich weg war. Tiina meldete sich zum Glück gleich, als ich sie anrief. Allein ihre Stimme bescherte mir eine pubertäre Erektion. Nach dem Gespräch knallte ich den Schwengel auf die Kante vom Telefontisch. Da ging er endlich runter, der Bengel, meine ich. Ich hatte einen Tag Zeit, meine Bude in Schuss zu bringen.

Dienstag, 11.8.

Wahnsinn, ich hab sieben Sporttaschen mit leeren Flaschen zum Alko-Laden gebracht. Jetzt bin ich reich! Für das Leergut hab ich fast 500 Mark gekriegt! Na, vielleicht sage ich Tiina lieber nichts davon. In dem Kochbuch, das ich gekauft hatte, suchte ich das einfachste, aber am leckersten aussehende Gericht aus: Nudelauflauf.

Ich hielt mich genau an das Rezept. Zu blöd, dass ich den alten Herd auf den Datsun vom Nachbarn geschmissen hatte, ich glaube, der war zuverlässiger. Im Rohzustand sah mein Nudelauflauf ganz okay aus. Also in den Ofen damit, und den Ofen eingeschaltet. Ich rannte nervös durch die Bude, während ich darauf wartete, dass mein Gourmetgericht gar wurde. Um die Wahrheit zu sagen, ich war fürchterlich aufgeregt.

Ich hatte bestimmt schon einen Kreis in den Fußboden getrampelt, als es klingelte. Beinahe hätte ich mich nicht getraut, Tiina reinzulassen. Meine Hände waren feucht, und ich zitterte. Trotzdem machte ich auf. Himmel, was für ein Anblick! Tiina trug einen Minirock und eine enge Bluse. Als sie im Flur stand, drückte sie mir einen Kuss auf den Mund. Es war wirklich ein Glück, dass ich keine Collegehose anhatte. Die Jeans war fest genug, um meine spontane physische Reaktion nicht öffentlich hervorspringen zu lassen.

»Hast du einen Kamin?«, fragte Tiina.

Ich wunderte mich, denn in solchen Bruchbuden wie meiner gab es natürlich keine Kamine. Tiina erklärte, sie habe aus dem starken Rauch geschlossen, dass ich ein Kaminfeuer angezündet hatte. Ich flitzte in die Küche, wo der Brandgeruch herkam. Mein Nudelauflauf war obendrauf steinhart und schwarz. Ich guckte gar nicht erst nach, wie es darunter aussah, sondern rief bei der Pizzeria an und bestellte zwei Frutti di mare.

Tiina fragte, ob sie mir mit ätherischem Öl die Schultern massieren sollte. Angeblich verringert das den Stress und die Neigung zum Saufen. Ich dachte, für diese Frau stecke ich mir sogar eine Zeltstange in den Arsch, wenn ihr das gefällt. Also nix wie bäuchlings aufs Sofa und das Hemd vom Leib. Als Tiina zärtlich Öl auf meinen Schultern verteilte, merkte ich, dass ich zuckte.

»Ist das Öl zu kalt?«, fragte Tiina.

»Ja, oder nein, bloß ein bisschen«, stammelte ich. Ich wollte ihr nicht die Wahrheit sagen, mir war's nämlich direkt in die Unterhose gekommen. Eine unglaubliche Frau. Ich muss wohl anfangen, Horoskope zu lesen. Die Venus von dieser Krone der Schöpfung muss mitten in meinem Mars stehen ... tief drinnen.

Ich zog es vor, den ganzen Abend bäuchlings auf dem Sofa zu liegen und zu warten, dass meine Hose trocknete. Tiina fiel das offenbar nicht weiter auf, oder sie war ein Gentleman. Wir redeten über alles Mögliche. Komisch, ich hatte gar nicht gewusst, dass ich auch über ganz vernünftig klingende Themen sprechen kann. Zum Schluss gab Tiina mir einen Kuss und versprach, mich am nächsten Tag anzurufen. Ich war durcheinander, richtig durcheinander, ehrlich, nicht mal vom Schnaps bin ich je so durcheinander gewesen ...

Mittwoch, 12.8.

Ich träumte von rosa Elefanten, die auf meinen Gefühlen tanzten. Offenbar waren meine Gefühle aus hartem Holz, denn ich tat den ganzen Tag nix anderes als schwer zu seufzen. Tiina rief an und bedankte sich für den schönen Abend. Wir verabredeten uns für das Wochenende. Noch zwei Nächte, dann sehe ich Tiina wieder. Scheiße, ich will ein harter Bursche sein, und jetzt verknall ich mich unsterblich in eine AA-Tussi. Die Wege des Menschen sind unergründlich ...

Freitag, 14.8.

Ich habe mich aufgeführt wie ein Weib. Ich rannte andauernd vor den Spiegel, um festzustellen, welche Klamotten zueinander passen. Kann eine Frau einem Mann dermaßen den Kopf verdrehen? Ich überlegte mir, wie entspannend es wäre, mit Tiina einfach ein bisschen Schnaps zu trinken, aber was nicht geht, das geht nicht. Scheiß AA-Club.

Ich klatschte mir schon am Morgen so viel Rasierwasser

ins Gesicht, dass ich mir fast die Lunge aus dem Leib hustete. Offenbar hatte ich irgendeine Allergie, denn von dem Rasierwasser wurde meine Visage ganz fleckig. Scheiße, meine Fresse sah aus wie ein Globus. Ich rannte zur Apotheke. Während ich wartete, dass ich an der Reihe war, kam ein irrsinnig großer und fetter Typ rein. Auf seiner Lederjacke stand »Stauer«. Die Hose hing ihm so tief, dass mindestens fünfzehn Zentimeter von seiner schlackigen Arschspalte zu sehen waren. Ein echt romantischer Anblick. Bevor der stiernackige Kerl bedient wurde, drehte er mir kurz das Gesicht zu. Das sah aus wie ein Pultdeckel in der Sonderschule. Voller Messerschnitte, Kerben und Zirkellöchern. Außerdem war es unglaublich groß. Es war tatsächlich wie ein Pultdeckel, in den man zwei blutunterlaufene, wütend funkelnde Augen eingelassen hat. Endlich war der zweiäugige Zyklop an der Reihe. Ich hatte noch nie im Leben so eine tiefe Stimme gehört wie die von diesem lebenden Schrank. Selbst Jaakko Ryhänen würde sich daneben wie ein mädchenhafter Tenor anhören. Wahrscheinlich hatte der Kerl die Angewohnheit, brennende Zigaretten zu schlucken und mit Motorsägenöl runterzuspülen. Es war ein Wunder, dass die Fenster nicht klirrten, als der Hüne fragte:

»Haben Sie eine Salbe, mit der man in den Hintern ficken kann?«

Peinliche Stille legte sich über die Apotheke. Ein paar Omas ließen die Tuben mit Großmutters Handcreme fallen. Alle bemühten sich, an dem Stauer vorbeizugucken. Irgendwie herrschte eine seltsam andächtige Stimmung. Stille war über uns gekommen. Der Kerl kaufte natürlich die größte Tube Gleitcreme. Auf dem Heimweg überlegte ich kopfschüttelnd, wer sich von so einem in den Arsch ficken lässt. Oder eher, wen dieser Brummbär in den Arsch ficken will. So herum muss es sein ...

Ich cremte mein Gesicht ein. Allmählich wurde ich wieder menschenähnlich. Am Abend kam Tiina, schön wie immer. Diesmal löste ihr Kuss keine so explosive Versteifung aus wie beim letzten Mal. Gut so, ich fange an, mich daran zu gewöhnen. Da ich mir vorgenommen hatte, ein Ausbund an Gesundheit zu sein, kochte ich eine Suppe aus Tiefkühlgemüse. Diesmal vermurkste ich das Essen nicht. Die Suppe war eigentlich ganz gut, jedenfalls gut genug, um Tiina zu beeindrucken, sie schlug nämlich ein kleines Verdauungsschläfchen vor. Wir legten uns aufs Sofa. Ich versuchte mich zwischen die Polster zu quetschen, damit meine Dauererektion nicht so störend präsent war. Allmählich war ich überzeugt, dass Tiinas Aura Viagrastaub enthielt. Sobald die Frau weniger als einen Meter von mir entfernt war, machte es Pling! Freund Hugo meldet sich zum Dienst! Verdammt, wie peinlich ...

Samstag, 15.8.

Zu meiner Verblüffung erwachte ich neben Tiina. Wir waren auf dem Sofa eingeschlafen. Wieder dasselbe: eine rasche Drehung zwischen die Polster. Offenbar erkannte Tiina meinen Zustand, denn sie drehte mich wieder um und fing an, mich an der kritischsten Stelle zu streicheln. Ich wäre fast geplatzt. Anscheinend war Tiina entsprechend orientiert, denn ich rutschte geradezu in sie hinein. Zum ersten Mal in meinem Leben wäre ich beim Orgasmus fast ohnmächtig geworden. Ein paarmal hatte ich früher kurz vor einer Ohnmacht gestanden, wenn ich eine Frau, die ich in der Nacht in meine Bude geschleppt hatte, bei Tageslicht sah, aber nach Tiina werden alle anderen sexuellen Erlebnisse enttäuschend sein. Sie ging am Nachmittag, mit fünf Orgasmen ... ihren eigenen. Meine zu zählen, war mir zu anstrengend. Ich war total fertig, auch geistig ... aber verdammt glücklich.

Montag, 17.8.

Tiina rief am Morgen an und sagte, sie fahre für eine Woche zum Herbsttreffen des AA-Clubs. Vielleicht ist es ganz gut, die Gefühle ein wenig zur Ruhe kommen zu lassen. Und Hugo auch.

Dienstag, 18.8.

Ich erwachte verkatert von einem seltsamen Gequassel und versuchte festzustellen, ob die Stimme aus meinem Kopf oder von außen kam. Sie kam aus dem Treppenhaus, also von außen. Die Alte aus der oberen Etage schimpfte so laut, dass es durch das ganze Haus schallte.

»Die Eier sollte man ihm abschneiden, dem Hasenbock.«

Aus purem Interesse öffnete ich die Tür, ich hatte nämlich noch nie eine Kastration live gesehen. Die Olle drückte mir eine Boulevardzeitung in die Hand, auf deren Titelblatt Fotos von Bill Clinton und Monica Lewinsky prangten. Ich schnappte mir die Zeitung und setzte mich mit einem Bier hin, um mir eine Meinung zu bilden. In der Nachricht hieß es, Fräulein Lewinsky sei im Besitz eines Kleides, an dem sich möglicherweise Sperma des Präsidenten befinde. Jetzt sollte der Präsident sich einen runterholen und seine Probe in irgendeine Quarkschüssel spritzen. Ich lachte wie blöd. Der Präsident wedelt sich im Scheißhaus einen von der Palme, während vor der Tür irgendein bekackter Agent mit gefurchter Stirn Wache hält! Könnte schwierig sein, sich aufs Wichsen zu konzentrieren. Onanie im Weißen Haus ... ein krankes Land.

Nachdem ich genug Bier getrunken hatte, beschloss ich, einem Freund in Not zu helfen. Ich schrieb einen Brief an den Präsidenten der Vereinigten Staaten:

Lieber Billi,

lass dich von den Arschlöchern nicht zum Wichsen zwingen. Es ist total überflüssig, irgendwelche DNA-Proben aus deinem Rüssel mit dem durchgefickten Kleid von dieser Monica zu vergleichen. Ich finde, die Paula Jones sollte das Kleid mal abschmecken, hast du mit der nicht auch rumgemacht? Billi, einer Frau wie Monica hätte ich es auch besorgt. Ist es wahr, dass du sie kein einziges Mal gevögelt hast? Dass du sie nur auf deiner Klarinette hast spielen lassen? Du bist ein ziemliches Schlitzohr! Meiner Meinung nach bist du einfach klasse.

Herzliche Grüße, Juha.

P.S.: Wenn du diesen Brief nicht verstehst, lass ihn dir ins Englische übersetzen.

P.P.S.: Hat Monica es runtergeschluckt?

Ich brachte den Brief zur Post. Die Angestellte machte große Augen, als ich Briefmarken auf den Umschlag klebte, auf dem stand: *»An den amerikanischen Präsidenten. Weißes Haus. Amerika, d. h. USA. Top Secret. Darf nicht geöffnet werden, außer von Billi!«*

Ich ging nach Hause, um auf Antwort zu warten und mir die Kehle anzufeuchten. Ich wurde total geil, als ich mir vorstellte, wie Fräulein Lewinsky unter dem Schreibtisch zugange war ... Aber ich betrüge Tiina nicht mal in Gedanken!

Samstag, 22.8.

Ich wurde munter, als Tiina anrief. Auch mein einziges Organ wurde handgreiflich munter. Tiina sagte, sie käme am Sonntag zurück. Ein Glück, dass ich zwei Tage nicht gesoffen hatte. Ich sah die Post genau durch, weil ich ein persönliches Schreiben vom Präsidenten der USA erwartete. Es war aber noch nicht gekommen. Ich suchte im Altpapiercontainer nach alten Boulevardzeitungen. In jeder Ausgabe wurde über meinen guten Kumpel Billi und sein heimliches Schätzchen Monica berichtet. Die Therapeuten behaupteten, Billi litte unter Ero-

tomanie. Schreibt Finnisch, ihr Eierköpfe! Ich musste extra in die Hausmeisterwohnung laufen und fragen, was Erotomanie bedeutet. Die Alte vom Hausmeister lachte sich krumm.

»Keine Angst, die Krankheit hast du nicht, lieber Juha ... ha ha ha.«

Krankheit? Scheiße, hat sich Billi etwa eine Krankheit geholt? Ich rief im Gesundheitszentrum an und fragte, was für ein Leiden Erotomanie ist. Die bekackte Hausmeisterin! Das ist überhaupt keine Krankheit. Im Gegenteil, es ist das Merkmal eines gesunden Mannes. Es bedeutet, dass man verrückt nach Muschis ist. Wenn die Hausmeisterin nicht so furchtbar aussähe, würde ich aus Rache mal zwischen ihren Haxen stochern. Was soll das heißen, die Krankheit hab ich nicht? Alte Schlampe!

Sonntag, 23.8.

Ich holte meine alten Pornoheftchen aus ihrem Versteck und schnitt die unflätigsten Fotos aus. Besondere Freude machte mir ein Bild, auf dem vier hausgroße Neger mit hochgereckten Säbeln sich mit einer weißen Lady vergnügten. Ich klebte die Fotos in ein kleines Heft und dachte mir neue Bildunterschriften aus. »Der Zauber des schwarzen Stabes«, »Von Hügel zu Hügel«, »Wo ist denn der Präser?«, »Den Arsch geschultert« usw. Dann steckte ich das Heft in einen Umschlag, den ich beim Hausmeister in den Briefkasten warf. Auf dem Umschlag stand: *Für die lüsterne Hausmeistersfrau!* Da wird die Haltbarkeit ihrer Zweierbeziehung mal auf die Probe gestellt. Mich verarscht man nicht!

Montag, 24.8.

Tiina kam am Abend. Ich war eine Spur nervös, weil sie sagte, sie hätte was Wichtiges. Beim Abendbrot platzte sie damit heraus.

»Juha, ich möchte dir Sexunterricht geben.«

Ich wäre fast an meinem Baguette erstickt und hoffte bloß, dass das Knacken in meinem Hosenstall nicht zu hören war. Heiliger Bimbam, ›ich möchte dir Sexunterricht geben‹! Ich erwartete, Tiina würde mich ins Schlafzimmer zerren und sich von mir auspeitschen lassen oder mir Handschellen anlegen und zeigen, wozu die Lippen einer Frau fähig sind, aber nein. Sie erklärte mir, wie man sich einer Frau nähern soll. Mit Zärtlichkeit, Liebe, Streicheln, geistreich, ehrlich und mit Respekt vor den Wünschen der Frau. Zum Schluss fasste sie das Ganze ziemlich unkompliziert zusammen. Der Weg ins Herz einer Frau führt nicht über ihre Muschi, sondern genau umgekehrt. Ich hätte dagegen einige der Frauen anführen können, die ich in meine Bude geschleppt hatte, aber das schien mir unklug. Die waren sowieso Ausnahmen – in jeder Hinsicht. Der Abend endete mit praktischem Training. In Sachen Selbstbeherrschung muss ich offenbar noch üben, aber andererseits, was ist denn so schlimm daran, wenn ein Mann nach 23 Sekunden kommt?

Donnerstag, 27.8.

Ich hatte am Abend ein Date mit Tiina. Es fiel mir ein bisschen schwer, mich zu orientieren, weil ich mich auf die neue Liebeslektion konzentrieren musste. In die Möse kommt man durch die Pumpe, nicht andersrum. In die Möse durch die Pumpe, in die Möse durch die Pumpe, in die Möse ...

Freitag, 28.8.

Tiina rief am Morgen an und sagte, sie ginge heute zum Astrologen Sternchen. Sie wollte mein exaktes Geburtsdatum wissen. Ich stotterte, daran würde ich mich nicht erinnern, weil ich bei meiner Geburt so verdammt klein war. Genau genommen habe ich überhaupt keine Erinnerung an meine ersten drei Lebensjahre. Tiina lachte freundlich. Sie bat mich, eine schriftliche Anfrage an das Krankenhaus zu schicken, in dem ich zur Welt gekommen war. Also schrieb ich einen Brief an die Frauenklinik.

»Guten Tag! Meine sexy Freundin will mein genaues Geburtsdatum wissen, also strengt euch mal an. Viele Grüße, Juha. Die Adresse steht auf dem Umschlag. Beeilt euch!!!!«

Weil ich heute sozusagen Strohwitwer war, entschied ich mich dafür, Strohrum zu trinken. Eine gute Wahl!

Samstag, 29.8.

Am Morgen hatte ich den klassischen Geilheitskater. Ich war scharf wie Sarah Young im Sommerurlaub, aber ich hatte fest vor, ein Onanie-Zölibat einzulegen. Ein schrecklicher Tag. Zu guter Letzt beschloss ich, meinen Ständer in einem Vollrausch zu ertränken. Er wurde dann auch schlaff ...

Sonntag, 30.8.

Jetzt hatte ich keinen Geilheitskater mehr, dafür aber einen Komakater. Ich hatte irrsinnige Angst, und das Schlimmste war, dass ich nicht mal wusste, wovor! Ich schwankte durch die Bude und guckte mir in der Glotze die Formel I an. Die Massenkarambolage beim Rennen in Belgien war so beeindruckend, dass ich vor Entsetzen aufschrie, als ein wahnsinnig gewordener Reifen fast durch den Bildschirm geflogen wäre. Scheiße, war das ein Schlag! Es fehlte wirklich nicht viel daran, dass ich die Kiste wieder zum Fenster rausgeschmissen hätte, als Schumi Häkkinen von der Bahn abdrängte. Wieder schnitt ich zwei Länder aus meinem Weltatlas. Zuerst Deutschland und dann Ferraris Italien. Mein Frust legte sich, als Schumi Coulthard in den Arsch rumste. Es war echt lustig, als der Fritz, der einen Kopf wie die Dalton-Brüder hat, einen Wutanfall kriegte. Sogar mein Kater beruhigte sich. Ich beschloss, zum Dank Italien wieder in meinen Weltatlas zu kleben. Quer über Schottland schrieb ich: Thanks, gut gemacht, David!

Dienstag, 1.9.1998

Yes! Von der Frauenklinik kam Post. Mit zitternden Händen riss ich den Umschlag auf, denn es besteht ja immer die Gefahr, dass irgendeine Mutti einen Balg von mir gekriegt hat. Ich hoffte inständig, dass es sich um das genaue Geburtsdatum handelte, das ich bestellt hatte. Was zum Teufel?!

»Hier das von Ihnen bestellte Zeugnis über Ihr Geburtsdatum. Sie sind am 10. April 1966 um 22.40 in unserer Klinik geboren. Mit freundlichen Grüßen, Oberhebamme Gustafsson.«

Voller Wut rief ich bei der Frauenklinik an.

»Wessen Geburtsdatum habt ihr mir da geschickt?«, brüllte ich in den Hörer.

Ich hing sicher eine Stunde am Telefon, bis sie mich überzeugt hatten, dass meine Mutter am 31. März 1966 kein einziges Kind geboren hatte. Erst am 10. April hatte sie einen Jungen zur Welt gebracht, der höchstwahrscheinlich ich bin. Scheiße …

Ich schluchzte auf, denn ich hatte bestimmt zwanzigmal völlig grundlos zu Ehren eines Geburtstages gesoffen, der gar nicht mein Geburtstag war. Und so viele echte Geburtstage habe ich nicht gefeiert!!! Zum Teufel, nur wegen der Schlampigkeit meiner Mutter habe ich mindestens zwanzig kräftige Besäufnisse verpasst. Ihrem Sohn ein zwei Wochen zu altes Geburtsdatum zu nennen – Moment mal, heilige Kacke, eigentlich bin ich ja richtig jung.

Ich schlug vor Freude Rad.

»Yippie, yippie, ich bin jung, ich bi-in ju-u-ung …«

Ich sprach dem Astrologen Sternchen eine Nachricht aufs Band.

»Guten Tag! Hier spricht ein junger Mann, ich komme zur Analyse. Ruf mich an!!!«

Am Abend rief Herr Sternchen an und bat um mein Geburtsdatum, damit er mir eine Karte erstellen könne.

»Was für eine Scheißkarte? Ich will eine Analyse und keine Karte!«, brüllte ich.

Ich hörte, wie Sternchen vor sich hin murmelte.

»Typisches Widder-Arschloch ...«

Morgen würde ich alles über mich erfahren. Was man nicht alles tut, um von einer Frau rangelassen zu werden! Ich als maskuliner Mann geh zum Astrologen ... bekackte Scheiße. Ich bring jeden um, der davon erfährt.

Mittwoch, 2.9.

Tiina rief am Morgen an und ermahnte mich, mir genau zu merken, was Sternchen über mich sagt. Unsinn! Andererseits, ohne Tiina hätte ich nie einen Astrologen zu Gesicht bekommen. Ich traf zur vereinbarten Zeit bei Sternchen ein. Er sah zweifellos mystisch aus. Schwarze Klamotten und Habichtaugen, die jede meiner Bewegungen beobachteten. Ein seltsamer Knacker. Ich setzte mich in den Schaukelstuhl der wundersamen Wahrheit. Wir sahen uns schweigend an, bis sich der Herr Astrologe bequemte, anzufangen.

»Ihr Sonnenzeichen ist Widder, Ihr Mondzeichen Schütze und Ihr aufsteigendes Zeichen Skorpion. Sie sind ein für alles Gefährliche, Unbekannte und Erregende offenes, unbelehrbares Individuum, das jeweils nur eine Sache im Sinn hat. Nach anderen Faktoren zu schließen, handelt es sich dabei entweder um Sex oder um Schnaps. Sie sind eine moderne Odysseus-Gestalt, allerdings eine, die sich in ihrem eigenen Labyrinth verirrt.«

Ich hatte mit offenem Mund zugehört.

»Scheiße, ich bin kein Odysseus, ich hab doch zwei Augen«, schnauzte ich Sternchen an, dem es anscheinend schwerfiel, ernst zu bleiben.

»Sie verwechseln Odysseus offenbar mit dem Zyklop. Odysseus hatte zwei Augen«, erklärte Herr Sternchen.

Als er mich vor einem starken Aszendenten warnte, brannte mir die Sicherung durch.

»Verdammt nochmal, wenn du mich noch einmal Aszendent nennst, bring ich dich um!«

Sternchen schien sich erschreckt zu haben, denn er hielt mir einen Kurzvortrag über die astrologische Terminologie. Ich beruhigte mich vorübergehend ...

Sternchen erklärte, mein Mars stehe im Widder, deshalb sei ich äußerst jähzornig und ein sogenannter Mann der Tat. Als er behauptete, meine Seele sei 58 Jahre alt, bekam ich wieder einen Rappel.

»Hör mir mal zu, du Armleuchter, ich zeige dir gleich die wahren Sterne am Himmel, wenn du nicht endlich aufhörst, mich zu beleidigen!«

Da bekam Sternchen es wirklich mit der Angst. Er erklärte, ich gehöre zu der sogenannten Gruppe der Weisen, ich sei eine alte Seele. Ich beschloss, auf eine körperliche Züchtigung zu verzichten, weil er die Weisheit als Element meiner herausragenden Persönlichkeit erwähnte. Schließlich sagte er noch, Tiina sei die ideale Partnerin für mich. Na also, das klang doch schon besser. Vermutlich um mich zu besänftigen, lieferte er mir Tiinas Charakterisierung als Dreingabe.

»Tiina ist ihrem Wesen nach eine hilfsbereite Frau, deren Leben um schwierige oder unmögliche zwischenmenschliche Beziehungen kreist. Sie eignet sich als Nachtpflegerin dementer Pensionäre, weil sie geduldig und opferbereit ist, während

Sie eifrig und crazy sind. Wenn Tiina zum Manne geht, sollte sie die Zwangsjacke und die Peitsche nicht vergessen.«

Ich ließ ein drohendes Knurren hören. In diesem Ton spricht man nicht über meine Liebste. Ich stopfte Sternchen drei Hunderter ins Maul und verschwand. Mich verarscht man nicht!

Donnerstag, 3.9.

Ich hörte mir den ganzen Tag die Kassette an, die ich von Sternchen bekommen hatte. Eigentlich war das alles sehr schmeichelhaft: »Sie sind sexuell ungeheuer fantasievoll, mystisch und dominant ...« Ich hätte dem Astrologen die Hunderter doch nicht in den Hals stopfen sollen – wenigstens nicht ganz so tief. Also schickte ich ihm einen Gutschein über 30 Mark für den Alkoladen. Darauf schrieb ich: »Entschuldigung fürs Reinstopfen! Grüße vom Weisen Widder, dem Sexverrückten, erinnerst du dich?«

Freitag, 4.9.

Tiina kam zu Besuch. Ich erzählte ihr, dass ich ihr Idealpartner bin. Oder war es umgekehrt? Zweifellos bin ich ein ziemlich sexueller Typ. Wie die Fliegen kletterten wir ins Hochbett. Sternchen hatte gesagt, die Leidenschaft von zwei Vulkanen bewege sich auf derselben Wellenlänge. In dem Punkt hat er keinen Stuss geredet. Wir probierten alle Stellungen aus, für die im Hochbett Platz ist. Oh boy ...

Montag, 7.9.

Ich beschloss, ein gründliches Studium der Astrologie zu beginnen. Wenn Sternchen Geld scheffelt, indem er irgendwelche Karten anguckt, wird unsereins ja wohl im Handumdrehen ein simples Horoskop erstellen können. Ich kramte mein altes Notizbuch hervor und suchte anhand der Geburtstage nach Beispielpersonen.

Im Lauf des Tages rief ich bestimmt zwanzig Bekannte und weitere fünfzig Bekannte von Bekannten an. Ich notierte mir brav ihre Selbstcharakterisierungen und fügte als Sonderbonus meine eigene Einschätzung hinzu, mit Ausrufezeichen. Am Abend begann ich mit meiner schwierigen, aber lohnenswerten Arbeit. Als Erstes ordnete ich alle Zettel auf zwei Stapel – Annehmbare und Arschlöcher. Dann begann ich mit einer genaueren Einteilung – zum Beispiel Arbeitssüchtige, Arschlöcher und sonstiges Gesindel.

Ich war wohl übermüdet, denn ich konnte ums Verrecken nicht einschlafen. Also versuchte ich es mit dem alten Trick und fing an, Schafe zu zählen. Anscheinend forderte meine Beschäftigung mit der Astrologie ihren Tribut, denn über den Zaun sprangen Widder, Steinböcke, Stiere und zum Schluss ein Löwe. Gerade als der Löwe seine Klauen in einen Steinbock schlagen wollte, kam ein Schütze an und erlegte den Löwen. Daraufhin tauchte der Naturschützer auf, der Wassermann, und hielt dem Schützen eine ziemliche Brandrede. Er ermahnte ihn, die Dinge abzuwägen, bevor er einen unschuldigen Löwen tötete.

Der Schütze wurde wütend.

»Womit soll ich denn irgendwas abwiegen, zum Teufel?«

»Damit«, sagte der Wassermann und reichte dem Schützen die Waage. Kurz darauf erschienen zwei nach Fisch stinkende junge Männer, die merkwürdig grinsten und ihre Hosen hochzogen. Ich fragte, wer sie seien. Die Burschen antworteten wie aus einem Mund:

»Wir sind die Zwillinge. Da im Gebüsch hockt eine Tussi, die noch vor fünf Minuten Jungfrau war ...«

Ich ging an den Bach und kühlte mir im Wasser die Füße, da spürte ich einen schmerzhaften Biss. Ein verfluchter Krebs hatte meine große Zehe gepackt. Ich rannte mit dem Krebs am Fuß das Ufer entlang und setzte mich schließlich ins Moos, doch da stach mich etwas am Hintern. Ich sprang auf, und was sah ich? Ich hatte mich auf einen Skorpion gesetzt! Das Gift begann zu wirken, ich fiel in tiefen Schlaf ...

Dienstag, 8.9.

Allmählich glaube ich an die Vorsehung. Ich bekam mit der Post ein total seltsames Blatt, auf dem die verschiedenen Tierkreiszeichen vorgestellt wurden. Ich las alles durch und stellte fest, dass die Charakterisierungen viel zu lahm waren! Den ganzen Tag lang korrigierte ich das Papier, noch dazu nüchtern! Ich war richtig zufrieden mit meiner Leistung.

HOROSKOP

WIDDER

Du bist ein Pioniertyp, aber für andere Menschen hast du nur Verachtung übrig. Du bist jähzornig, ungeduldig, gewalttätig und hörst nicht auf Ratschläge. In der Schule lernen die Widder nicht lesen, weil sie keine Anweisungen befolgen wollen. Du bist keine besonders angenehme Person. Der Widder verletzt sich meistens am Kopf und hat deshalb verdammt hübsche Narben an der Fresse. Als Gegner ist der Widder angenehm, weil er als jähzorniger Irrer sein Opfer sofort tötet und erst danach die Leiche foltert. Das dürfte genug über den Widder aussagen.

Glücksding: Schützengraben
Glückszahl: EINS!
Glücksfarbe: Blut
Motto: »Scheiße, welche anderen?«
Auto: Formel I

STIER

Du bist praktisch veranlagt und stur. Du arbeitest wie ein Verrückter, obwohl du im Grunde ein faules Stück Scheiße bist. In Irrenhäusern findet man viele Stiere – als Patienten. Die meisten halten dich für unberechenbar und stiernackig. Politisch bist du ein Fanatiker. Stiere töten oft im Streit ihren Ehepartner. Meistens begreift der Stier, dass er besser daran tut, das Maul zu halten, aber wenn er es doch einmal aufreißt, gerät er sofort in höllische Schwierigkeiten. Der Stier ist ein unangenehmer Mensch. Wenn er älter wird, ähnelt er einem abgenutzten Strandspielzeug. Am besten ist der Stier, wenn man ihn in Marinade einlegt.

Glücksding: Solarium
Glückszahl: Sozialhilfetagessatz 121,-
Glücksfarbe: Bräunung
Motto: »Ööòh ... scheint da auch bestimmt die Sonne?«
Auto: Taxi

ZWILLINGE

Du bist schnell und intelligent. Beide Geschlechter mögen dich, denn du bist fast ausnahmslos bisexuell. Du erwartest, alles zu bekommen, ohne dich anstrengen zu müssen. Du bist ein Marktschreier und ein Arschloch. Zudem hast du eine starke Neigung zum Inzest. Und du hast, zumindest in deinen Fantasien, einen starken Drang, mit zweien gleichzeitig zu vögeln. Notfalls steckst du dir während des Koitus den Finger in deinen eigenen Auspuff. Das tun sowohl männliche als auch weibliche Zwillinge. Schizophrenie ist zumindest in einigen Zwillingsfamilien erblich. Im Suff flirten Zwillinge gelegentlich mit ihrem eigenen Spiegelbild. Manchmal sind sie dabei so erfolgreich, dass sie sich selbst auf ihre Bude abschleppen.

Glücksding: Telefon
Glückszahl: 118
Glücksfarbe: Die Gelben Seiten
Motto: »Ich möchte zuerst mit dir reden.«
Auto: Jeder Zweisitzer

KREBS

Du bist ein sympathischer Typ und hast Verständnis für die Probleme anderer. Es ist lächerlich einfach, dich auszunutzen, und hinter deinem Rücken lacht man über dich – immer. Die ersten Worte, die der Krebs lernt, sind: »Ich bin die Mutter.« Das sagen die kleinen Jungs genauso wie die kleinen Mädchen. Du verschiebst immer alles auf morgen, deshalb wird nie etwas aus dir. Die meisten Sozialhilfe-Empfänger sind Krebse. Du weinst viel und laut, zum großen Vergnügen aller anderen. Du hast das lächerliche Bedürfnis, alle, die dir nahestehen, zu einem einzigen verdammten Bündel zusammenzuketten, das du mit deinem krankhaft eifersüchtigen Gemüt zu leiten versuchst. Auch in dieser Sekunde beten Millionen Menschen auf der ganzen Welt darum, dass sich bloß kein Krebs in sie verliebt.

Glücksding: Keuschheitsgürtel für den Partner

Glückszahl: Die Nummer am Schloss des Keuschheitsgürtels

Glücksfarbe: Alles außer krebsrot

Motto: »Du gehst nirgendwohin! Wo bist du? Wann kommst du? Das vergesse ich dir nie!«

Auto: Ein Wohnwagen für die ganze Familie

LÖWE

Du lebst in dem Irrglauben, der geborene Anführer zu sein. Die anderen haben längst gemerkt, dass du bloß ein mieser Streber bist. Die meisten Löwen sind ihrem Wesen nach sadistische Schinder, weshalb bei der Armee viele Löwen erschossen werden. Du bist eingebildet und kannst ehrliche Kritik nicht vertragen. Deine Dreistigkeit ist widerwärtig. Leider sind die Löwen recht wohlhabend. Löwen brüllen wie Dachse, um sich Gehör zu verschaffen, aber in Wahrheit hören die Angebrüllten nur zu, weil sie auf das »Ping« warten, das manchmal im Kopf des Löwen erklingt, denn dann hat die Anstrengung des Brüllens eine Ader platzen lassen, und es wird angenehm still.

Glücksding: Reitpeitsche
Glückszahl: Zu zweit
Glücksfarbe: Rampenlicht
Motto: »Geht der Vorhang nicht schneller hoch?«
Auto: Ferrari

JUNGFRAU

Du bist konsequent und hasst Unordnung. Unter Umständen wäschst du dein Auto drei Tage lang. Deine Pedanterie geht anderen auf die Nerven, daher heiratet niemand eine Jungfrau. Du bist kalt und gefühllos, außerdem schläfst du beim Vögeln ein. Jungfrauen sind irrsinnig gute Busfahrer. Wahrscheinlich ist gerade die Jungfrau das beschissenste von allen Sternzeichen. Ihre seltsame, scheinheilige Genauigkeit und ihr pathologisches Bedürfnis nach Geborgenheit gehen den Vertretern anderer Tierkreiszeichen manchmal so gewaltig auf die Nerven, dass etwas Unangenehmes passiert – den Jungfrauen. In den Gefängnissen der USA sitzen viele Serienmörder, die ausschließlich Jungfrauen umgebracht haben. In der Gefängnishierarchie stehen sie ganz oben. Unter den zum Tode Verurteilten sind die Jungfrauen diejenigen, die grundsätzlich sofort hingerichtet werden.

Glücksding: Intaktes Jungfernhäutchen
Glückszahl: Jede zuverlässige Nummer
Glücksfarbe: Jede Farbe, die nicht verblasst, sondern immer gleich bleibt
Motto: »Mag sein, aber in Wahrheit ...«
Auto: Seat Cordoba Diesel 2,9 l/100 km

WAAGE

Du bist ein zarter Lyriker, und es fällt dir schwer, mit beiden Beinen auf dem Boden zu bleiben. Sofern du ein Mann bist, hast du sehr starke homosexuelle Neigungen. In beruflichen und finanziellen Dingen bist du äußerst erfolgreich. Die Waage-Frauen eignen sich wegen ihrer guten horizontalen Position vor allem als Prostituierte. Waagen sterben an akuten Geschlechtskrankheiten. Nur die Waage bringt es fertig, stundenlang ihren eigenen Arsch im Spiegel anzugucken. Waagen haben bedauerlich oft ausgesprochen schöne Ärsche. Die weibliche Waage hat nicht verinnerlicht, dass der Hintern nicht nur zum Angucken da ist. Deshalb ist die Waage nicht die erste Wahl für flüchtige Beziehungen.

Glücksding: Spiegel
Glückszahl: Nur 299,-
Glücksfarbe: Die Modefarbe dieses Frühjahrs
Motto: »Das sieht einfach fantastisch aus!! Kann ich bei Ihnen mit Kreditkarte bezahlen?«
Auto: Volvo S80

SKORPION

In geschäftlichen Dingen bist du gerissen, in diesem Bereich kann man dir so wenig trauen wie in allen anderen. Du schaffst es nach ganz oben, weil du ein absolut kaltblütiger Taktiker bist. Aufgrund deiner stark ausgeprägten Sexualität hast du bereits im Kindergarten mit dem Masturbieren begonnen. Als Erwachsener geilen dich vor allem die Ehepartner anderer auf. Die meisten Skorpione werden im Bett erschossen (nicht in ihrem eigenen). Skorpione haben eine ausgesprochen kräftige Intuition entwickelt, so dass sie mit einem Blick feststellen können, mit wem sie in der nächsten halben Stunde möglichst primitiven Sex bekommen. 109 Prozent aller Skorpione nutzen diese Begabung skrupellos aus. Viele, die zum Objekt der sexuellen Begierde von Skorpionen geworden sind, sinnieren noch im Altersheim darüber nach, was ihnen da eigentlich widerfahren ist. Sofern die Erinnerung wieder lebendig wird, schlurft der betreffende alte Mensch mit letzter Kraft ins Scheißhaus des Altersheims, um zu onanieren.

Glücksding: 9-mm-Kugel (unbenutzt)
Glückszahl: 69
Glücksfarbe: Schlafzimmerbeleuchtung
Motto: »Dreh dich um, dann probieren wir mal eine andere Stellung aus.«
Auto: Chevy Van mit Plüschsitzen

SCHÜTZE

Du bist unheilbar optimistisch und begeisterungsfähig. Du hast die tollkühne Neigung, auf ein Glück zu bauen, das dir gar nicht gegeben wurde. Die meisten Schützen sind alkohol- oder drogenabhängig. Im Suff bilden die Schützen sich ein, sie seien geistige Lehrer. Alle halten die Schützen für lächerlich. Ihre Gesichtszüge haben oft eine verblüffende Ähnlichkeit mit denen der Pferde. Sofern der Schütze nicht an Zöliakie leidet, ist sein Lieblingsgericht ein Eimer Hafer. Schützen haben nahezu ausnahmslos ein starkes Bedürfnis zu verreisen. Schützen werden immer geschätzt, wenn sie weg sind.

Glücksding: Ein aufblasbarer Altar
Glückszahl: Route 66
Glücksfarbe: Klarheit
Motto: »Wie lange dauert der Flug?«
Auto: Raumfähre Challenger

STEINBOCK

Du bist ein konservativer, wählerischer Mensch, der Risiken scheut. Du tust nichts, bist also faul. Kein einziger Steinbock-Mensch hat jemals etwas Bedeutendes geleistet, weder in dieser noch in irgendeiner anderen Welt. Steinböcke dürfen nicht zu lange am selben Platz bleiben, denn durch ihren Eigengeruch vertreiben sie alle anderen. Der Steinbock versucht gern, sich an andere zu klammern und von ihrem Erfolg zu profitieren. Falls ein Steinbock versucht, aus eigener Kraft voranzukommen, was ihm natürlich nicht gelingt, wirft er den anderen vor, sie würden seine Karriere torpedieren. Der Steinbock hat die extrem unangenehme Eigenschaft, höllisch alt zu werden.

Glücksding: Sozialrente

Glückszahl: Der Grundbetrag der Sozialrente, 2 625 Mark/ Monat

Glücksfarbe: Die Farbe des Umschlags der Rentenversicherung

Motto: »O weh, ach je, man muss es noch einmal versuchen, o je ...«

Auto: Lada 1200 L

WASSERMANN

Du bist ein Genie, zugleich aber auch ein extrem eifersüchtiger und besitzergreifender Diktator, auch wenn du dich ganz anders gibst. Du lügst häufig. Da du gleichgültig und unpraktisch bist, wiederholst du deine Fehler wieder und wieder, wie ein Magnetophon. Alle Menschen und sogar alle Tiere halten dich für ungewöhnlich dumm. Du bist bereit, dir den eigenen Kopf abzusägen, damit dein »Freund« sagt: »Du bist mein bester Freund.« Gegenüber dem nächsten Freund machst du deinen vorigen Freund schlecht, und notfalls würdest du deine eigene Scheiße fressen, damit dein »Freund« sagt: »Du bist mein bester Freund.«

Glücksding: Eine Karte zum Valentinstag

Glückszahl: Unendlich

Glücksfarbe: Alles, was anderen gefällt

Motto: »Einsamer Wassermann sucht Freunde. Natürlich in ernster Absicht!«

Auto: Gelenkbus

FISCHE

Du hast eine lebhafte Fantasie und bildest dir oft ein, dass dir feindliche Agenten nachspionieren. Du sammelst Waffen und Ferngläser. Auf deine Mitmenschen machst du keinen Eindruck, sie ärgern sich nur über deine Großspurigkeit. Da du kein Selbstvertrauen hast, fürchtest du dich blindlings vor allem. Fische neigen dazu, Machthaber zu erpressen. In jungen Jahren schicken Fische im Allgemeinen anonyme Drohbriefe an wichtige Persönlichkeiten, denen sie beleidigende Spitznamen verpassen. Weil die Fische von allem nur träumen, sind sie harmlose Tölpel und eignen sich als Passanten im Hintergrund, wenn die Fernsehnachrichten ein Straßenbild brauchen. Viele Fische begehen Selbstmord, weil sie fürchten, umgebracht zu werden. Allerdings haben die Fische auch vor Selbstmord Angst, deshalb versuchen sie sich zu bescheißen, indem sie sich ertränken. Sie sind nämlich so blöd, dass sie glauben, als Fische könnten sie nicht ertrinken. Deshalb fischt man sie massenhaft aus Seen, Meeren, Flüssen und Badewannen. Fische haben die witzige Neigung, sich eine ziemliche Suppe einzubrocken, deshalb eignen sie sich besonders gut für Fischsuppe.

Glücksding: Kaputte Reuse
Glückszahl: Jede Ziffer, die aus dem Unterbewusstsein aufsteigt
Glücksfarbe: Alle neurotischen Farben
Motto: »Das würde ich mich nicht trauen!«
Auto: VW Käfer – '62

Mittwoch, 9.9.

Kann mich nicht aufraffen ...

Donnerstag, 10.9.

Kann mich wieder nicht aufraffen ...

Freitag, 11.9.

Immer noch nicht ...

Montag, 14.9.

Ich wanderte ans Ufer in Hakaniemi, um mir ein bisschen Sauerstoff in die Lunge zu ziehen. Unter der Brücke lärmte eine Schar Saufbolde, die voll den Boogie draufhatten. Als ich vorbeiging, rief mir einer von ihnen zu:

»Ey, du Knilch, komm und trink mit uns!«

Ich spitzte sofort die Ohren. Hatte dieser Penner mich Knilch genannt? Schnurstracks marschierte ich zu den Grölern hin. Sie drückten mir eine Flasche in die Hand.

»Trink ein bisschen Radauwasser, du Bohnenstange«, lallte einer der Clochards. Komische Typen, die konnten sich kaum auf den Beinen halten, motzten mich aber der Reihe nach an. Wirklich famos. Ich nahm einen ordentlichen Schluck aus der Flasche. Pfui Deibel! So beschissenen Schnaps hatte ich noch nie getrunken!

»Was für eine Scheißbrühe süppelt ihr denn da?«

Eine Rothaut, die sich als Arska aus Sörkka vorstellte, fing an zu erklären.

»Na weeßte, du Bubi, wenn einer abschackt, braucht er keinen Schnapsch mehr ... aber man kann ausch ihm noch nen orntlichen Drink rauschholen ... Letschte Nacht ham wir Pena gestaubschaugert, un er hat'sch nich mal gemerkt!«

Mir stand das Maul offen. Pena gestaubsaugert? Ein zweiter Typ, dem die Zunge besser gehorchte, setzte zu einer Erklärung an.

»Ja, du Knilch, ich war früher mal Arzt, weißt du. Ich hab so 'nen Schöpfheber erfunden, mit dem man unverdauten Schnaps auffangen und wiederverwerten kann. Hier ist das Basis-Schöpfheber-Paket«, sagte er und hielt einen zwei Meter langen Plastikschlauch und einen Eimer hoch. Arska aus Sörkka setzte zu einem Vortrag an:

»Heb den Kumpel aufs Podescht, fädel den Schlauch in den Magen und schaug dran. Halt dasch andere Ende vom Schöffheber in den Eimer und warte'n Moment.«

Der Ex-Arzt ergänzte Arskas Erklärung:

»Mit dem Schöpfheber kannst du den Schnaps aus dem Magen saugen, kapiert?«

Ich wäre fast in Ohnmacht gefallen. Ich hatte gerade Schnaps getrunken, der aus dem Magen eines Säufers gesaugt worden war! Der Ex-Arzt setzte seine Präsentation fort, indem er eine Plane wegzog, unter der ein pofender Typ mit einem Schlauch im Arsch zum Vorschein kam.

»Wenn die Speiseröhre verstopft oder die Fresse eingeschlagen ist, kann man den teuren Schnaps auch durch den Arsch absaugen. Dafür braucht man einen 6 Meter langen Schlauch und eine Fahrradpumpe«, erläuterte der ehemalige medizinische Experte.

Voller Stolz beschrieb Arska die delikate Operation:

»Heb den Burschen wieder aufs Podescht und schieb den Schlauch durch'n Arsch in den Magen. Schetsch die Pumpe ansch Ende vom Schlauch, dasch der Griff nach unten scheigt. Dann muscht du schön gleichmäschig pumpen, bisch der erschte Schnaps rauschläuft. So geht esch mit dem Spetschialschöpfheber.«

Ich kotzte in hohem Bogen. Bestimmt kam mir die Suppe auch zu Ohren und Augen raus. Bisher war mir nicht klar gewesen, dass ein Mensch auch eine sogenannte Breitseite reihern kann! Arska drückte mir eine halbe Flasche frisch aus dem Arsch gemolkenen Schnaps in die Hand und lud mich ein, mal wiederzukommen. Ich schleppte mich in echt mieser Verfassung nach Hause.

Offenbar war ich so durcheinander, dass ich den Säuferarsch-Schnaps mit in die Bude nahm. Als ich die Buddel sah, bekam ich wieder einen spontanen Anfall von Erbrechen. Ich schaffte es nicht einmal zum Klo. Puh, jetzt muss ich versuchen zu pennen. Gute Nacht, liebes Tagebuch.

Dienstag, 15.9.

Beim Aufwachen sah ich als Erstes die Flasche auf dem Wohnzimmertisch. Wie lange müsste ich sie anstarren, bevor diese akuten Lama-Attacken aufhörten? Selbst beim schlimmsten Kater hatte ich nie so viel gekübelt. Und schon kam es mir wieder hoch ... Ich wollte die Flasche gerade aus dem Fenster schmeißen, als ich eine geniale Idee hatte: Das war das passende Geschenk für meinen lieben Nachbarn! Während ich die Brühe durch einen Trichter in eine hübschere Flasche umfüllte, reiherte ich noch dreimal. Dreiviertel Liter aus dem Arsch gesaugten Schnaps von einer Flasche in die andere und dreimal kotzen! Das würde bestimmt für einen Guinness-Rekord reichen!

Ich ging los, um dem Arschloch von einem Nachbarn mein kleines Geschenk zu bringen. Ein Bröckchen Flatschen saß mir noch im Hals, als ich klingelte. Der sauertöpfische Besitzer des Ex-Datsuns öffnete. Mit großer Geste überreichte ich ihm die Flasche.

»Ehrlich, es tut mir total leid, dass ich nicht besser auf das Auto aufgepasst habe«, sagte ich möglichst zerknirscht.

Ich glaubte, auf dem Gesicht von dem Scheißkerl kleine Anzeichen von Versöhnlichkeit zu sehen. Na, der wird die Fresse schon noch verziehen ... der Pisskopf. Mich verarscht man nicht!

Mittwoch, 16.9.

Tiina kam heute zu mir und schlug mir vor, sie am Abend zum Krisentelefondienst für Alkoholiker zu begleiten. Frauen sind wirklich seltsam. Soll ich mir mit klarem Kopf anhören, was irgendein Unbekannter mir im Suff ins Ohr lallt? Aber Tiinas Mund ist sowohl physisch als auch verbal so unwiderstehlich, dass ich beschloss, den Spaß mitzumachen.

Ich saß in einer komischen Zelle und wartete darauf, dass das Telefon klingelte.

Ein blöder Job, saublöd. Endlich klingelte es. Ich meldete mich forsch:

»Hier Juha, und wer ächzt da?«

Zuerst war gar nichts zu hören, dann ein merkwürdiges Brummen.

»Ich will mit dem Saufen aufhören.«

»Na, dann hör auf«, erteilte ich sachkundig Rat und schmiss den Hörer auf die Gabel.

Kurz darauf klingelte das Telefon wieder. Es war derselbe Bursche. Diesmal fuhr er mich an:

»Ist das nicht das helfende Telefon, hä?«

»Doch, das ist das helfende Telefon. Wie kann ich behilflich sein?«

»Ich will vom Schnaps loskommen!«, trompetete er.

Ich beschloss, meine neueste Idee auszuprobieren.

»Geh morgen früh ans Ufer in Hakaniemi. Da hockt eine fröhliche Bande und säuft. Bitte sie um einen Schluck und vergiss nicht, ordentlich damit zu gurgeln, die Typen trinken da nämlich Schnaps, den sie abgesackten Pennern aus dem Arsch gesaugt haben. Die haben so einen langen Schlauch, der durch den Hintern bis in den Magen reicht. Mit einer Fahrradpumpe saugen sie den Schnaps raus und füllen ihn in Flaschen ...«

Ich hörte Laufschritte und gleich darauf ein erbarmungsloses Gewürge mit einem leichten Nachhall. Das lag vermutlich an dem authentischen Effekt, den die Kloschüssel lieferte.

Offenbar waren noch weitere Schluckspechte anwesend, denn ein paar Sekunden später kam ein zweiter Saufkopf ans Telefon, der wohl von dem Gekröse geweckt worden war.

»Wer ist da?«, begann der Typ das Gespräch. Ich erzählte dem werten Herrn dieselbe Geschichte.

»Geh morgen früh ans Ufer in Hakaniemi ...«

Gleich darauf wurde im Tandem gereihert. Lustige Bande. Nachdem ich bereits den vierten Zecher aufs Klo befördert hatte, riss mir Tiina den Hörer aus der Hand.

»Was zum Teufel machst du da, Juha?«, fauchte sie.

»Ich nüchtere meine Mitmenschen aus«, antwortete ich salbungsvoll.

Ich glaube, in nächster Zeit brauche ich da nicht mehr auszuhelfen. Es den Frauen recht zu machen, ist echt schwer ...

Donnerstag, 17.9.

Ich beschloss, künftig Sport zu treiben, und kaufte eine Stange für Klimmzüge, die ich am Türrahmen des Kleiderschranks befestigte. Dann war es Zeit für die erste Übung. Ich umfasste die Stange mit beiden Händen und zog mich hoch ... RUMS! Ich fiel wie ein Stein auf die Knie, die ihrerseits auf die Schwelle prallten. Es presste mir die Luft aus der Lunge, und von den Knienerven her breitete sich ein Gefühl aus, als hätte man mir ein Starkstromkabel in den Hintern gesteckt. Der ganze Körper zuckte elektrisch, ich kriegte keine Luft. Ich wälzte mich wie ein Hund in Pferdeäpfeln und röchelte bloß: Luft!

Keine Ahnung, wie lange es dauerte, bevor meine Lunge wieder arbeitete. Ich schleppte mich aufs Sofa und sank in halbe Bewusstlosigkeit.

Gegen Abend wurde ich wach. Ich wankte zum Klo, meine Knie waren auf vierfache Größe angeschwollen. Deshalb fand ich, dass ich mir die Turnstunde für heute schenken durfte ... nein, für das ganze Jahr. Der Sport hing mir dermaßen zum Hals heraus, dass ich den Sender wechselte, als die Sportschau anfing.

Freitag, 18.9.

Eigentlich wollte ich am Morgen zu Alko, aber mit meinen Knien war an Gehen nicht zu denken. Vielleicht sollte ich den Astrologen anrufen und fragen, ob irgendein Scheißplanet explodiert ist oder weshalb diese Woche eine einzige Katastrophe war. Zuerst entleibe ich mich zwei Tage hintereinander wegen dem aus dem Arsch gepumpten Schnaps ins Klo, und dann haut's mich dermaßen auf die Knie, dass ich fast mein Leben aushauche.

Kristian ist bestimmt mein Schutzengel, denn er kam ungebeten zu Besuch. Ich schickte ihn sofort los, zwei große Flaschen Betäubungsmittel für mich zu holen.

Kristian brachte auch für sich ein paar Pullen mit, und wir fingen an, uns Hochprozentigen hinter die Binde zu gießen. Es war richtig schön, nach langer Zeit mal wieder mit meinem alten Kumpel zu picheln. Wir spielten Trivial Pursuit. Dummerweise wird Kristian immer total dickköpfig, wenn er besoffen ist. Scheiße, der wollte mir erzählen, auf meiner Karte wäre ein Druckfehler. Der Eiffelturm stünde in Stockholm! Wenn mir die Knie nicht so wehgetan hätten, dann hätte ich ihm den Plastikeiffelturm, den mir irgendwer geschenkt hat, in den Hintern gesteckt und ihm Heja Sverige auf die Pobacken geschrieben! Voll Scheiße, wie blöd ein Besoffener sein kann. Zum Glück bin ich ein umgänglicher Bursche ... auch im Suff.

Samstag, 19.9.

Kristian war auf meinem Sofa eingepennt, wo ich ihn am Morgen vorfand. Auch vom Schnaps war noch genug übrig, so dass wir spontan beschlossen, unsere Sauftour fortzusetzen.

»Machen wir einen Unterhosensuff?«, schlug Kristian mit leuchtenden Augen vor.

»Unterhosensuff?«

»Da säuft man gleich am Morgen weiter, also braucht man sich nicht erst anzuziehen, sondern kann sich den ganzen Tag in Unterhosen Schnaps reinschütten. Und wenn man absackt, macht es nichts, weil man ja sowieso schon ausgezogen ist.«

Ich entschied mich für ein ganz normales Besäufnis, aber

Kristian zog hartnäckig seinen Unterhosensuff durch. Total bekloppt, es wäre viel natürlicher gewesen, wenn der Hausherr in seiner Bude in Unterhosen rumhüpfte und nicht der Gast. Aber Kristian wollte unbedingt in Unterhosen saufen.

Ich zog ihn den ganzen Tag mit dem Eiffelturm und Stockholm auf. Als Kristian am Abend wieder sturzbesoffen war, setzte er sich in den Kopf, der Ladoga wäre ein Staat in der Sowjetunion. Ich hatte keine Lust, mir sein Gelaber anzuhören, und verzog mich in mein Hochbett, blätterte in Pornoheftchen und süppelte Schnaps. Vom Sofa im Wohnzimmer tönte es in unregelmäßigen Abständen:

»Scheiße, ich zieh demnächst nach Ladoga!«

Eigentlich hätte ich nichts dagegen gehabt.

Sonntag, 20.9.

Na so was, unser gemeinsamer Freund, der Herr Kater, besuchte uns. Schon komisch, wenn zwei Fuselstangen schwitzend und schlapp durch die Bude tappen. Doch Kristian fand einen Ausweg aus der unerträglichen Lage:

»Juha, gehen wir in den Pub, Weiber aufreißen?«

Ich bin immer bereit, der Stimme der Vernunft zu folgen, also brachen wir sofort auf. Kristian hatte schon seit drei Tagen dieselbe Unterhose an, der Erfolg war ihm also garantiert.

Wir spielten Darts und pichelten Bier. Die anwesende Weiblichkeit hatte bereits so viele Kilometer auf dem Tacho, dass wir es vorzogen, unsere wilde Sexualität zu zügeln.

Dienstag, 22.9.

Kristian meinte, im Herbst müsse man viel Fisch essen. Ich fragte verwundert, warum man nicht auch in anderen Jahreszeiten Fisch essen soll. Daraufhin hielt Kristian mir einen Vortrag zum Thema Fische.

»Guck mal, im Herbst werden die Tage kürzer und es wird dunkel, deshalb muss der Mensch in all der Finsternis Licht in sein Inneres kriegen. Meinen Beobachtungen nach enthalten Fische reichlich Phosphor. Als ich klein war, hatten wir in unserem winzigen Scheißhaus einen Lichtschalter, der mit Phosphor bestrichen war. Mein größtes Vergnügen war es, kacken zu gehen und plötzlich das Licht auszumachen. Dann glimmte der Phosphorschalter so schön. Mein Vater dachte, ich würde mir auf dem Klo einen runterholen, wenn ich das Licht ausknipste. Der arme Kerl hat keine Ahnung, dass ich mich später für seinen miesen Verdacht gerächt habe, indem ich in seinen Stiefel gewichst und ihm getrocknete, zerbröckelte Hundescheiße unter den Pfeifentabak gemischt habe. Bestimmt hat er sich gewundert, wieso nur sein einer Fuß klebrigen Schweiß produziert hat, hah hah hah!« Kristian lachte sich krumm.

Ich war total durcheinander. Phosphor, Lichtschalter, Herbst, getrocknete Hundekacke und vollgewichste Stiefel. Wie hing das alles zusammen? Und was hatte es mit Fischen zu tun?

Trotzdem gingen wir auf den Markt, um Fisch zu kaufen. Kristian musterte die Fischstände mit sachkundigem Blick.

»Das ist ein Barsch, und der größere da ist ein Hecht«, erklärte der selbsternannte Fischmeister.

Mir ging es allmählich auf den Keks, dass er mich als Fischkenner unterschätzte, daher schnappte ich mir eine Quappe, einen ziemlichen Brocken, und knallte sie Kristian wie einen Baseballschläger mitten in die Fresse. Heilige Scheiße, so eine Quappe pfeift unglaublich, wenn man sie mit Hammerwerfergriff einem Menschen ins Gesicht klatscht. Auch das laute Platschen entging kaum einem Marktbesucher, von Kristians Geschrei ganz zu schweigen. Aber wenigstens war Schluss mit der Besserwisserei. Wir kauften ein Stück gebeizten Lachs, so groß wie ein Biberschwanz, und besorgten dann noch Brot und Eier. Am Nachmittag sollte es Lachsbrote geben. Zu unserem Entsetzen merkten wir, dass wir das Allerwichtigste vergessen hatten – von gesalzenem Lachs kriegt man höllischen Durst. Nix wie zum Alko!

In seiner Bude kippte Kristian becherweise Wodka in sich rein. Er bot auch mir puren Schnaps aus dem Emaillebecher an, aber ich bin doch, verdammt nochmal, kein Säufer! Puren Schnaps aus einer emaillierten Blechtasse? Feine Herren trinken aus dem Bierkrug – auch den Schnaps!

Kristian war nicht mehr so ganz in der Verfassung, mir beim Zubereiten der Brote zu helfen. Ich nahm die Sache ernst und zupfte mit einer Pinzette, die irgendeiner Ex von Kristian gehörte, die Gräten aus dem Filet, bis der Fisch perfekt enthaart war. Beinahe hätte ich vergessen, die Eier zu kochen. Kristian brachte eine vorsintflutliche Eieruhr in die Küche. Ich stellte sie auf fünfzehn Minuten, denn mit weichen Eiern geben wir uns nicht ab! Wir saßen beide am Küchentisch, als die Eieruhr eine Viertelstunde später genau vor Kristians Nase klingelte. Er schrak auf, guckte sich verdattert um und rannte ins Wohnzimmer. Ich hörte, wie er den Telefonhörer abnahm.

»Hallo!«, rief er.

Nach einer Weile kam er achselzuckend in die Küche zurück und sagte:

»Da hatte sich wohl jemand verwählt.«

Ich sah Kristians umherirrenden Blick. Offenbar löst purer Schnaps irgendeine schädliche Substanz aus dem Emaillebecher, die den Kopf verwirrt. Kristian war jedenfalls total durcheinander. Hoffentlich kriegt er von meinen Lachsbroten keine Phosphorvergiftung.

Mittwoch, 23.9.

Gebeizter Lachs macht einen mindestens vierundzwanzig Stunden lang durstig, also mussten wir wieder trinken, diesmal auch gegen den Durst.

Donnerstag, 24.9.

Scheiß drauf. Der Lachs macht scheints zwei Tage lang Durst und zieht Flüssigkeit ins Gesicht. Heute bin ich nicht schön, gar nicht schön – höchstens hübsch ...

Sonntag, 27.9.

Weil ich kein Sommerhäuschen besitze, spielte ich in meiner Bude Darts. Ein Nachbar klingelte und fragte, ob ich so ein seltsames Pochen höre.

»Nein, du etwa?«, fragte ich entsetzt zurück.

»Nn ...ein, wohl nicht«, antwortete der Nachbar und verschwand erschrocken in seiner Wohnung.

Hoffentlich geht der Einfaltspinsel nicht ins Gesundheitszentrum und klagt über pochende Geräusche, sonst wird er am Ende noch in die Klapsmühle gesteckt. Wäre mir an sich ja egal, aber ich habe keinen Bock, jahrelang seine Blumen zu gießen.

Ich machte mit dem Pfeilewerfen weiter. Was für ein Scheißpochen hört der Kerl eigentlich?

Montag, 28.9.

Ich blätterte in einem total abartigen Pornoheft von Kristian, das ich zuerst für eine Ärztezeitschrift hielt. Die Fotos zeigten nämlich nichts anderes als nackte Irre beim Pinkeln und Kacken. Warum liest Kristian so was? Vielleicht leidet er unter übermäßigem Harndrang oder Verstopfung. Andernfalls hat der Perverse in meiner Bude nichts mehr zu suchen! Da ich kein Wort Deutsch kann, wurde ich auch aus den Bildunterschriften nicht schlau. Ich rief Kristian an und fragte ihn, was für eine Scheißillustrierte er mir da gegeben hatte. Kristian erklärte fröhlich, die gehöre seinem neuen Kumpel.

»Wir kommen dich demnächst mal besuchen, dann lernst du Mikael kennen«, jauchzte er.

Ich dachte bei mir, dass ich den Typen unbedingt sehen will, aber nur einmal.

Außerdem beschloss ich, mir einen leichten Rausch anzutrinken und mich noch einmal in die Illustrierte zu vertiefen. Dann haben wir wenigstens Gesprächsstoff, wenn der fast legendäre Mikael kommt.

Dienstag, 29.9.

Ich träumte überraschend von allen Arten der Entleerung, also wirklich von allen, und beschloss, die beschissene Illustrierte zu verbrennen.

Ein seltsames Hopsen im Treppenhaus weckte mich. Es klang so merkwürdig, dass ich einfach nachgucken musste, was zum Teufel ein solches Geräusch erzeugte. Wenn ich am Abend nicht so mäßig getrunken hätte, hätte ich meinen Augen nicht getraut. Im Treppenhaus hüpften zwei Nackte, ein Mann und eine Frau, die in Taillenhöhe mit einem Gürtel aneinandergebunden waren. Das Verrückteste dabei war, dass sie Rücken an Rücken gefesselt waren. Ich wollte mir das Scheißgehopse unbedingt aus der Nähe ansehen. Laus mich der Affe, das war ja die Frau von dem Brummifahrer aus dem oberen Stock. Als sie mich sah, bat sie, reinkommen zu dürfen. Ich dachte, ein so ungewöhnliches Pärchen muss ich einfach in meine Bude lassen. Im Flur merkte ich, dass der Gürtel ein alter Pfadfindergürtel war, mit Trillerpfeife und allem. Ich hätte gern mal in die Pfeife geblasen, aber ich hatte Sorge, der Typ würde so erschrecken, dass er sich in die nicht vorhandene Hose machte. Echt war der Gürtel offenbar, denn auf der Schnalle stand: Allzeit bereit. Fragte sich nur, wozu. Ich band die Hopser los und bat sie ins Wohnzimmer. Scheiße auch, da saßen zwei Nackedeis auf meinem Sofa, als ob sie auf eine ärztliche Untersuchung warteten. Die Schnepfe aus dem Obergeschoss fing an zu erklären:

»Der hier ist der Bruder von meinem Mann, und wir waren gerade am Vögeln, als mein Alter überraschend nach Hause kam. Da hat er uns, so wie wir waren, von der Matratze gezogen, aneinandergebunden und ins Treppenhaus geschubst. Wahrscheinlich hat er den hier bloß deshalb nicht umgebracht, weil er sein Bruder ist. Das ist die ganze Geschichte.«

Die beiden waren ja mittendrin gestört worden, und die Tussi schlug folgerichtig vor:

»Wollen wir Gruppensex machen?«

Mir fiel der Kinnladen runter. Gruppensex? Das Pärchen war so speziell, dass ich mich vergewisserte, was es unter Gruppensex verstand.

»Soll ich euch beide ficken, oder was?«, erkundigte ich mich misstrauisch.

Vorsichtshalber lehnte ich alle Varianten ab, bei denen der Kerl anwesend war. Ich erklärte, ich sei nur bereit, die Alte zu bumsen, wenn er so lange im Flur wartete. Genauer gesagt, schleifte ich den nackten Burschen an den Haaren in den Flur und ging daran, die Alte so richtig zu bohnern. Offenbar wirkte der »Allzeit bereit«-Gürtel so erregend, dass ich sie fast zur Bewusstlosigkeit fickte. Als ich fertig war, ging ich in den Flur und teilte dem wie ein Blöder rumstehenden Typ mit, jetzt sei er an der Reihe. Da ertönte ein Schrei vom Sofa:

»Nee, bloß nicht. Mir tun schon alle Knochen weh!«

Ich ging zum Waschen und erklärte dem wartenden Lustmolch im Vorbeigehen:

»Sorry, wichs dir einen ab, aber nicht hier.«

Der Poussierstengel hatte einen schlechten Tag. Zuerst landet er nackt und mit einem Pfadfindergürtel gefesselt im Treppenhaus, und dann fickt ein Nachbar das Weib so gründlich, dass sie garantiert ein Jahr lang keinen mehr ranlässt.

Samstag, 3.10.1998

Heute kam Kristian mit seinem Mikael zu Besuch. Es ist zwar schon Oktober und ziemlich kühl, aber doch noch nicht so kalt, dass ich eine Strickmütze anziehen würde. Aber dieser Knabe hatte eine Pelzmütze auf dem Kopf! Vielleicht bin ich über die neuesten Trends nicht so gut informiert, aber das karierte Jackett, der quergestreifte Schlips und das längsgestreifte Hemd waren irgendwie eine seltsame Kombination, zumal alles in möglichst schrecklichen Farben gehalten war. Bestimmt hatte er seine Klamotten selbst gefärbt. Kein halbwegs vernünftiger Modedesigner kann sich so was einfallen lassen. Ich bekam direkt Kopfschmerzen, als ich den Wirrwarr von Streifen und Farben sah.

Als Mikael die Pelzmütze absetzte, kapierte ich schlagartig, warum die Kopfbedeckung Sinn machte. Scheiße, sein Kopf war eierförmig, noch dazu so, dass er oben spitz zulief. Eigentlich erinnerte er an eine Grabkerze. Ich kriegte höllische Angst, als Mikael den Mund aufmachte und mit knarrender Stimme sprach, wobei er mich durch seine Henkerbrille scharf beobachtete. Kristian dagegen war sichtlich stolz auf seinen neuen Freund.

Mikael zauberte eine Whiskyflasche aus den Tiefen seines Mantels und schlug vor, auf den Beginn unserer Freundschaft zu trinken. Ich überlegte, auf wessen Freundschaft wir wohl anstoßen sollten. Mikael erklärte, er sei Bezirkssekretär und habe sogar ein Parteibuch. Jetzt bekam ich erst recht Angst. Welche Scheißpartei macht so einen Henkertyp zum Bezirkssekretär? Ich beschloss, kein Wort über seine merkwürdigen Vorlieben zu verlieren, doch Mikael fühlte sich offensichtlich wie zu Haus und plauderte aus dem Nähkästchen.

»In Deutschland gibt es einen Club, in dem Scheiße gegessen wird«, eröffnete er das Gespräch.

Ich gab mir Mühe, möglichst interessiert zu wirken, und antwortete:

»Aha, sehr interessant.«

Gleichzeitig beschloss ich, mich heute auf keinen Fall ins Koma zu saufen. In Gesellschaft dieses Kerls bestand die Gefahr, dass ich am Morgen nicht den Geschmack von Katzenkacke im Mund hatte, sondern vermutlich den meiner eigenen oder aber der Scheiße des Herrn Bezirkssekretärs.

»In Deutschland trifft sich außerdem regelmäßig ein Club, in dem man Urin trinkt und die Geschlechtsorgane mit Stromstößen stimuliert«, knarzte Mikael.

Wieder spielte ich den Interessierten.

»Mit Stromstößen, na so was!«

Dann bat ich Kristian in die Küche.

»Scheiße, du hast mir nicht erzählt, dass du im Irrenhaus warst«, fuhr ich ihn an.

»War ich doch gar nicht«, antwortete er verdattert und fast beleidigt.

»Wo zum Teufel hast du den Typen denn dann aufgetrieben?«

Kristian erzählte, er habe den Gentleman in einem Restaurant kennengelernt. Sie hätten sehr interessante Gespräche geführt. Das glaubte ich ihm unbesehen.

Zum ersten Mal in meinem Leben hielt ich mich den ganzen Abend an einem Glas fest, während die beiden Helden die Whiskyflasche leerten. Seltsamerweise wurde Mikael praktisch gar nicht betrunken, während Kristian schon nah am Umkippen war. Wenn Kristian mit diesem Verrückten loszog, tat er mir jetzt schon leid. Wer weiß, was für einen Stöpsel er im Arsch hat, wenn er in Mikaels Höhle aufwacht.

Zum Glück brachen die beiden Herren irgendwann auf, wobei Mikael Kristian stützte.

Mittwoch, 7.10.

Harte Tage für Menschen, die von Berufs wegen denken. Auch heute über wer weiß was gegrübelt.

Donnerstag, 8.10.

Nichts passiert, wofür man Papier opfern sollte. Es wäre pure Verschwendung, Wälder abzuholzen, nur um zu beschreiben, wie einer zum Pinkeln und Kacken geht.

Freitag, 9.10.

Ich schone den Wald.

Mittwoch, 14.10.

Kristian rief mich am Morgen an, vollkommen hysterisch.

»Du musst sofort herkommen«, rief er.

Ich war ziemlich sicher, dass Mikael Kristian mit seiner eigenen Scheiße gefüttert oder in den Arsch gefickt hatte, so aufgeregt wirkte er. Also brach ich sofort auf, um zu retten, was zu retten war. Ich hatte noch nicht mal geklingelt, da flog die Tür schon auf. Zumindest auf den ersten Blick sah Kristian nicht so aus, als wäre er in den Arsch gefickt worden, es sei denn, er war schwul und hatte Spaß daran. Eigentlich wirkte er direkt begeistert. Er zog mich ins Wohnzimmer und stammelte:

»Scheiße, hier ist ein irrsinniges Feng Shui ...«

Ich sah ihn verwundert an. Hatte er mit einer Thai-Tussi gevögelt, die Feng Shui hieß? Kristian bat mich, ihm mit dem Sofa zu helfen. Wir schleppten das Ding durch die Bude. Zwischendurch überprüfte Kristian mit einem Kompass die Himmelsrichtung, dann ging es weiter. Wir verrückten sämtliche Möbel, sogar das Bücherregal. Auch das Bett schoben wir mindestens eine Stunde lang im Raum herum. Jetzt steht es völlig falsch, immer noch im Schlafzimmer, aber total schräg, so dass die Kleiderschränke nicht mehr aufgehen. Kristian war jedoch überaus zufrieden, nachdem er die Position des Bettes am Kompass überprüft hatte.

»Jetzt liegt der Kopf des Schlafenden in der optimalen Richtung«, meinte er.

Ich setzte mich verschwitzt aufs Sofa und fragte:

»Wann kommt diese Feng Shui?«

Ich dachte mir, nach der Schufterei könnte ich es auch mit der Thai-Tussi treiben. Kristian sah mich verdutzt an.

»Wieso kommen? Hier ist doch schon ein irrsinniges Feng Shui!«

Ich sprang auf und guckte überall nach, fand aber nirgends eine Thai-Masseuse. Allmählich brannte mir die Sicherung durch. Ich packte Kristian an der Gurgel und fuhr ihn an:

»Wo zum Teufel steckt diese Feng Shui?«

»Ich hab von einer Tussi in der Kneipe eine Illustrierte gekriegt, in der was über Feng Shui stand, über die chinesische Einrichtungslehre«, röchelte Kristian in meinem Würgegriff. »Ich habe schon mindestens fünf Kilo grobes Meersalz in der Bude verstreut und bestimmt einen Kilometer Kerzen abgebrannt. Jetzt stehen die Möbel so, dass die Energie frei fließen kann«, erklärte er, als ich ihn losließ.

Teufel auch, kann Kristian etwa Chinesisch? Seltsame Geschichte. Mit anderen Worten, ich hatte im Schweiße meines Angesichts Möbel geschleppt, damit in Kristians Bude ein gutes Feng Shui herrscht?

Kristian setzte sich neben mich und sprach im Flüsterton weiter.

»Nach der Feng-Shui-Lehre können die Energien der vorigen Bewohner in der Wohnung zurückbleiben, wenn man sie nicht von den schlechten Energien säubert. Setz dich mal da hin, dann erlebst du was Tolles.«

Ich setzte mich auf einen kleinen Schemel in der Ecke. Da lag übrigens kein Salz auf dem Boden, und Kerzen sah ich auch keine. Kristian holte eine Flasche Bier und sagte, ich solle einen großen Schluck trinken. Immer noch auf dem Schemel hockend, goss ich mir die halbe Flasche hinter die Binde. Heiliger Bimbam, die haute mich um wie ein Holzscheit!

Kristian lachte.

»Mein Vormieter war ein Megasäufer, und er hatte seinen Sessel genau da in der Ecke stehen. An der Stelle hat er bestimmt eine Tankladung Schnaps gesoffen! Stell dir bloß mal vor, was für ein Säufer-Feng-Shui da herrscht«, jubelte er.

Ich wurde von einer halben Flasche Bier blau. Nachdem ich auch den Rest noch getrunken hatte, konnte ich kaum noch auf den Beinen stehen. Eine Flasche Bier, und Kristian musste mich stützen. Scheiße, was für ein Feng Shui!

Donnerstag, 15.10.

Unglaublich, dieses Feng Shui! Von der einen Flasche Bier hatte ich einen Irrsinnskater. Nachdem ich die schlimmste Übelkeit überwunden hatte, fing ich an, über das Feng Shui meiner eigenen Bude nachzudenken. Wer weiß, was für ein Schluckspecht vor mir hier gewohnt hat. Ich muss bloß die exakten Koordinaten finden, wo er gepichelt hat. Es kommt viel billiger, wenn man bloß ein Bier braucht, um den ganzen Abend blau wie ein Hubschrauber durch die Bude zu schwirren. Also fing ich an, die Möbel umzustellen. Dann probierte ich die Wirkung mit einer Flasche Bier. Komischerweise funktionierte es nicht – noch nicht.

Offenbar verrückte ich im Laufe des Abends die Möbel vierundzwanzig Mal, denn als ich mich in mein Hochbett verzog, war die Bierkiste leer. Hoffentlich stand mein Bett richtig, dachte ich vor dem Einschlafen, es wäre nämlich eine Mordsarbeit, es zu verschieben. Ich wackelte mit dem Hintern und versuchte zu spüren, ob das Bett mitruckelte. Wie fest war das Ding wohl in die Wand gebolzt? Bestimmt verdammt fest, denn es hatte ja sogar die Elefantenkuh ausgehalten, die ich hier besprungen hatte ...

Freitag, 16.10.

Am Morgen hatte ich irrsinnigen Harndrang. Als ich vom Hochbett kletterte, tat mir bei jeder Sprosse die Blase weh. Eine ganze Kiste Bier, pfui Teufel. Nachdem ich eine Viertelstunde lang gepinkelt hatte, wollte ich in die Küche, um was zu trinken. Unglaublich – alle Möbel standen auf einem Haufen im Flur. Nach und nach erinnerte ich mich wieder an die

Feng-Shui-Aktion am vorigen Abend. Herrschte in meinem Flur ein gutes Feng Shui, da dort sämtliche Möbel aufgetürmt waren? Und aus welchem verdammten Grund hatte ich auch noch alle Töpfe obendrauf geschmissen? Das Ganze sah aus wie ein Flüchtlingsschlitten, bloß der Schlitten fehlte. Eine Wahnsinnsarbeit, mit einem gepflegten Bierkater die Möbel wieder an ihren Platz zu schleppen. Vielleicht glaubte ich doch ein klein wenig an dieses Feng Shui, denn ich stellte die Möbel ein bisschen anders hin.

Nachdem meine Pumpe wieder in schmerzfreiem Tempo schlug, überlegte ich, ob in der Fotze einer Frau ein schlechtes Feng Shui zurückbleibt, wenn sie ihre Spalte einem mit schlechtem Feng Shui versehenen Pimmel überlässt. Das würde ja bedeuten, dass mein heiliger Kolben von der Pflaume irgendeiner Tussi ein richtig schlechtes Feng Shui gekriegt haben könnte. Scheiße, wer hatte den Mut und die Größe, über so was nachzudenken, wenn nicht ich? Dafür sollte mir mal jemand Respekt zollen, zum Teufel.

Samstag, 17.10.

Tiina kam am Morgen zu Besuch. Sie wunderte sich, was mit meiner Bude passiert war. Als ich ihr erklärte, dass ich das Feng Shui in Ordnung bringen wollte, machte sie große Augen.

»Interessierst du dich für Feng Shui?«

»Natürlich!«, antwortete ich verwundert.

Als sie das hörte, überfiel Tiina mich geradezu. Ich verzichtete darauf, Anzeige zu erstatten, obwohl der Geschlechtsverkehr alle Kriterien einer Vergewaltigung erfüllte. Seltsam, Tiina holte sich neuerdings immer Serienorgasmen. Als sie ihre erforderlichen fünf Höhepunkte und ich den meinen gehabt hatte, fing ich an, über das sexuelle Feng Shui meiner Bude nachzudenken. Vielleicht hat hier eine der legendären Huren des Stadtteils Kallio gewohnt? Kein Wunder, dass ich in dieser Bude so verrückten Sex gekriegt habe. Eine Tussi versucht mir eine Zahnbürste und einen Putzlappen in den Hintern zu stopfen, die andere hopst nur mit einem Pfadfindergürtel am Leib mit dem Bruder ihres Alten herein, von allen anderen Ereignissen ganz zu schweigen. Hier herrscht ein saugutes Feng Shui! Es lebe der Stadtteil Kallio!

Sonntag, 18.10.

Ich verbrachte einen friedlichen Sonntag in Gesellschaft von Weißwein, als es klingelte. Zu meinem Entsetzen stand nicht nur Kristian an der Tür, sondern auch Mikael. Wieder fixierte er mich mit seinen kleinen Augen durch die Henkerbrille. Ich schauderte, als ich an diese Scheißefresservereine und Masochistenclubs in Deutschland dachte. Mir war immer noch unklar, woher Mikael sie kannte.

Mikael war wieder ausgesprochen individuell gekleidet. Zu kleine Terylenhose, zu enges Hemd, zu schmaler Schlips, zu kleines Jackett. Hatte er einen plötzlichen Wachstumsschub gehabt? Vielleicht war er bloß ein zu groß geratenes Baby, das immer noch wuchs. Was für ein Scheißzyklop mochte aus dem noch werden ...

Diesmal wollte Mikael mir unbedingt einen Vortrag über die Nazis halten. Er sah mich über die Kaffeetasse hinweg an und erklärte mit seiner knarrenden Stimme:

»Görings Bruder hieß Albert. Er war übrigens völlig kahl.«

Es fehlte nicht viel, und Kristian hätte Beifall geklatscht, so stolz war er auf das gewaltige Wissen seines Freundes.

»Himmlers kleiner Bruder hieß Fritz. Hast du die Fernsehserie ›Für alle Fälle Fritz‹ gesehen?«

Bevor ich antworten konnte, redete er schon weiter:

»Das ist nicht derselbe Fritz. Wusstest du, dass Himmlers Tochter Gudrun hieß?«

Ich musste zugeben, dass ich in diesem Punkt eine gewaltige Bildungslücke hatte, obwohl ich mir sicher war, dass die Serie »Für alle Fälle Fitz« hieß. Mikael schlug mir vor, bei seinen Besuchen Notizen zu machen. Ich ging ans Bücherregal, holte meinen Schlagstock und zerschlug die Kaffeetasse in seiner Hand.

»Du verschwindest jetzt sofort aus meiner Bude, du verdammter Knallkopf, oder ich hau dir deinen Eierschädel zum Quadrat!«

Mikael hielt sich die Hand und ging zur Tür, Kristian folgte ihm beleidigt. Die beiden verschwanden wortlos. Ich widmete mich wieder meinem Weißwein und stellte fest, dass ich richtig gehandelt hatte, als ich Mikael mit Gewalt vor die Tür setzte. Er behinderte den freien Fluss der Energie. Der Kerl hatte ein verdammt schlechtes Feng Shui.

Montag, 19.10.

Der Astrologe hat keinen Quatsch verzapft, als er sagte, ich wäre ein Frühlingstyp. Ich bin nämlich absolut kein Herbsttyp. Jetzt ist Herbst, und ich habe das typische Gefühl – Lust auf eine Kruke. Und ich meine nicht nur die Kruke, in die man Schnaps füllt.

Dienstag, 20.10.

Ganz klar ein typischer Regenerationstag, echt typisch.

Donnerstag, 22.10.

Am Anschlagbrett im Laden entdeckte ich einen interessanten Aushang:

Sie möchten etwas dazuverdienen und Ihre Kondition verbessern? Dann tragen Sie in Kallio Gratiszeitungen aus. Lehrreiche, selbstständige Arbeit, eine glänzende Vorbereitung auf jeden Beruf. Beste Aufstiegschancen für flinke Mitarbeiter. Rufen Sie uns an!

Scheiße, das war ja wie für mich gemacht! Bald hat unsereins einen Waschbrettbauch und einen Sack voll Geld – eigenes Geld! Beim Einstellungsgespräch erfuhr ich, dass ich schon am selben Abend anfangen konnte. Das einzige Minus war, dass ich die Blätter in meiner eigenen Nachbarschaft verteilen musste. Na, falls mich jemand beim Arbeiten erwischt, bring ich ihn um.

Ich holte den ersten Stapel Zeitungen. Scheiße, das war eine Unmenge. Trotzdem stiefelte ich gewissenhaft los, um sie auszutragen. Ich hätte besser daran getan, vorher den Astrologen anzurufen und ihn zu fragen, ob heute ein guter Tag ist, um meine Karriere bei der Presse zu beginnen, denn gleich im ersten Haus hatte ich richtig Pech. Irgendein Junkie hatte sich eine Überdosis gespritzt, und nun untersuchten Polizisten und Sanitäter den Lift und die Leiche und warteten auf den Leichenwagen. Einer von den Bullen wollte mich in Eisen legen, als ich fragte, ob ich mir den Lift mal kurz ausborgen könnte. Bei der Firma hatten sie mir geraten, beim Verteilen ganz oben anzufangen. Ich war halbtot, als ich mit dem verdammten Stapel den achten Stock erreichte. Als ich endlich wieder unten ankam, war ich so durcheinander, dass ich eine Zeitung in den verdammten Lift steckte. Beim Verlassen des Hauses hörte ich noch, wie einer der Bullen sagte:

»Was zum Teufel ist das denn?«

Die armen Kerle können wohl nicht lesen.

Ich war in keiner Hinsicht zufrieden mit meinem neuen Job. Zum Glück funktionierte in den meisten Häusern der Aufzug. Dann kam wieder eins ohne Lift. Ich weiß nicht, was für ein Scheißgangsterasyl das war, jedenfalls sah ich im Treppenhaus Blut, Spritzen, Kotze, Scheiße und gebrauchte Kondome, von den interessanten Wandinschriften ganz zu schweigen. Am deutlichsten sprang mir ein romantischer Spruch in die Augen: ICH BRING DICH UM! Ich kletterte eine Spur vorsichtiger in die oberste Etage als in den anderen Häusern. Als ich die Zeitung schon fast überall eingeworfen hatte, kam ich an eine Tür, wo der Briefschlitz einfach nicht nachgeben wollte. Ich schob und schob, aber es fühlte sich an, als wäre der Schlitz zugeklebt. Schließlich kam ich auf die Idee, ein ganzes Bündel Zeitungen zu einem harten Staffelstab zu rollen. Ich setzte ihn so an wie den Schwanz an die Lippen der Möse und gab dem anderen Ende einen festen Stoß. Der Widerstand gab nach, und die Rolle flog mit Schwung durch den Schlitz in den Flur. Einen Moment war alles still, dann dröhnte eine Stimme aus der Wohnung:

»Wer zum Teufel ...?«

Bevor ich den Tatort verlassen konnte, riss jemand die Tür auf. Ein blaugrüner Hüne stand vor mir. Die Färbung lag nicht daran, dass ihm übel gewesen wäre, sondern kam von seinen

Tätowierungen. Der Kerl war in der Unterhose und hielt einen Lackpinsel in der Hand. Sein ganzer Körper war mit diversen Parolen tätowiert. Bei rascher Musterung entdeckte ich kein einziges Friedenszeichen und keine tiefgründigen religiösen Appelle auf der Haut des Riesen. Der Kerl füllte praktisch die ganze Türöffnung aus, aber ich sah doch, dass mein kleines Informationspaket auf das frisch lackierte Parkett gesegelt war.

»Bist du verdammter Arsch blind oder nur doof?«, donnerte der Pinselheini und funkelte mich wütend an.

In dem Moment sah ich das Schild neben der Tür: »Keine Post! Der Fußboden wird lackiert! Danke!«

Ich mobilisierte alle meine schauspielerischen Fähigkeiten, tastete nach der Wand und bemühte mich um einen möglichst leeren Blick.

»Entschuldigung, der Herr, sehen Sie hier irgendwo einen weißen Stock?«, fragte ich den Kleiderschrank.

Der Riese knallte die Tür zu. Ich hörte ihn schimpfen:

»Heilige Kacke, ein blinder Zeitungsbote ...«

Puh, das war verdammt eng gewesen. Ich beschloss, ein paar Tage blau zu machen.

Samstag, 24.10.

Eine gefährliche Arbeit verlangt gefährliche Vergnügungen. Ich trank so viel, wie ich konnte.

Sonntag, 25.10.

Gefährliche Hobbys erfordern offenbar eine ausgedehnte Genesungsphase. Ich trank so wenig, wie ich konnte.

Montag, 26.10.1998

Heiliger Strohsack, was für ein Weckruf! Irgendwer hämmerte wie bekloppt mit der Faust an meine Tür. Wer konnte das schon sein – natürlich Kristian! Er war total in Panik. Ich war sicher, dass Mikael ihm ein brennendes Stromkabel in den Anus gesteckt hatte. So verhielt es sich aber nicht. Kristian hatte im Pub eine hinreißende Zicke aufgerissen und auf seine Bude mitgenommen. Als echter Gentleman hatte er sie sofort besprungen, ohne jedes Vorspiel. Die Dame war allerdings sauer geworden, als Kristian unverzüglich daranging, seine Sardine in ihre staubtrockene Dose zu stecken. Sie hatte eine romantischere Annäherung im Sinn und zischelte Kristian ins Ohr:

»Leck doch ein bisschen an meiner Klitoris.«

Kristian hatte offenbar die Biologiestunden geschwänzt, oder er ist tatsächlich ein Vollidiot, er wusste nämlich nicht, was eine Klitoris ist! Er erzählte mir, nachdem das Wort gefallen sei, habe er mit der Lady Englisch gesprochen!

»Yes, you have a Klitoris. Do you want to eat my egg? I can put you, I like it ...« Kristian hatte in Zungen geredet.

Sein Gelaber machte mir klar, dass er auch den Englischunterricht hatte sausen lassen.

Schließlich war er zum Nachbarn gegangen, um sich ein Lexikon zu leihen, in dem erklärt wurde, was Klitoris bedeutet.

»Scheiße, das ist ja der Kitzler!«, hatte er festgestellt.

Daraufhin war er schnurstracks zu der Lady zurückgekehrt und hatte tief in ihrer Möse nach dem Kitzler gesucht. Nachdem er eine Weile zwischen den Beinen der armen Frau herumgewühlt hatte, war sie empört aufgestanden und abgehauen. Jetzt wollte Kristian von mir wissen, wie tief drinnen die Klitoris denn eigentlich saß. Oh Scheiße! Ohne empirisches Objekt fiel es mir schwer zu erklären, wo sich die Klitoris befindet. Zum Glück hatte ich noch eine Fleischpirogge im Kühlschrank. Ich zog einen Schnitt hinein und begann meine anschauliche Präsentation.

»Stell dir vor, das hier ist jetzt die Möse. Die Klitoris sitzt ungefähr da.« Ich zeigte mit dem Finger auf den oberen Rand der Pirogge.

»Sie ist so ein kleines Kügelchen, und man muss sie behutsam massieren. Sie ist nicht in der Möse!«, belehrte ich Kristian, der mit großen Augen auf die geschlitzte Fleischpirogge starrte.

Teufel auch, Kristian kriegte einen Ständer, als er meine Mösenpirogge anguckte. Der Perversling fragte wahrhaftig, ob er die Pirogge auf dem Klo essen dürfte! Mich lockte das Ding überhaupt nicht mehr, also überließ ich ihm bereitwillig mein Frühstück.

Kristian eilte mit gespanntem Zelt und der Pirogge aufs Klo. Ich hätte einen Hut voll Mikaels Scheiße gegessen, wenn ich nicht kurz darauf Kristians Stöhnen gehört hätte. Der beknackte Wirrkopf fickte im Scheißhaus meine Fleischpirogge! Puh, was für ein Morgen ...

Dienstag, 27.10.

Ich beschloss, heute zum Friseur zu gehen, weil die vom Kater verschwitzte lange Mähne sich wie eine verdammte Fettmütze anfühlte. Ich fand eine legendäre Bruchbude mit einem abgewetzten Frisierstuhl und einer zur älteren Riege gehörenden Oma als Friseuse.

»Wie willste den Loden?«, fragte die Oma.

Ich entschied mich diesmal für die Frisur, die ich als kleiner Junge hatte. Da die Oma ihrer Sprechweise nach eine waschechte Helsinkierin war, passte ich mich ihrem Slang an.

»Schneid mir die Matte so, wie sie die Kinner haben.«

Ich griff nach einer Illustrierten und blätterte darin. Die Oma nahm eine Art Schafscherer und rasierte mir eine Millimeterfurche quer über den Schädel.

»Was zum Teufel machst du da?«, brüllte ich entsetzt.

»Du hast doch gerade drum gewinselt, dass ich deinen Dez rasier wie bei den Skins«, antwortete die Oma beleidigt.

»Scheiße, Weib, Kinner hab ich gesagt, nicht Skins«, wütete ich.

Na, es half ja nichts, jetzt musste die ganze Matte auf einen Millimeter gekappt werden. Echt super, der Winter wird angeblich scheißkalt ...

Mittwoch, 28.10.

Ich wollte ausprobieren, ob kurze Haare einem den Schnaps schneller zu Kopf steigen lassen, also ging ich zum Alko, um Feuerwasser zu holen. Unterwegs begegnete ich Kristian und Mikael, die wie ein Schwulenpärchen durch die Gegend spazierten, in den Austausch ihrer interessanten Lebenserfahrungen vertieft. Als sie mich sahen, nahmen sie mich in ihre Mitte. Mikael erklärte, er sei mir nicht mehr böse, obwohl ich ihm beim letzten Mal mit dem Schlagstock eins übergebraten hatte. Er reichte mir die Hand zur Versöhnung und schlug vor, bei mir ein Vormittagsbesäufnis zu veranstalten. Er würde bezahlen. Der durchtriebene Kerl wusste genau, wie man mich überredet.

Mit klirrenden Tüten kamen wir in meine Bude. Mikael

spülte mit chirurgischer Sorgfalt drei Gläser und trocknete sie ab. Wollte er uns Zyanid servieren, oder wieso herrschte eine Stimmung wie vor dem letzten Abendmahl? Na, die Laune hob sich, als Mikael jedem eine ordentliche Portion Whisky eingoss. Dann ging es wieder los. Der nächste Vortrag über den Zweiten Weltkrieg und die Nazis ...

»Wilhelm Keitel, der Chef des Oberkommandos der Wehrmacht, hing in Nürnberg volle 27 Minuten am Galgen, bevor ihm das Blut aus den Augen und die Scheiße aus dem Hintern schoss. Er war nicht so schlau gewesen, abzutauchen wie Martin Bormann. Martin war das apokryphische Hohelied des Arschleckens. Ich selbst habe gerade für Bormann eine ausgesprochene Vorliebe«, fasste Mikael seine Gefühle zusammen.

Ich überlegte, ob ich mir schleunigst einen Hubschrauberrausch ansaufen oder wieder zum Schlagstock greifen sollte. Da der Whisky gut war, entschloss ich mich, mir diesmal den Vortrag über deutsche Kriegshelden anzuhören. Mikael, der sein Glas schon geleert hatte, sprang plötzlich auf, knallte die Hacken zusammen und brüllte:

»EIN BISSCHEN SCHNAPS!«

Scheiße, ich kriegte einen wahnsinnigen Schreck! Instinktiv ging ich ihm an die Gurgel wie ein Krawallpolizist in der DDR und warf ihn aufs Sofa. Mikael schrie um Hilfe, so gut er konnte. Nach einer Weile beruhigten wir uns beide, und Mikael entschuldigte sich.

»Es tut mir leid, mir sind die Pferde durchgegangen«, sagte er und räusperte sich verlegen.

Er sah mich an wie ein quengelnder Junge im Spielzeugladen.

»Darf ich noch eine wahnsinnig interessante Geschichte über Ernst Röhm erzählen?«

Ich sagte, okay, noch eine Geschichte, aber dann wechseln wir das Genre. Mikael nickte. Mit funkelnden Augen ließ er seinen Wortschwall los.

»Ja, Ernst Röhm war ein legendärer SA-Führer. Er hatte eine Narbe und ein Eisernes Kreuz, beide aus dem Ersten Weltkrieg. Außerdem war dieser fette Biertippler schwul und fickte systematisch alle seine Chauffeure und die knackärschigsten SA-Hooligans. Später wurden Röhm und die anderen SA-Schwulis in der sogenannten Nacht der langen Messer erschossen. Danach fing man an, Homos zu hassen und verfrachtete sie ins KZ, als Spielzeug für die sadistischen SS-Männer.«

Mikael war bei seinem Vortrag fast ein bisschen außer Atem geraten. Beim Weggehen sagte er, ich hätte eine hübsche Frisur. Ich rannte aufs Klo und kotzte.

Dienstag, 3.11.1998

Kristian bat mich, einer angeblich echt gut aussehenden Freundin beim Umzug zu helfen. Es wäre nur noch ein Möbelstück wegzutragen. Ich rechnete im Kopf: 1 + 1 = 3! Ich sammle Sympathiepunkte fürs Tragen, und sie sieht gut aus, also habe ich massive Chancen auf eine schäumende Muschi. Also erklärte ich mich sofort bereit.

Kristian hatte nicht gelogen, die Tussi sah wirklich gut aus, und in der Wohnung stand tatsächlich nur noch ein Möbelstück, ein Klavier. Verdammter Kristian, ein Klavier! Ich hatte im Suff gelegentlich auf einem geklimpert, aber es wäre mir nie in den Sinn gekommen, ein Klavier auch nur einen Millimeter weit zu tragen. Da Kristian eindeutig verkatert war, musste ich die Pianistin fragen:

»Hast du eine Versicherung für das Klavier?«

»Ja-a?«, antwortete sie verwundert.

Ich betrachtete das Klavier, dann das Girl.

»Und für die Klavierträger?«

Sie zuckte die Schultern, wobei ihre herrlichen Brüste in der Bluse wackelten. Die Brüste genügten mir als Versicherung, dass ich den Job annehmen sollte.

Wir machten uns daran, das Klavier ins Treppenhaus zu bringen. Zum Glück hatte es Räder. Allerdings war der Fußboden in der Wohnung der Lady grob mangelhaft, denn die Räder hinterließen Furchen, die bis auf den Beton reichten. Es krachte in einer Tour, als das morsche Parkett unter unserem kleinen Klavier zermalmt wurde. Genau genommen sah es so aus, als wäre jemand mit der Straßenbahn durch die Bude gefahren. Endlich waren wir im Treppenhaus. Dort schlug Kristian vor, das Klavier in den Aufzug zu schieben. Ich konnte mir die Frage nicht verkneifen:

»Hast du deine Brille versoffen?«

»Welche Brille«, antwortete Kristian beleidigt.

Ich sah der Reihe nach das Klavier, den verdammt kleinen Aufzug, Kristian, die Treppe und die Lady an. Dann nahm ich allen Mut zusammen und fragte die Besitzerin:

»Dürfen wir das Klavier auseinandernehmen?«

Die Tussi warf sich auf das Klavier wie eine Henne auf ihre Eier und schrie:

»Mein Klavier zerlegt ihr nicht!«

Na dann ...

Wir umkreisten das Klavier wie George Clooney einen Patienten im Emergency Room, fanden aber keine Stelle, an der man einen festen Griff gehabt hätte. Schließlich kriegten wir das Teil irgendwie gepackt und fingen an, es runterzutragen wie einen Kranken zum Kacken. Himmel nochmal, das Ding schwankte wie der Schwanz eines Genesenden im Wind. Kristian, der das obere Ende hielt, meckerte die ganze Zeit.

»Meine Hände sind verschwitzt – es rutscht!«

Wir hatten zwei Stockwerke glücklich geschafft. Meine Arme waren derart aufgepumpt, dass ich sie der Bahn als Gleise hätte vermieten können. Wir nahmen die letzte Etage in Angriff. Gerade als wir zum letzten Treppenabsatz kamen, rutschten Kristians Hände ab, und das Klavier krachte mir auf die Zehen. Es war so höllisch schwer, dass ich die Füße nicht aus eigener Kraft wegziehen konnte. Ich brüllte Kristian an wie Hillary ihren Bill:

»Pass doch auf, du Arsch, wo du rummachst!«

Mein einer Stiefel hatte Ähnlichkeit mit einem Biberschwanz oder mit so einem platten Teppichklopfer. Ich brüllte Kristian zu, er solle die letzte Etappe anständig erledigen. Mühsam schleppten wir das Klavier weiter nach unten, da rief mein sechster Sinn plötzlich: »PASS AUF!« Im selben

Moment hörte ich ein leises »Uih« und sprang zur Seite. Kristians Hände waren wieder abgerutscht, jetzt bewegte sich das Klavier im sogenannten freien Fall auf die Haustür zu und krachte durch das Glas in der Tür auf die Straße. Kristian rannte und ich humpelte nach draußen. Schwarze und weiße Tasten, Pedale, Draht, Glas, Splitter und Holz bedeckten die Flanke des Umzugswagens und die Straße. Die Dame des Hauses starrte fassungslos auf den Müllhaufen, der durch die Tür geschossen war.

»Wo habt ihr mein Klavier gelassen?«, fragte sie verwundert.

Zum ersten Mal fiel es mir wirklich schwer, die richtigen Worte zu finden.

»Ööööh, also, tja, ööööh ...«

Dann hielt ich es für besser, direkt zur Sache zu kommen, und fragte:

»Tun wir mal so, als wäre der Abfallhaufen dein Klavier, würde das bedeuten, dass ich dich nicht vögeln darf?«

Das Sahnestück war völlig verdattert.

»Mich vögeln?«

Sie sah Kristian an und fragte:

»Wer ist das, oder besser: Was soll das? Glaubt der Idiot, er dürfte mich vögeln? Was hast du ihm versprochen? Und wo ist überhaupt mein Klavier?«

Ich hielt es für ratsam, mich aus dem Staub zu machen. Scheiße, ich watschelte wie eine lahme Ente nach Hause. Auf jeden Fall schicke ich der Tussi eine Rechnung für einen platten Stiefel und das Schmerzensgeld für einen Plattfuß.

Mittwoch, 4.11.

Ich schwirrte auf ein Vormittagsbierchen in den Pub. Zum Glück hatte ich für den gestrigen Job einen kleinen Vorschuss bekommen. Die Zehen taten mir immer noch weh, Klaviere zu schleppen ist Wahnsinn und schlecht für die Gesundheit!

Ich überlegte, ob eine körperliche Anstrengung die männlichen Hormone auf Trab bringt, ich war nämlich vom frühen Morgen an höllisch geil. Vielleicht hat meine Sexualität bei der beschissenen Klavierschlepperei eine neue Sinfonie entdeckt. Ich hatte in irgendeiner Illustrierten gelesen, dass die Sexualität als Energie außerhalb des Körpers spürbar werden kann. Offenbar umschwebte mich die Aura des größten Rammlers der Welt, denn zwei üppige Blondinen dockten bei mir an. Vielleicht lag es an der frühen Stunde oder daran, dass die beiden ihren Beruf ernst nahmen, jedenfalls machten sie mir sofort klar, dass sie waschechte Huren waren! Der leichte Schwips verband sich mit meiner die Vorhaut zerreißenden Geilheit zu einem verblüffenden Effekt. Ich jagte die Schlampen nicht sofort weg, sondern hörte mir mit echtem Interesse das Angebot des Morgens an. Die eine Tussi betete es herunter, als würde sie von einer Scheißspeisekarte ablesen:

»Blasen kostet hundertfünfzig, normaler Verkehr in einer halben Stunde dreihundertfünfzig und Analverkehr fünfhundert.«

Ich riss erstaunt den Mund auf und überlegte, was diese Schwalbe wohl unter normalem Verkehr in einer halben Stunde verstand. Da ich mich als störrischer Kunde erwies, knallte das zweite Vögelchen seine Karten auf den Tisch.

»Für fünfhundert kannst du mich in den Mund, die Feige und die Kimme ficken, so oft du es in einer Stunde schaffst.«

Das war sicher eines der legendären »unwiderstehlichen

Angebote«, die sie einem an der Handelshochschule beibringen. Ich wollte schon nach dem Köder schnappen, als die Tussi hinzufügte:

»Wenn ihr mehrere seid, kommen dreihundert pro Nase dazu.«

»Was soll der Scheiß? Ich werde doch nicht der ganzen Kneipe deinen Arsch spendieren. He, wer will am frühen Morgen eine Hure ficken, Hand hoch, Juha zahlt!«

In der Kneipe wurde es still. Ich beschloss, noch ein Bier zu trinken, dann nach Hause zu gehen und nachzuprüfen, ob ich immer noch Lust hatte. Wenn ja, würde ich meinen Johannes lieber in den Staubsauger stecken als in diese bekloppten Nutten.

Zu Hause war ich dann nicht mehr scharf. Ich blätterte in der Zeitung und entdeckte ein merkwürdiges Inserat: *»Lady Line-Kreuzfahrten, zwei Frauen zum Preis von einer!«* Himmel nochmal, das war eine heiße Sache! Ich fing schon an, meine Plastiktüte zu packen, als ich mich an die entsetzliche Begegnung am Morgen erinnerte. Womöglich hatten die beiden Schlampen die Anzeige aufgegeben? Ich bekam einen leichten Wutanfall und zündete die Zeitung an. Allerdings war mir nicht klar gewesen, wie dick sie war. Mir blieb nichts anderes übrig, als mit der in Flammen stehenden Zeitung zum Fenster zu rennen und den Feuerball rauszuwerfen. Keine zehn Minuten später hörte ich Feuerwehrsirenen. Ich eilte ans Fenster und schaute nach, was da nun wieder los war.

Es durfte nicht wahr sein! Mein Nachbar, das Arschloch, hatte als Ersatz für seinen vom Zug plattgewalzten Datsun einen Datsun 100A gekauft, an dem ein kleiner Anhänger befestigt gewesen war. Mein Feuerball war direkt auf dem Verdeck des Anhängers gelandet, mit der Folge, dass hinter

STINKT

dem nunmehr schwarzweißen (Vorderteil weiß, Hinterteil schwarz) Datsun eine geschwärzte Deichsel und verkohlte Felgen hingen. Seltsam, ich hatte gar nicht gewusst, dass es auch Anhänger aus Holz gibt. Andererseits könnte ein so kleiner Wagen einen Anhänger aus Metall gar nicht ziehen. Wirklich Pech für meinen Nachbarn – verdammtes Pech.

Donnerstag, 5.11.

Ich beobachtete den ganzen Tag vom Fenster aus, wie mein Nachbar bei dem verkohlten Anhänger stand und sich die Haare raufte. Was zum Pitt hatte er in der Karre gehabt, dass er so vergrätzt aussah?

Freitag, 6.11.

Heute erfuhr ich, dass mein Nachbar gerade erst Pilze und Beeren als Vorrat für den ganzen Winter gekauft hatte. Kein Wunder, dass ich schon seit zwei Tagen so einen Heißhunger auf gebratene Pilze hatte. Es ist kein dummes Gelaber, dass der Duft die Hälfte des Essgenusses ausmacht. Andererseits, wenn Parmesankäse so schmecken würde wie er riecht, würde ihn bestimmt keiner kaufen. Höchstens mein Nachbar, der Pilze und Beeren in einem mickrigen Anhänger mitten in Kallio lagert. Scheiße, da kann doch jederzeit irgendein Junkie seine dreckige Nadel reinwerfen. Na ja, manche dröhnen sich ja auch mit Pilzen zu.

Samstag, 7.11.

Ich klingelte beim Nachbarn.

»Könntest du deinen Scheißgourmetanhänger vielleicht mal von der verdammten Straße da wegholen? Ich hab wegen dem Geruch so beschissen viel gegessen, dass ich in drei Tagen vier Kilo zugenommen habe!«

»Leck mich, du Scheißpyromane! Du bist zwar wieder nicht auf frischer Tat ertappt worden, aber ich weiß genau, dass du verdammter versoffener Gammler auch bei dieser Tragödie die Finger im Spiel gehabt hast«, tobte der Kerl und spuckte mich obendrein noch an. Ich ging in meine Bude und sann auf Rache. Allerdings darf ich mich nicht sofort rächen, sonst werde ich erwischt.

Sonntag, 8.11.

Ich tackerte an jeden verdammten Mast in ganz Kallio einen Aushang:

»Achtung, Achtung, Drogenkonsumenten!

Kostenloser Rauschmittel-Service in Kallio, rund um die Uhr. Ruf an oder komm vorbei. Du bist in jedem Zustand willkommen. Kostenloses Essen für Obdachlose. Für Fixer kostenlos saubere Spritzen und Temgesic. Für Alkoholiker Entzugsmedikamente.«

Darunter setzte ich die private, dienstliche und Handynummer meines Nachbarn, dazu seinen Namen und die genaue Adresse. Ich lass mich nicht verarschen, und anspucken schon gar nicht.

Montag, 9.11.

Kristian spielte den Listigen. Er rief mich am Vormittag an und fragte, ob ich die Namenstage dieser Woche nachsehen könnte, er hätte seinen Taschenkalender verlegt. Schau einer an, Kristian hat am Freitag Namenstag! Ich könnte schwören, dass als Nächstes Mikaels Telefon klingelt.

»Kannst du mal die Namenstage dieser Woche nachsehen, mein Kalender ist verschwunden ...« Der hinterfotzige Geschenkebettler ...

Ich lag auf dem Sofa und überlegte, wie ich an Geld für Kristians Geschenk kommen könnte.

Dienstag, 10.11.

In der Nacht hatte ich einen witzigen Traum, in dem ich Geld fürs Ficken bekam! Das musste ein gutes Omen sein, deshalb ging ich am Morgen sofort daran, ein fesselndes Inserat für die Rubrik »Persönliches« aufzusetzen. Zur Inspiration las ich zuerst ein paar entsprechende Anzeigen, dann formulierte ich meine eigene Reklame.

»Junger, starker Stier gibt netten Tussis gegen Honorar Wärme und Liebe. Ich bin fast nüchtern und stinke nicht nach Zigaretten. Ich verspreche, die Schnauze zu halten. Auf Wunsch koche ich auch starken Kaffee.«

Da das Inserat schon bei der Sekretärin der Zeitung Interesse weckte, ging ich zuversichtlich nach Hause und wartete auf Aufträge, in dem Glauben, die Anzeige würde in zwei Tagen veröffentlicht. Pustekuchen, sie war sofort ins Netz gestellt worden! Am Nachmittag klingelte mein Telefon zum ersten Mal. Der Stimme nach war die Dame schon ein wenig angetüdelt. Trotzdem kam sie sofort zur Sache:

»Hast du einen großen Kolben?«

Da es mein erster Arbeitstag als Gigolo war, hatte ich noch keine Übung im Umgang mit Kunden und erwiderte:

»Was zur Fotze geht dich das an?«

Mein unverblümter Stil schien der Dame allerdings zu gefallen, denn sie fing an zu keuchen und gab heiser ihre Bestellung auf:

»Ich wohne mit meinem Mann auf 400 Quadratmetern in Eira. Ich könnte dich mit meinem Porsche abholen. Ist es dir recht, wenn mein Mann zuguckt, während du mich vögelst? Da müssen wir allerdings warten, bis er wach wird.«

Wach wird? Was waren das denn für Typen? Bevor ich eingehender darüber nachsinnen konnte, erklärte die Dame die Situation:

»Mein Gatte hat sich selbst abgeschossen, der ist im Moment zu nichts zu gebrauchen.«

Die Sache roch nach einer sogenannten gefährlichen Mission. Wenn ich in die Wohnung von dieser Luxusschlampe eile, um die alte Kuh zu bespringen, und ihr Alter wird auf einmal wach und sieht einen jungen Gorilla, der seine Frau fickt, kann wer weiß was passieren. Ich schlug der Dame vor, lieber in ein Hotel zu gehen. Sie hatte offenbar so große Lust auf einen Kolben, dass sie sagte, sie käme im Taxi und würde mich abholen.

Ich überlegte, was für Klamotten ein Gigolo trägt. Irgendwann kam ich drauf, dass ein Hurenbock natürlich keinen Faden am Leibe hat, also stieg ich in meine normale Jeans und ging nach unten, um auf meine Kundin zu warten. Kurz darauf fuhr ein Taxi vor, in dem ein Bär saß. So sah es jedenfalls aus. Ich hatte noch nie einen so riesigen Pelz gesehen. Aus dem Pelz guckte ein vom Schönheitschirurgen relativ erfolgreich restauriertes Gesicht hervor. Die Dame wies den Taxifahrer an:

»Zum Hotel Strand.«

Dort verzogen wir uns direkt in die Suite. Scheiße, das war vielleicht ein Prunkgemach! Die Dame bestellte sofort drei Flaschen Brut Impérial Moët. Da sie die Bestellung in Flaschen aufgab, schloss ich, dass es sich um etwas Trinkbares handelte. Einen Moment später wurde Champagner gebracht, der angeblich sauteuer war.

»Reichen 3 000 Mark als Honorar für diesen Abend?«, fragte die Madame seelenruhig. Ich fragte mich, was ich für so eine Summe tun musste. Mit meinem Ständer zum Fenster rausspringen oder mir den Massageduschkopf in den Arsch stecken? Dennoch beschloss ich, die Kohle zu nehmen. Wir tranken Champagner und plauderten über dies und das. Ohne Aufwärmphase erklärte die Dame plötzlich:

»Jetzt will ich dir einen blasen!«

Na, ich war ja zum Arbeiten da, also nichts wie auf den Rücken legen und zu Diensten sein. Scheiße, die Madame hatte bestimmt schon an die hundert Meilen von Penissen im Mund gehabt! Ohne häufiges, intensives Training kann keine so himmlisch blasen. Oder sie war viel zu früh vom Schnuller entwöhnt worden.

Auch meine Kundin war zufrieden. Sie bestellte uns ein tolles Abendessen aufs Zimmer, dazu massenhaft Schnaps. Wir erloschen wie Saunafackeln. Als ich am Morgen aufwachte, hatte die Dame mit ihrem Motormaul meinen Johannes bis zu den Kanistern geschluckt. Toll, vom eigenen Orgasmus geweckt zu werden. Wir fuhren mit dem Taxi weg. Bevor ich ausstieg, steckte die Dame mir noch 2 000 Mark in die Tasche.

Die war richtig nett. Warum hat mir keiner gesagt, wie toll es ist, ein Gigolo zu sein?

Mittwoch, 11.11.

Das Klingeln des Telefons riss mich aus einem schönen Pornotraum. Diesmal war eine eher junge Hausfrau am Apparat.

»Mein Mann betrügt mich. Außerdem beleidigt er mich, er sagt, ich wäre schlecht im Bett und extrem unsexy«, klagte die verletzte Ehefrau.

»Kannst du als Liebesprofi mich testen? Mein Mann ist gerade auf Reisen. Du würdest zwei Tausender dafür kriegen«, reichte sie dann ihr Angebot nach.

Zum Teufel, worauf ließ ich mich da ein. Andererseits überlegte ich mir, dass ich anschließend eine Weile pausieren konnte, weil ich schon siebentausend Möpse beisammen hätte. Also sagte ich unter der Bedingung zu, dass die Dame die Fahrt bezahlt. Damit war die Sache abgemacht.

Scheiße, betrog ihr Alter sie etwa mit der Miss Universum? Die Frau war einfach super, groß und schlank. Vielleicht hatte sich bei ihr eine Art Gier aufgestaut, sich sexuell zu beweisen, denn sie zerrte mich geradewegs ins Schlafzimmer und legte einen Striptease hin, wie ich noch keinen gesehen hatte. Mein heiliger Schwengel war so höllisch steif, dass ich fürchtete, er würde platzen wie eine zu lange gekochte Knackwurst.

Wir fickten uns durch alle möglichen und unmöglichen Stellungen. Wenn es irgendeine Position noch nicht gab, erfanden wir sie. Der Koitus auf der Fensterbank am offenen Fenster im fünften Stock trieb die Tussi zur Extase. Vielleicht steigerte eine unbewusste Todesangst ihre Erregung aufs Äußerste. Ich wankte unter die Dusche. Jetzt war ich wirklich arbeitsunfähig. Die Dame steckte mir das Geld in die Tasche. Als ich schon mit geschwollenem Gemächt im Treppenhaus stand, gurrte sie noch, ich hätte wahrhaftig den richtigen Beruf gewählt.

Donnerstag, 12.11.

Jetzt hatte ich Geld genug, um Kristian ein Namenstagsgeschenk zu kaufen. Ich erinnerte mich, dass er Silvesterknaller mochte, also beschloss ich, ihm sechs große Feuerwerkskörper und vier Flaschen guten russischen Wodka zu kaufen. Nun musste ich mir nur noch einen Plan für die große Überraschung ausdenken.

Freitag, 13.11.

Heute war der Namenstag meines hoch verehrten Freundes Kristian. Ich überlegte, ob sein Namenstag immer auf einen Freitag, den 13. fiel. Wahrscheinlich ja, das würde zu seinem Stil passen. Ich packte die Feuerwerksraketen in die eine und die Wodkaflaschen in die andere Tüte. Nun war ich bereit zum Namenstagbesuch. Unterwegs überlegte ich, wo sich das Feuerwerk am besten machen würde. Da es ein furchtbar heller Tag war und das Feuerwerk im Freien kaum zu sehen sein würde, kam mir eine echt spitzenmäßige Idee: Ich schieße die Raketen eine nach der anderen durch den Briefschlitz! Scheiße, was für eine irre Überraschung, ein Feuerwerk in der eigenen Bude! Leise schlich ich an Kristians Tür und schob vorsichtig die Spitze der ersten Rakete durch den Briefschlitz. Dann zündete ich sie am anderen Ende an und blieb kichernd im Treppenhaus stehen. Himmel nochmal, was für ein Pfeifen und Knattern in Kristians Reich losbrach. Dann hörte ich ein fürchterliches Schreien und Brüllen.

»Bringt mich nicht um, ich war's nicht, ich war's nicht!« Das war Kristians Stimme.

Was hatte er wohl angestellt? Kurz darauf hörte ich ein mit deutschem Akzent gebrülltes Kommando:

»Zu Boden! Das ist ein Hinterhalt!«

Schau an, Mikael war auch da. Also beschloss ich, auch noch die allergrößte Rakete durch den Briefschlitz zu feuern. Hinter der Tür erdröhnte eine höllische Explosion, dann wurde es mucksmäuschenstill. Schwarzer Rauch zog durch den Briefschlitz. Schließlich hörte ich Mikaels gedämpfte Stimme:

»Ach ja, herzlichen Glückwunsch zum Namenstag.«

Ich klingelte forsch. Der erschrockene Kristian öffnete mir in klatschnass gepinkelter Unterhose. Ich gratulierte ihm herzlich.

»Riesenglückwunsch!«

Wenn ich gewusst hätte, welche Verheerung zwei »kleine« Feuerwerkskörper in einer Hochhauswohnung anrichten, hätte ich sie doch draußen abgefeuert. In der ganzen Bude gab es nichts Weißes außer Kristians und Mikaels Augäpfeln, und auch die waren gerötet, vom Kater, vor Ärger oder vor Entsetzen.

Es war schwer zu sagen, ob der Kater oder mein Namenstagsgeschenk der Grund waren, weshalb die Hände der beiden Herren so zitterten, als ich ihnen die Namenstagsdrinks reichte. Kristian versuchte gar nicht erst, das Glas an den Mund zu heben, sondern trank die ersten drei Portionen mit dem Strohhalm. Erst nach mehreren Schnäpsen fanden die beiden die Sprache wieder.

Kristians erste Worte waren:

»Wir haben noch geschlafen, als es krachte ...«

Mikael dagegen war trocken und sachlich wie immer:

»Diese flüssigen Knaller sind besser als die aus dem Briefschlitz«, stellte er fest und hob das Glas erneut.

Samstag, 14.11.

Ich hatte keine Ahnung, wie ich nach Hause gekommen war. Meine visuelle Erscheinung erinnerte an einen Schornsteinfeger, denn meine Kleider waren über und über von Ruß bedeckt. Der arme Kristian. Vielleicht sollte ich ihm eine Putzfrau schicken. Ich rief sofort eine Bekannte an, die ich irgendwann mal nach einem Abend in der Kneipe gebumst hatte. Die Tusnelda hatte ausgesprochen sonderbare sexuelle Neigungen, aber ich bestellte sie ja zum Putzen, nicht zum Vögeln. Piko, so hieß sie, versprach tatsächlich, zu Kristian zu gehen und seine Bude in Schuss zu bringen. Für heute hatte ich mein gutes Werk getan.

Am Nachmittag kurierte ich meinen Kater mit Bier, als das Telefon klingelte. Es war Kristian, und er klang hellauf begeistert.

»Juha, tausend Dank! Ich hätte mir kein schöneres Geschenk zum Namenstag wünschen können!«

Ich war ein einziges Fragezeichen, bis Kristian zu erzählen begann:

»Diese herrliche Piko ist mit Mopp und Eimer bei mir aufgekreuzt. Sie hat sich sofort nackt ausgezogen und mit hochgerecktem Hintern den Fußboden geschrubbt. Dann hat sie mir den Mopp in den Mund gestopft und mich wie eine Schubkarre über den Fußboden geschoben. Stell dir bloß vor, Juha, ich war eine lebende Bohnermaschine, die von einer nackten Frau bedient wurde! Alle zehn Minuten haben wir Pause gemacht und eine halbe Stunde gefickt. Nochmals, vielen Dank! Ich muss jetzt Schluss machen, das Klo ist noch nicht geputzt ...«

Piko war also nicht ruhiger geworden, im Gegenteil ...

Sonntag, 15.11.

Tiina kam zu Besuch. Sie war auf irgendeiner AA-Tagung gewesen. Ich hoffte von ganzem Herzen, dass sie keinen sexuellen Kontakt wollte. Die letzte Woche war eine so unbegreifliche Erfahrung für meinen heiligen Schwengel, dass es purer Wahnsinn gewesen wäre, ihn irgendwo reinzustecken, außer vielleicht in einen feuchtwarmen Umschlag. Zum Glück war Tiina diesmal mehr in spiritueller Stimmung. Als sie zum Klo ging, bekam sie völlig überraschend einen kleinen Wutanfall.

»Juha, wie oft muss ich dir noch sagen, dass man laut Feng Shui den Klodeckel und die Klotür schließen soll. Sonst fließen negative Energien.«

Puh, Feng-Shui-Klodeckel und Feng-Shui-Klotüren – es war eine wilde Woche.

Montag, 16.11.

In der Nacht hatte ich furchtbar schlecht geschlafen, zum ersten Mal in meinem Leben hielt mein Lötkolben mich wach! Er schmerzte fürchterlich. Ich tauge wohl doch nicht zum Playboy, nee, zum Teufel, mein Meißel hält derartige Einsätze nicht aus.

Ich respektierte das physische Leid, das ich meinem heiligen Kolben beschert hatte, indem ich den ganzen Tag über nur im äußersten Notfall pinkelte und eine weite Baumwollhose trug. Ich bat ihn sogar um Verzeihung, obwohl es mir irgendwie unnatürlich vorkam, mit meinem eigenen Pumpenschwengel zu sprechen.

Sonntag, 22.11.

Mikael überraschte mich mit einem ungewöhnlichen Anruf.

»Hör mal, du alter Furz, könntest du auf meine kleinen Hündchen aufpassen? Ich muss nämlich verreisen.«

»Na ja, im Prinzip schon, da kriege ich auch ein bisschen Bewegung.«

»Es sind herrlich verspielte kleine Wauwaus. Ihr kommt bestimmt gut miteinander aus. Auf Wiedersehen!«, brüllte er zum Abschied schneidig.

Scheiße, was hat er wohl alles mit den Hunden angestellt, wenn er seine Anfälle gekriegt hat? Na, ich beschloss, mir einen Minirausch anzutrinken, um mich auf meine Rolle als offizieller Gassigeher vorzubereiten.

Montag, 23.11.

Am Morgen hatte ich eine diffuse Erinnerung an irgendein Scheißversprechen, das ich gestern gegeben hatte. Ich überlegte, bis mir die Birne rauchte, doch dann erreichte mich die Information telefonisch. Kristian rief nämlich an, um mich daran zu erinnern, dass ich versprochen hatte, Mikaels Wauwaus eine Woche lang in Pflege zu nehmen. Was zum Teufel, hatte ich mich als Hundepfleger anwerben lassen, noch dazu von Mikael?! Es beruhigte mich allerdings, dass auch Kristian von Wauwaus sprach; es handelte sich also anscheinend um kleine Pudel, die ich notfalls mit dem kleinen Finger erschlagen konnte.

Auf dem Küchentisch entdeckte ich den Zettel mit den Anweisungen, die ich offenbar bei Mikaels Anruf aufgeschrieben hatte: »*Gib ihnen pro Tag 7 dl Trockenfutter, ein Kilo Hackfleisch und zwei Liter Buttermilch. Mach lange Spaziergänge mit ihnen. Die Ketten hängen an der Wand. Sag ihnen jeden Tag Grüße vom Papa.*«

Ich überlegte, wie viele Scheißpudel mich wohl in Mikaels Bude erwarteten, da sie so höllisch viel Futter brauchten. Scheiße, sollte ich die Pudel etwa in Ketten legen? Zu meinem Entsetzen merkte ich, dass mich der sogenannte Angstkater überfiel. Ich zitterte und fürchtete mich, wollte mein Versprechen aber halten und machte mich auf den Weg in die Hesperiankatu. Am Ziel zitterten meine Hände so irrsinnig, dass es mir kaum gelingen wollte, das Schlüsselloch zu treffen. Wenn ich jetzt meinen Dödel in die Dose einer Lady stecken müsste, überlegte ich, wäre es die reinste Lotterie, ob mein heiliger Lampendocht in die Aschenluke oder in die Feuerstelle rutscht. Schließlich bekam ich die Haustür auf, aber als ich dann die Zwischentür öffnete, wäre mir das Herz beinahe durch die Jacke gesprungen. Wauwaus, meine Fresse! Scheiße, in der Wohnung waren zwei pferdegroße Dobermänner, die mir an die Gurgel wollten, sobald sie mich erblickten. Blitzschnell knallte ich die Wohnungstür zu. Verdammt, was brach daraufhin für ein Getöse los. Sicherheitshalber holte ich Mikaels Zettel hervor und überprüfte die Adresse. Es war die richtige, und unten auf dem Zettel stand noch: »*Grüß Bubi und Rolli von mir und gib beiden viele Küsschen!!*«

Bubi und Rolli, so hießen die Scheißkiller also? Ich hob Mikaels Briefschlitz und flüsterte:

»Ach ja, Grüße von Papi.«

Beim Weggehen warf ich noch zwei Luftküsse durch den Briefschlitz. Für jeden einen.

Ich überlegte, wie zum Teufel ich die Biester füttern sollte, denn in den Raubtierkäfig brachten mich keine zehn Pferde mehr hinein. Trotzdem ging ich in den Laden, kaufte die vereinbarten Lebensmittel und kehrte an Mikaels Wohnungstür zurück. Dort warf ich Pluto-Trockenfutter durch den Briefschlitz und schickte von Zeit zu Zeit einen Klumpen Hackfleisch hinterher. Was für ein Spaß, zwei verrückte Dobermänner durch die geschlossene Tür zu füttern. Bubi und Rolli schienen ihre Mahlzeit zu genießen, denn sie schmatzten ziemlich laut. Vor dem Weggehen rief ich wieder durch den Briefschlitz:

»Viele Grüße von Papi, und Bussi-Bussi.«

Als Antwort hörte ich einen Rülpser, dem kurz darauf ein zweiter folgte.

Zu Hause rief ich Kristian an und erklärte ihm, ich könne nicht mit den Wauwaus Gassi gehen. Kristian versuchte mich zu beruhigen.

»Die tun dir nichts. Das sind richtig nette und lustige Wauwaus.«

Daraufhin sagte ich, dann könne er ja einen Spaziergang mit den netten und lustigen Kerlen machen. Kristian versprach, sich den Schlüssel zu holen. Der Kerl ist verrückt ...

Dienstag, 24.11.

Offensichtlich bin ich ein sensibler Bursche, oder, besser gesagt, ich reagiere stark auf besondere Ereignisse. Ich träumte von den Dobermännern und Tiina. Im Traum war ich gerade dabei, Tiina zu vögeln, als ich zwischen den Arschbacken etwas Kaltes und Feuchtes spürte. Als ich mich umdrehte, sah ich, wie Bubi mir irgendein beschissenes Quietschspielzeug in den Auspuff steckte. Als ich mich wieder Tiina zuwandte, merkte ich, dass sie Rollis Kopf hatte. Ich schrie auf, und als ich am Morgen kackte, schrie ich immer noch. Ein absolut furchtbarer Traum – wirklich furchtbar. Bald klingelte jemand auf eine Art, die der von Kristian ziemlich ähnlich war. Eine seltsame Ahnung veranlasste mich, zuerst durch den Türspion zu gucken. Verdammt nochmal, da stand Kristian mit breitem Scheißlächeln, die beiden Dobermänner neben sich! Ich brüllte durch die geschlossene Tür, warum zum Teufel er die Viecher zu mir schleppe. Er antwortete glückstrahlend:

»Ich dachte, ihr würdet euch bestimmt gern kennenlernen.«

»Nee, wollen wir nicht. Tschüss, ich bin nicht zu Hause.«

Die Ketten klirrten im Treppenhaus, als sich die Dobermänner nach ihrem missglückten Antrittsbesuch auf den Rückweg machten. Hoffentlich vergaß der Wirrkopf nicht, ihnen ihre tägliche Ration rohes Fleisch zu geben.

Mittwoch, 25.11.

Kristian rief am Morgen an und schwärmte von den Dobermännern, als wären sie kleine Kinder.

»Bubi ist so niedlich, wenn er am Deckenzipfel lutscht wie an einem Schnuller. Und Rolli will immer auf den Schoß, obwohl er bestimmt 50 Kilo wiegt! Sie sind so putzig, die kleinen Dobis, Kristians kleine Rackerchen …«

Dobis, meine Fresse! Kristian schlug vor, mit einem gewissen Gunnar bei mir vorbeizukommen. Ich bestand darauf, dass er die »Dobis« zu Hause ließ.

Kristian und Gunnar kamen am Nachmittag. Ich wunderte mich über die ausgebeulte Tasche an Kristians Jacke. Teufel nochmal, da steckten getrocknete Schweinsohren drin! Kristian erklärte eifrig, die Dobis liebten Schweinsohren. Komisch ... obwohl mir überhaupt nicht übel war, fing es in meinem Bauch zu rumoren an. Je mehr ich an die getrockneten Schweinsohren in Kristians Tasche dachte, desto wilder drehte es sich in meinem Magen. Ich beschloss, das Problem sofort anzugehen. Das brachte Erleichterung – Reihern lohnt sich immer!

Der grauhaarige Gunnar machte einen ganz vernünftigen Eindruck. Er fragte mich nach meinem Geburtstag. Ich nahm die Frage als Kompliment, sicher dachte er, dass ich im Vergleich zu Kristian echt jung wirke. Pustekuchen, der war auch Astrologe. Er hockte auf meinem heiligen Sofa und stellte heiser seine Analyse.

»Wenn Ihr Mars in guten Aspekten zur Sonne steht, haben Sie Erfolg in der Militärchirurgie. Außerdem haben Sie einen sanguinisch-cholerischen Charakter. Sie interessieren sich für Geheimwissenschaften. Aufgrund Ihres Aszendenten würde ich Ihnen den Beruf des Schlachters empfehlen. Sie laufen Gefahr, im Schlund eines Tieres zu enden, das größer ist als Sie.«

Scheiße, wo gabelt Kristian immer wieder diese seltsamen Typen auf? Na, in nächster Zeit gehe ich jedenfalls besser nicht in den Zoo ...

Samstag, 28.11.

Ich erklärte mich schließlich doch bereit, Kristian und die Dobis auf einem Spaziergang zu begleiten. Kaum zu glauben, aber die Dobis waren tatsächlich ganz brav. Ich überlegte, ob ich mir auch einen zulegen sollte. Wir hatten nämlich reichlich Platz auf dem Bürgersteig, als wir hinter Bubi und Rolli hermarschierten.

Sonntag, 29.11.

Ich hatte einen mordsmäßigen Kater. Am Nachmittag kam Tiina zu Besuch. Sie sagte, sie würde über Nacht bleiben, wenn ich mir mit ihr den Film »Die Brücken am Fluss« angucke. Ich dachte, ein paar lumpige Flussbrücken kann ich schon aushalten, vor allem, wenn ich danach Tiina zur Brücke biegen darf ...

Verdammte Scheiße, ich hatte geglaubt, es wäre ein Dokumentarfilm. Dabei war es eine unglaublich ergreifende Liebesgeschichte. Für mich war der Film eine emotionale Achterbahnfahrt. Mein inneres Kind hätte am liebsten laut losgeheult, aber ich kämpfte mit aller Macht dagegen an. Ein so aufwühlender Film und ein Kater sind keine gute Kombination! Als Tiina merkte, dass der Film mich wirklich berührt hatte, belohnte sie mich fürstlich.

Es war das erste Mal, dass ich nicht vergrätzt war, obwohl ich in der Nacht keine Sekunde schlief. Ein Mann muss die richtige Mischung aus krimineller Energie und Sensibilität haben ...

Montag, 30.11.

Tiina (oder der Film) hat eine seltsame Wirkung auf mich. Ich zog wieder in Erwägung, eine längere Nüchternheitsphase einzulegen. Der Anfang ist immer schwer, aber versuchen kann ich es ja ...

Dienstag, 1.12.1998

Kristian rief mich am Morgen an.

»Juha, Juha! Ich gehe heute arbeiten!«

»So?«, sagte ich mit dem gebotenen Ernst.

»Ja, ich fahre einen Tag lang Taxi. Könntest du mir das Telefonbuch leihen, wo die Straßenkarten drin sind?«

Was soll denn der Scheiß?! Kristian wird Taxifahrer und will sich meinen Stadtplan leihen?

»Wer hat dich denn gebeten, sein Taxi zu fahren?«, erkundigte ich mich vorsichtig.

»Ein Typ hat mich gestern im Pub gefragt, ob ich ihn einen Tag lang vertreten könnte, weil er jetzt drei Wochen am Stück gesoffen hat und sich nicht mehr ans Steuer traut«, erklärte Kristian eifrig. Ich verkniff mir jeden Kommentar.

»Willst du mich an meinem Arbeitsplatz besuchen?«, fragte Kristian, der vor Glück offenbar den letzten Rest an Verstand verloren hatte.

»An welchem Scheißarbeitsplatz? Du fährst doch Taxi!«

»Ja, ja, und du kannst im Taxi sitzen. Meistens hat man bloß einen Fahrgast, da passt du schon mit rein«, erläuterte Kristian seinen grandiosen Einfall.

»Bist du jemals in ein Taxi eingestiegen, in dem schon ein Mitfahrer sitzt? Ey, Mann, wir sind hier nicht in der Scheißtürkei!«, versetzte ich und knallte den Hörer auf.

Ich fragte mich, ob der verdammte Knallkopf als Nächstes auf die Idee kommt, die beiden niedlichen Dobermänner auf der Rückbank mitzunehmen.

Donnerstag, 3.12.

Weihnachten rückt näher, und mein Budget weist ein klares Defizit auf, also wurde ich wieder Zeitungsbote. Und wieder bekam ich den Stadtteil Kallio zugeteilt. Warum zum Teufel muss ich in meiner Nachbarschaft Zeitungen austragen, wo mich jemand beim Arbeiten sehen könnte? Ich drückte die Schirmmütze tief in die Stirn und zog die kleine Karre mit dem Zeitungsbündel durch den Schneematsch. Auch diesmal landete ich in einem ziemlich zwielichtigen Haus, nahm aber allen Mut zusammen und sauste in die obere Etage wie Batman. Ich war schon ein gutes Stück wieder nach unten gekommen, als eine Wohnungstür aufgetreten wurde und mir voll gegen die Fresse knallte. Sofort zogen mir die Worte eines bekannten Schlagers durch den Kopf: » ... voll Schmerz, voll wilder Trauer meine Augen ...« Ich beschloss, die Situation meinem Stil gemäß zu lösen. Also zog ich den Türtreter am Hals ins Treppenhaus und verpasste ihm die härteste Ohrfeige, die ich je ausgeteilt hatte. Wenn man einen Menschen so richtig fest watscht, hört man erstaunlicherweise kein Klatschen, sondern einen leisen Knall. Es sieht witzig aus, wenn die eine Hälfte des Gesichts schneeweiß und die andere feuerrot ist, aber beide Augen gleichermaßen trübe blicken. Wir betrachteten einander eine Weile. Wahrscheinlich warteten wir beide auf den so genannten verzögerten Sturz. Nach einiger Zeit winkte der schwankende Typ mich in seine Bude. Ich stellte mich darauf ein, die schneeweiße Hälfte seines Gesichts in Angriff zu nehmen, falls er irgendwelche Tricks versuchte.

Der Kerl blätterte in der Zeitung, allerdings wie in Zeitlupe. Ich weiß nicht, ob er von Natur aus so scheißlangsam war oder ob mein kleiner Klaps seine Motorik beeinträchtigt hatte.

»Ich wollte nur nachsehen, ob mein Inserat in Ihrer Zeitung richtig gedruckt ist«, erklärte die Schlafmütze und zeigte auf eine Anzeige in der Rubrik Persönliches.

»Was soll der Scheiß, in Ihrer Zeitung? Das ist nicht meine, sondern deine Zeitung«, fauchte ich den Kerl an.

Ich nahm ihm das Blättchen aus der Hand und fing an zu lesen:

»Dreißigjähriger Mann bietet leidenschaftliche, attraktive, dunkelhaarige und zuverlässige Gesellschaft mit 100%iger Befriedigung und Verschwiegenheit. Mir ist alles recht, außer Männern und Tieren!«

Ich habe Kristian vor kurzem einen Tausender versprochen, wenn er mir einen so genannten gewöhnlichen Menschen anschleppt. Er hat nämlich die Angewohnheit, zu labern: »Die sind was Besonderes, die gewöhnlichen Menschen ...«

Scheiße, was für *gewöhnliche* Menschen? Jetzt musste ich zugeben, dass ich offenbar zum ersten Mal in meinem Leben einem wirklich gewöhnlichen Menschen begegnet war. Es konnte einfach keinen geben, der noch gewöhnlicher aussah. Die Schirmmütze aus abgewetztem Leder setzte dem Ganzen nur eine kleine beknackte Krone auf. Und so ein Held setzt ein Pimmel-Verkaufsangebot in die Zeitung! Puh ... aber dann war er ja doch kein gewöhnlicher Mensch. Wahrhaftig nicht.

Kopfschüttelnd ging ich zu den nächsten Türen. Plötzlich stürzte aus einer Bude ein wütendes Weib ins Treppenhaus.

»Kannst du die Zeitungen nicht leiser einwerfen, du Penner? Bei dem nervigen Geplapper im Treppenhaus können meine Hunde nicht einschlafen.«

Bei diesem Einlauf blieb mir verwundert der Mund offen stehen. Als die Furie ihren massiven Arsch die Treppe runterschaukelte, rief ich ihr nach:

»Besten Dank übrigens im Namen der Aufzugwartung, dass Sie die Treppe benutzen. Es ist kein Traumjob für den Liftmonteur, so einen Riesenarsch aus dem Aufzugschacht zu befreien!«

Von unten hörte ich merkwürdige »umpf-umpf«-Geräusche. Da das Zeitungsaustragen mir jetzt wiederholt seine Schattenseiten gezeigt hatte, beschloss ich, mich ein für allemal von dieser Arbeit freizustellen. Als Abschiedsgeschenk holte ich meine Zeitungskarre von draußen und schleppte sie vor die Tür der Xanthippe. Stück für Stück stopfte ich den gesamten Inhalt meiner Karre durch den Briefschlitz. Die Hunde in der Wohnung waren offenbar Welpen oder besonders verspielt, denn ich hörte, wie im Flur Zeitungspapier zerfetzt wurde. Nachdem ich etwa sechzig Kilo Werbung eingeworfen hatte, beschloss ich, meine Kündigung zu besiegeln, steckte meine Sardine durch den Briefschlitz und pisste ausgiebig auf die Zeitungen. Ich kriegte richtig gute Laune, weil ich mich traute, nüchtern durch den Briefschlitz einer Wildfremden zu pinkeln. Mich verarscht man nicht.

Freitag, 4.12.

Bei mir war dieselbe Zeitung eingeworfen worden, die ich gestern selbst verteilt hatte. Ich beschloss, mich ein wenig aufzumuntern, suchte die Telefonnummer von dem Kerl mit der Mütze und rief an.

»Guten Tag. Sie hatten ein Inserat in der Zeitung. Ich habe einen extrem wütenden Dobermann, und ich frage mich, ob seine Aggressivität auf sein unfreiwilliges Zölibat zurückzuführen ist. Sie versprechen ja 100 Prozent Befriedigung und Verschwiegenheit. Soll ich den Dobermann zu Ihnen bringen,

oder machen Sie auch Hausbesuche?«, fragte ich in ganz sachlichem Ton.

»Im Inserat steht doch extra: keine Tiere. Kapieren Sie das nicht? Ich ficke keine Hunde!«, empörte sich der Ledermützentyp.

Ich beschloss, ihm den finalen Hieb zu versetzen.

»Natürlich nicht. Der Dobermann soll Sie ficken.«

»Häh?«, fragte der Typ entgeistert.

Ich konnte nicht mehr an mich halten, also legte ich rasch auf, damit er mein dröhnendes Gelächter nicht hörte. Der Anruf war meine Gegenleistung dafür, dass er mir die Tür ins Gesicht geknallt hatte. Mich verarscht keiner.

Samstag, 5.12.

Irgendwie hielt mich der schwarze Humor in den Fängen, also rief ich aus einer Laune heraus den Pimmelverkäufer noch einmal an.

»Guten Tag, Sie hatten da ein Inserat, wonach alles geht außer Männern und Tieren.«

»Richtig.«

»Tja, mein Nachbar hat erzählt, dass irgendwer sein Auto gegrapscht hat, deshalb wollte ich fragen, ob Sie vielleicht etwas von seinem Datsun wissen«, sagte ich todernst.

»Was soll der Scheiß? Jemandem hat man das Auto geklaut und Sie fragen mich, wo es ist?«

»Ja, weil Ihr Inserat zu verstehen gibt, dass Sie alles grapschen außer Männern und Tieren.«

»Entschuldigung, aber ich verstehe nicht ganz ...«

»Nun sagen Sie schon, was würden Sie dafür verlangen, den Datsun 100A meines Nachbarn zu grapschen?«

»Einen Datsun zu grapschen? Also jemandem das Auto zu klauen?«

»Nein, nein, zu ficken. In Ihrem Inserat sagen Sie doch, dass Sie für Geld alles ficken außer Männern und Tieren.«

»Na, ich werde ja wohl verdammt nochmal kein Auto ficken. Hast du nicht alle Tassen im Schrank ... Scheiße, ich muss das Inserat stornieren, die Zeitung wird von allen möglichen Bekloppten gelesen«, ächzte der Kerl und knallte den Hörer auf. Für heute hatte ich mein gutes Werk getan. Die Buddhisten haben gar nicht so unrecht. Zur wahren Lebensweisheit gelangt man durch Humor.

Dienstag, 8.12.

Am Morgen genoss ich ein kühles Helles von der Sorte »Bär«, als Kristian anrief. Er fragte, was ich gerade machte. Ich antwortete, ich wäre dabei, einen Bären zu schlecken. Kristian brüllte so laut, dass mir fast das Trommelfell platzte:

»Du hast einen Bären in deiner Bude?«

Wenn ich wüsste, dass hinter Kristians seltsamen Bemerkungen ein Rest Ironie steckte, könnte ich sie ja verstehen, aber der Holzkopf nimmt wahrscheinlich alles ernst, was man ihm sagt. Jetzt glaubte der Idiot, ich würde irgendeinem ollen Bären den Arsch lecken. Ich dachte mir, ich gieße noch ein bisschen Wasser auf seine Mühle, also antwortete ich:

»Ja! Heute früh klingelte es, und ein scheißgroßer Bär stand vor der Tür. Er sagte, er könne nicht einschlafen, weil ihm der Harzzapfen aus dem Hintern rutscht. Er hat mich gebeten, den Zapfen mit der Zunge an seinen Platz zu befördern.«

»Ehrlich?! Na, dann hast du es sicher eilig, reden wir später weiter. Tschüss!« Tuut tuut tuut ...

Mittwoch, 9.12.

Kristian hatte nicht wieder angerufen. Hoffentlich war er nicht durch die Kneipen gerannt und hatte überall verkündet, Juha könne nicht kommen, weil er versuche, einem Bären den Harzzapfen in den Arsch zu küssen. Andererseits, überlegte ich mir, ist es ja das Wichtigste, dass man im Gespräch bleibt.

Sonntag, 13.12.

Kristian und Mikael kamen zu Besuch. Kristians Wangen glühten wieder vor Eifer, ein gefährliches Zeichen.

»He, wir haben uns was ausgedacht, einen prima Job für uns alle!«, platzte er heraus.

Ich versuchte, möglichst erstaunt auszusehen.

»Wir tragen den Leuten ihre Weihnachtsbäume nach Hause!«, juchzte Kristian, und Mikael nickte.

Nach kurzem Überlegen dachte ich mir, warum nicht. Für Geld habe ich immer Verwendung. Und so schwer konnte ein Weihnachtsbaum ja nicht sein. Kristian zog eine Flasche Sprit aus der Tasche und schlug vor, auf die kommende Arbeitswoche anzustoßen.

Montag, 14.12.

Der erste Arbeitstag. Es war so beschissen kalt, dass Mikael uns pelzgefütterte Overalls besorgte. Ich wollte mir lieber nicht den Kopf darüber zerbrechen, wo er sie herhatte, wunderte mich allerdings ein bisschen über die kubanische Flagge am Ärmel. Ich riss sie ab, obwohl ich persönlich nichts gegen Kuba hatte – jedenfalls im Moment. Aber wenn so ein Ding am Ärmel eines von Mikael beschafften Overalls prangt, weiß man ja nie, was es symbolisiert. Und wem sie gehören. Ich dachte eigentlich, in Kuba würde man keine Pelzoveralls brauchen. Aber egal, ich leistete den ganzen Tag lang körperliche Arbeit an der frischen Luft.

Dienstag, 15.12.

Wir hatten wieder den ganzen Tag Weihnachtsbäume geschleppt. Ich wollte gerade nach Hause gehen, doch da bat Kristian mich, ihn zu chauffieren, weil er Weihnachtskram für seine Tante kaufen wollte.

»Nach der Erfahrung mit dem Taxi traue ich mich nicht mehr, in der Rushhour zu fahren«, erklärte er.

Ich habe offenbar vor Weihnachten immer eine Art Herzerweiterung, das heißt, ich werde meinen Mitmenschen gegenüber großherzig, also sagte ich zu. Wir holten den Nissan Sunny von irgendeinem Verwandten von Kristian und fuhren zum City-Market in Itäkeskus. Dort herrschte schon auf dem Parkplatz ein derartiger Andrang, dass ich Kristian vorschlug, er solle allein einkaufen gehen. Ich würde inzwischen einen freien Platz suchen oder vor den Haupteingang fahren und dort im Wagen warten. Kristian verschwand im Gewühl.

Ich surrte auf dem Parkplatz herum wie eine Fliege um den Kuhfladen, fand aber keine Lücke. Also lenkte ich die Karre vor den Eingang. Es dauerte gar nicht lange, dann wurde der Kofferraum geöffnet und mit Einkaufstüten gefüllt. Weil die Beleuchtung im Wagen nicht funktionierte, konnte ich nicht sehen, ob Kristian tatsächlich so flink gewesen war. Kurz darauf ging die Beifahrertür auf und eine füllige Frau schwang sich auf den Sitz.

»Du Arschloch hättest mir ruhig beim Tragen helfen können. Aber nein, du bleibst im Auto hocken, holst dir einen runter und denkst dabei an die kleine Schlampe in eurer Firma. Gib mir wenigstens ’ne Kippe, du Scheißkerl«, schimpfte eine aufgebrachte Madame.

Bevor ich irgendetwas erwidern konnte, ließ die Alte einen so krachenden Furz los, dass die Federung knirschte.

»Ähem, erstens arbeite ich in keiner Firma, zweitens habe ich keine Kippen und drittens, wer zum Teufel bist du?«, fragte ich den Überraschungsgast.

Die Olle drehte langsam den Kopf und sah mich aus starren Augen an, die wie ins Gesicht tätowiert wirkten. Gleichzeitig breitete sich das widerwärtige Aroma eines Eierfurzes im Wagen aus.

»Wie furchtbar«, wisperte das Furzkissen und stieg hastig aus.

Im nächsten Moment wurde der Kofferraum geöffnet und hastig geleert. Anschließend riss die Alte noch einmal die Vordertür auf und rief fast schluchzend:

»Ach ja, frohe Weihnachten!«

»Danke, gleichfalls«, antwortete ich höflich.

Ich versuchte, mit der Scheißdufttanne, die am Rückspiegel baumelte, ein bisschen bessere Luft in den Wagen zu wedeln, aber das schien nichts zu helfen. Allem Anschein nach sind Tannenbäume mir nicht wohlgesonnen.

Als Kristian eine Stunde später einstieg, fragte er:

»Hast du gefurzt?«

Ich dachte mir, ich komme leichter davon, wenn ich es einfach zugebe und gar nicht erst versuche, irgendwas zu erklären. Auf dem Rückweg überlegte ich, ob der Mann von der Alten wohl noch am Leben war ...

Donnerstag, 17.12.

Ein echt schwachsinniger Job, den Leuten Weihnachtsbäume nach Hause zu tragen. Am Vormittag hatten wir einen wirklich merkwürdigen Einsatz. Eine alte, senkrecht geföhnte und Schwedisch gackernde Oma kaufte den größten Baum auf dem ganzen Markt. Das Teil, auf das sie zeigte, war so riesig, dass ich zuerst dachte, es wäre noch in der Erde verwurzelt. Ich sagte:

»Glaubst du etwa, wir würden den Baum für dich fällen, bloß weil du Schwedisch sprichst?«

Die Oma sah uns an und trippelte zum Verkäufer. Mit dem kam sie hochnäsig zurück und beauftragte Kristian und mich, den teuflisch großen Christbaum in ihre Wohnung zu tragen. Offenbar war die Schlampe aus der besseren Gesellschaft beleidigt und wollte uns Arbeitersöhne demütigen, denn sie ließ uns dreimal um denselben Häuserblock laufen. Kristian klagte, er müsse mal. Ich wurde allmählich stinksauer, weil die Alte uns springen ließ wie einen beschissenen Tennisball in Wimbledon. Also versuchte ich, die oberfeine Dame in ihre Schranken zu weisen.

»Entschuldigung, gnä' Frau, sind die Taschen Ihres Pelzmantels eigentlich wasserdicht?«, fragte ich mit unschuldiger Miene.

»Ich wisse nicht. Das ist gutes Frage ...«, antwortete die Oma in holprigem Finnisch.

»Ich dachte nur, vielleicht könnte mein Kumpel in Ihre Tasche pullern, damit er den Schnee nicht schmutzig macht«, erklärte ich diplomatisch.

Die Alte schnaubte so heftig, als ob sie an irgendeinem Scheißasthma litt. Komisches Weib ...

Kristians Hände waren voller Harz. Er rief aus dem Gebüsch nach mir:

»Juha, hilf mir! Meine Hand klebt am Schwanz fest. Scheiße, jetzt ist auch mein Kolben mit diesem fotzigen Harz beschmiert. Hol Terpentin oder so was.«

Da es mich nicht so wahnsinnig reizte, mitten in der Stadt einem Kerl die Hand vom Schwanz zu reißen, fragte ich die Dame:

»Sie haben doch sicher noch nie einen finnischen Männerkolben in der Hand gehabt. Wenn Sie einmal den Puls dieses mächtigen Stabes spüren wollen, bevor Sie in die Grube fahren, könnten Sie vielleicht die Hand meines Kumpels von seinem Schwanz lösen?«

An diesem Punkt zog Kristian es vor, sich hektisch selbst loszureißen. Schließlich brachten wir den Tannenbaum in die Wohnung der alten Schwedin und bekamen natürlich null Trinkgeld. Na, zum Glück war ich so schlau, die Fixierschrauben vom Christbaumständer als Pfand mitzunehmen. Da bekommt die feine Dame ein bisschen Bewegung, wenn sie zum Schraubenladen rennt. Mich verarscht man nicht.

Freitag, 18.12.

Heute war ich zu beschäftigt, um Tagebuch zu schreiben. Ich bin ein stark beanspruchter Geschäftsmann – momentan.

Samstag, 19.12.

Allmählich ging mir die Weihnachtsbaumschlepperei auf den Geist. Obendrein bog Kristian es immer so hin, dass ich am unteren Ende anpacken musste. Scheiß Harz! Heute hatten wir einen richtig seltsamen Job. Ein Kerl mit Baskenmütze, der wirklich aussah wie so ein Bohémien, kam eine Tanne kaufen. Er ging gar nicht erst rum, um einen auszusuchen, sondern drückte mir zweihundert Mark in die Hand und sagte, wir sollten irgendeinen Baum nehmen. Einen Baum? Wenn ich eine Säge gehabt hätte, wäre ich losgezogen und hätte aus purer Bosheit eine Erle gefällt, aber ich musste mich mit einer

Tanne begnügen. Ich suchte die allerhässlichste aus. Der Typ bestand darauf, dass wir beide und niemand anders seinen Baum trugen. Wir kamen in seine Bude. Der ganze Flur war voll mit leeren Rotweinflaschen. Die ganze Küche war voll mit leeren Rotweinflaschen. Das ganze Wohnzimmer war voll mit leeren Rotweinflaschen. Das Schlafzimmer war voll mit leeren Rotweinflaschen, und auf dem Bett lag eine nackte Tussi, den hektargroßen Hintern hochgereckt wie auf dem Präsentierteller. Es sah so obszön aus, dass ich Lust gehabt hätte, ihr den Baum in den Arsch zu stecken. Der Kerl merkte, dass ich den Arsch der Alten abschätzend betrachtete, und fragte:

»Würde dich dieser Hintern interessieren?«

Ich wunderte mich über die Frage, antwortete aber nach kurzem Nachdenken:

»Eigentlich ja. Ich habe gerade überlegt, ob man ihn als Christbaumständer nehmen könnte. Da würde der Baum jedenfalls nicht umkippen, bei so kräftigen und fleischigen Backen rund ums Loch.«

Der Typ lachte.

Im Wohnzimmer erwartete uns ein erstaunlicher Anblick. Aus dem Chistbaumständer ragte ein trockener Stamm, und auf dem Fußboden lag ein dicker Teppich aus Nadeln. Der Mann fragte locker:

»Wie viel vergütet ihr mir für einen wenig benutzten Weihnachtsbaum? Es ist das Vorjahrsmodell.«

Wir betrachteten verdattert den trockenen Stab, der in dem verrosteten Ständer steckte. Ich machte ein Gegenangebot:

»Wenn du mir fünfhundert zahlst, nehme ich das Ding mit.«

Kristian nickte dümmlich, obwohl er wahrscheinlich gar nicht mitkriegte, worum es ging. Er versuchte hauptsächlich, einen Blick auf den Arsch der Tussi im Schlafzimmer zu erhaschen. Der Mann sah mich eine Weile an, dann zückte er die Brieftasche.

»Okay, abgemacht.«

Ich begriff, dass meine Chance gekommen war:

»Mein Kollege kann die Nadeln aufsammeln, wenn er die Frau im Schlafzimmer einmal vögeln darf.«

Der Kerl war hocherfreut.

»Na, zum Teufel auch, das passt ja bestens!«

Kristian sah uns beide flehend an wie ein kleiner Junge. Als wir gnädig nickten, stürzte er sich mit einem Tarzansprung auf die nackte Tussi, dass ich fürchtete, er würde ihr das Rückgrat brechen. Aus dem Schlafzimmer kam die verdutzte Stimme der Frau:

»Was zum Teufel tust du da, Rauno?«

»Ich bin nicht Rauno, ich bin Kristian und hole mir meinen Vorschuss«, keuchte der pumpende Kristian.

»Rauno! Wer-ah-fickt-oh-mich-aah?«, rief die neugierige Tussi.

Ich verzog mich mit der vertrockneten Vorjahrstanne ins Treppenhaus und prustete los.

»Lasst uns froh und munter sein ...«

Sonntag, 20.12.

Beim Aufstehen nahm ich mir fest vor, heute nicht zur Arbeit zu gehen, aber als ich die fünf Hunderter auf dem Tisch sah, änderte ich meine Meinung. Ich stieg schleunigst in den Winteroverall und begab mich zum Weihnachtsbaumstand. Mir will nicht in den Kopf, dass die Leute ein Wahnsinnsgeld für abgehackte Bäume zahlen. Eine ziemlich ungewöhnlich wirkende kleine Oma tauchte am Stand auf. Ich ging mit ihr kreuz und quer durch die Tannenreihen, und bei fast jedem Baum erzählte sie eine kleine nette Geschichte.

Nur bei einem tischte sie mir eine so wüste Story auf, dass sich die Äste bogen.

»Ich war noch ein ganz junges Ding, als ich unter genau so einer Fichte wie der hier einen richtig guten Schwanz gekriegt habe. Der Knecht vom Nachbarn, ein prächtiges Mannsbild, tränkte gerade einen Wallach am Bach. Ich saß da am Ufer, und er zwinkerte mir zu. Mein Herz schlug Purzelbäume, als er mir tief in die Augen guckte. Er ließ den Wallach am Bach stehen und trinken und setzte sich neben mich. Dann schob er mir gleich seine große Pranke zwischen die Beine und zog mein Kleid hoch. Ich sagte, wir müssen aufpassen, dass uns keiner erwischt, aber da war der Knecht schon bis zur Wurzel in mir drin. In der Luft lag so viel Liebesenergie, dass sogar der kastrierte Gaul einen Steifen bekam, als er uns wiehernd zuguckte. Aber die Fichte nehm ich lieber nicht, sonst halten mich die Erinnerungen die ganze Nacht wach«, erklärte die Oma trocken und tapste zum nächsten Baum.

Die Geschichte kam mir irgendwie bekannt vor, so dass ich über die Herkunft der Alten nachzudenken begann. Ich musste sie einfach fragen, ob sie eine Schwester hatte, die bei der Olympiade in Helsinki gearbeitet hatte. Die Omi sah mich mit ihren kleinen, verschmitzten Augen an und sagte:

»Ich weiß nicht ...«

Endlich fanden wir den passenden Weihnachtsbaum. Ich hatte mir fast zwei Stunden lang die Geschichten der Oma angehört, und nun waren wir auf dem Weg zu ihrer Wohnung. Das alte Muttchen war irgendwie so rührend, dass ich vorschlug, ihr beim Schmücken zu helfen. Sie sagte, es wäre schön, wenn ich wenigstens den Stern anbringen könnte, weil

der ganz nach oben kommt. Das war ein seltsamer Christbaumstern. Wahrscheinlich aus Hartplastik, aber jedenfalls uralt. Ich stieg auf den Küchenhocker und war gerade dabei, den Stern an der Baumspitze zu befestigen, als der Hocker unter mir zusammenkrachte. Als wäre das nicht schlimm genug, ließ ich im Sturz den Stern fallen und landete mit den nackten Füßen auf ihm. Ich hatte selten zuvor ein so großes Bedürfnis laut zu fluchen wie jetzt. Mir lagen etwa fünfzig Synonyme für männliche und weibliche Geschlechtsorgane auf der Zunge, aber mein Respekt vor dem Alter ließ mich gegen ihre öffentliche Verlautbarung ankämpfen. Die Oma fragte besorgt:

»Mein armer Junge! Hast du dir wehgetan?«

Ich bemühte mich, ein strahlendes Lächeln aufzusetzen.

»Wehgetan? Nein, gar nicht ...«

Meine Haxe tat so beschissen weh, dass ich sie am liebsten gleich unter dem Sack abgebissen hätte. Ich steckte meinen blutenden Fuß in den Gummistiefel und wünschte der Omi frohe Weihnachten. An der Tür hielt sie mich zurück.

»Was bin ich schuldig, junger Mann?«

Ich drückte ihr die Hand und sagte:

»Das ist mein Weihnachtsgeschenk für Sie. Frohes Fest!« Dann humpelte ich nach Hause.

Mit dem Arbeiten war es für diesen Tag vorbei.

Montag, 21.12.

Schon am Morgen hatte ich die Nase gestrichen voll vom Weihnachtsbaumschleppen, als ich die letzten Splitter von dem Stern der komischen Oma aus den Fußsohlen pulte. Scheiße, in welchem Jahrhundert hat man Christbaumschmuck aus Glas gemacht?

Wenigstens hatte ich schon so viel Heu im Schober, dass ich beschloss, nur noch diesen einen Tag zu schuften. Immerhin konnte ich dabei Kristians und Mikaels Getue beobachten.

Ein sauhübsches junges Mädchen kam eine Tanne kaufen. Ich weiß nicht, was sie intensiver anguckte, die Weihnachtsbäume oder mich. Sie glubschte mich zwischen den Tannen so irrsinnig an, dass ich schon Angst hatte, ihr würden die Augen aus dem Kopf fallen. Es war nicht schwer zu erraten, dass sie sich den Baum unbedingt von mir nach Hause tragen lassen wollte. Den Zapfen im rechten Winkel, machte ich mich auf, die Tanne in die Bude dieses Leckerbissens zu schleppen.

Endlich waren wir am Ziel, und die Tussi bat mich, die Tanne gleich in den Ständer zu stecken. Ich fing an, den Stamm in das Loch zu bugsieren, als ich merkte, dass die Kleine auf allen vieren unter der Tanne hockte, mit der Hand den Stamm wichste und mir ins Ohr flüsterte:

»Ist das Loch zu klein für den dicken Stamm?«

Ich warf die Tanne beiseite und sagte:

»Hör auf, den Baum zu wichsen, sonst fallen die Nadeln schon vor Weihnachten ab. Wenn du willst, dass ich dich pudere, sag's einfach.«

Die Tussi bekam einen Blick wie ein kleines Mädchen im Spielzeugladen.

»Ja, das will ich!«

Sie warf sich aufs Sofa und ich mich auf sie. Ein seltsamer Fall. Sie keuchte vom Anfang bis zum Schluss:

»Fick mich, du Tannentaxi, Sex, Sex, Sex ... mein Waldarbeiter, fäll mich geile Föhre und spalte mich mit deinem dicken Beil ...«

Echt schlimm, was für verkorkste Typen zu Weihnachten einen Baum in ihrer Bude wollen. Das sind die Schattenseiten eines seriösen Dienstleistungsberufs ...

Dienstag, 22.12.

Ich beschloss, heute einen freien Tag einzulegen. Kristian rief mich an und kiekste glücklich:

»Rate mal, von wo ich anrufe?«

Ich kapierte nichts, deshalb schwieg ich.

»Stell dir bloß vor, ich telefoniere im Freien«, jubelte Kristian.

Ich war immer noch völlig ratlos. War es wirklich möglich, dass Kristian in einer Telefonzelle stand, ohne es zu merken? Er fuhr fort:

»Denk nur, das Ding hat nicht mal ein Kabel! Das ist mein Handy. Ich hab mir gerade ein Handy gekauft! Damit kann man im Gehen reden! Ist das nicht irre, telefonieren und gleichzeitig gehen ...«

Mir kochte die Schüssel über.

»Scheiße, komm endlich zur Sache!«

Kristian war offenbar beleidigt, denn er erklärte betont gleichgültig, am 24. gäbe es ein paar Einsätze als Weihnachtsmann – für uns beide. Er behauptete, ich bekäme insgesamt einen Tausender bar auf die Hand, wenn ich irgendwelche Säcke in vier Wohnungen brächte und wieder verschwände. Außerdem würden mir die nötigen Requisiten, also Rauschebart und Gumminase, nach Hause geliefert werden. Ich sagte zu, immerhin ging es um tausend Mark auf die blanke Kralle.

Mittwoch, 23.12.

Ich hatte gnadenlosen Stress. Von der beschissenen Weihnachtsbaumschlepperei hatte ich genug Kohle, aber es war echt aufreibend, die passenden Weihnachtsgeschenke zu finden. Eine Flasche Schnaps zu Weihnachten kommt immer gut, also rannte ich in den Alko-Laden. Die Verkäuferin sah mich groß an, als ich sie bat, die 18 Schnapsflaschen einzeln als Geschenk zu verpacken.

»Die schenkst du bestimmt nicht alle her. Wahrscheinlich süppelst du sie selbst, ha ha ...«, lachte sie.

»Ja, du hast recht. Aber eine stecke ich ohne störende Verpackung mit dem Boden voran in deinen Arsch, wenn du nicht sofort loslegst«, antwortete ich auf die versteckte Frotzelei.

Damit hörte das Nörgeln auf, und das Einpacken ging zügig voran. Mich verarscht man nicht.

Am Abend tauchte Kristian bei mir auf und brachte mir den gleichen Karton, den ich für ihn hatte. Wir tauschten unsere Geschenke aus. Kristian bekam eine Flasche Klaren von mir, und ich bekam eine Flasche Klaren von Kristian. Schließlich trudelten auch Mikael und Gunnar ein, die sich ebenfalls gegenseitig Pappschachteln überreichten. Mikael hatte Whisky für Gunnar und Gunnar Whisky für Mikael. Wir beschlossen, gemeinsam Desperado-Weihnacht zu feiern. Mikael schlug vor, diesen Beschluss mit einem Blutschwur zu besiegeln, aber mein Würgegriff war auch nach seiner Ansicht so überzeugend, dass wir kein Blut brauchten. Der beschissene, perverse Irre ...

Vor dem Einschlafen ging mir der Gedanke durch den Kopf, dass ich etwas ganz Wichtiges vergessen hatte. Was war das bloß? Der Schnaps scheint das Kurzzeitgedächtnis auszuhöhlen ...

Donnerstag, 24.12.

Als ich mit einem relativ heftigen Kater aufwachte, hörte ich ein seltsames Schubbern unter meinem Hochbett. Ich spitzte die Ohren und versuchte zu navigieren, woher das Geräusch kam. Die Quelle befand sich eindeutig unter dem Hochbett. Ich schob den Kopf über den Rand und suchte mit Adlerblick das Gelände ab. Scheiße, Kristian hockte mit einem Pornoheftchen unter meinem Bett und holte sich einen runter.

»Was zum Teufel machst du da!«, brüllte ich.

Kristian warf vor lauter Schreck mit der einen Hand das Heft weg und wichste mit der anderen so hochfrequent wie ein Industrienagler. Gleich darauf spritzte sein Saft an den Boden meines Hochbetts, und Kristian weinte! Verdammt nochmal, das Sensibelchen hatte sich so wahnsinnig erschrocken, dass er im selben Moment losheulte, als die Soße an mein Bett klatschte. Puh, was für ein Morgen!

Als Kristian sich von seinem morgendlichen Orgasmus erholt hatte, erklärte er mit brüchiger Stimme:

»Ich hatte einen so irrsinnigen Katersteifen, dass ich mir einfach einen abwedeln musste. Sorry, Juha, ich mach das sauber.«

Ich fing an, mich auf die Ereignisse des Tages zu konzentrieren. Plötzlich funktionierte mein Gedächtnis wieder – zu meinem Entsetzen. Scheiße, wir hatten keinen Weihnachtsschinken! Ich rief alle Teilnehmer der Desperado-Weihnacht zu einer Krisensitzung zusammen. Wir beschlossen, dass Kristian den Schinken besorgt und in den Ofen steckt. Mikael kauft Fisch und Gunnar die Aufläufe. Ich ging das restliche Zubehör und die Weihnachtsmann-Klamotten holen. Unterwegs fiel mir ein, dass ich Kristian ja schon gestern sein Geschenk überreicht hatte. Ich musste ihm noch eins kaufen, denn er hatte vorhin irgendwas eingepackt – offenbar für mich.

Als ich zurückkam, hatte Kristian unseren Zehnkiloschinken schon in den Ofen geschoben, und die anderen Desperados bereiteten die restlichen Gerichte vor. Kristian und ich verkleideten uns als Weihnachtsmänner und machten uns auf den Weg. Kristian gab mir vier Adressen und die Anweisungen. Ein simpler Job ...

Ich machte mich auf zur ersten Adresse. Auf dem Zettel stand, ich sollte den Sack mit den Geschenken aus dem Schuppen holen und dann klingeln. Der Anfang war grandios. Der kleine Junge, der mir öffnete, schrie bei meinem Anblick gellend los und knallte mir die Tür ins Gesicht. Dann öffnete mir der Vater der Familie und zog mich in die Wohnung. Er war sternhagelblau.

»Na, hat der Weihnachtsmann auch so einen langen Kolben?«, lallte der Papa und holte seinen schlaffen Schwanz aus der durchgefurzten Unterhose.

»Ja, meiner ist ganz ähnlich, nur zehn Zentimeter länger und drei Zentimeter dicker, aber sonst das gleiche Modell«, antwortete ich und schleppte den Sack ins Wohnzimmer.

Der Hausherr drückte mir fünfhundert Mark in die Hand und schmiss mich raus. Ich machte mich auf den Weg zur nächsten Adresse.

Die beiden nächsten Einsätze waren ganz okay. Viele kreischende Gören und relativ nüchterne Erwachsene. In der zweiten Wohnung bat die Mutter, eine Blondine Mitte dreißig, mich nach meinem Auftritt in die Küche. Sie steckte mir dreihundert Mark zu, schob die Hand in meine Hose und umklammerte meinen heiligen Schwengel.

»Möchte der Weihnachtsmann sich was dazuverdienen, indem er ein richtiger Mann ist?«, flüsterte die nach Glühwein riechende, glühäugige Zicke.

Mein armer Schwengel lässt sich so leicht an der Nase rumführen – er wurde sofort wach. Schon peinlich, zu einer

Weih-
nachts-
bock

geilen Frau, die deinen wachsenden Kolben in der Hand hält, zu sagen:

»Sorry, ich hab jetzt keine Lust.«

Ich schaffte es, mit hochgereckter Gurke aus der Wohnung zu entkommen. Der Hausherr guckte allerdings leicht verwundert auf die Wölbung in meiner Hose. Ich machte mich auf den Weg zur letzten Adresse.

Der letzte Job war insofern seltsam, als ich keinen Geschenksack zu holen brauchte. Eine Tipptopp-Brünette im seidenen Morgenmantel öffnete mir. Sie fasste mich an der Hand und führte mich ins Wohnzimmer. Ich überlegte, wo die Blagen und der ganze Rest der Familie sich versteckt hielten. Die Tussi brachte mir ein längliches Päckchen und setzte sich mit gespreizten Beinen auf meinen Schoß.

»Könnte der Weihnachtsmann bitte mein einziges Geschenk auspacken?«, fragte sie mit unschuldiger Miene.

Na, ich war ja als Weihnachtsmann engagiert, also tat ich ihr den Gefallen. In dem Päckchen fand sich ein mindestens 25 Zentimeter langer Dildo, der obendrein – passend zu Weihnachten – feuerrot war.

»Würde der Weihnachtsmann mir zeigen, wie das Spielzeug funktioniert?«, gurrte die Tussi und fing an, den Morgenmantel auszuziehen.

Scheiße, steht mir etwa auf die Stirn geschrieben, dass man mit diesem Mann vögeln muss, so oft sich die Gelegenheit ergibt? Die Tussi zog mir einen Teil der Weihnachtsmannkluft aus. Sie versprach mir einen Bonus von fünfhundert Mark, wenn ich sie mit meinem Rauschebart und dem um den Bauch gebundenen Kissen ficke. Verrücktes Weib, ich hätte sie auch umsonst georgelt. Also stimmte ich zu.

Ich hätte einen Tausender verlangen sollen. Herrgott, es war furchtbar, mit umgeschnalltem Bauchpolster zu vögeln, außerdem kitzelte der künstliche Bart ganz entsetzlich, und der Schweiß lief mir übers Gesicht. Ich schmiss Kissen und Bart weg und beschloss, der Tussi eine anständige Serie von Weihnachtsgeschenken zu geben. Nach dem siebten Orgasmus war sie total fertig. Sie sah mich an und stellte fest:

»Ey, du siehst ja auch ohne die Klamotten ganz gut aus!«

Jesus, was für eine Lady, jeder ist doch ein attraktiveres Sexobjekt als der Weihnachtsmann! Ich sammelte mein verschwitztes Kostüm auf und trat den Rückzug an. An der Tür rettete die Tussi noch schnell mein nächstes Jahr:

»Ich verhüte übrigens nicht, du kannst also nächstes Jahr wieder den Weihnachtsmann spielen, Papa.«

Puh, bloß raus hier und zum Desperado-Weihnachtsfest.

An der Haustür traf ich Kristian, der noch als Weihnachtsmann verkleidet war. Wir gingen nach oben in die Bude. Schon an der Tür roch es leicht verkokelt. Als ich die Küche betrat, machte es unter meinen Füßen plitsch platsch plitsch platsch. Der ganze Boden war mit fettigem Salzwasser bedeckt. Ich fragte Kristian, ob der gepökelte Schinken tiefgekühlt war. Er nickte verlegen.

»Und du hast ihn tiefgefroren in den Ofen geschoben?«, fragte ich weiter.

Wieder nickte Kristian.

»Hast du den Ofen auf schwache Hitze gestellt?«, erkundigte ich mich ruhig.

Kristian sah mich verdutzt an und erklärte:

»Nein, auf die höchste Stufe. Ich dachte, dann können wir gleich essen, wenn wir von der Arbeit kommen.«

Ich öffnete die Klappe und entdeckte auf dem Blech einen dunkelroten Klumpen, so klein wie eine Grapefruit. Das war unser Zehnkiloweihnachtsschinken. Ich versuchte ihn in Scheiben zu schneiden, aber er zerbröselte zu einer Art Mehl.

Wir hatten Schinkenmehl – ein bisschen. Daraufhin beschlossen wir, in diesem Jahr zu Weihnachten ein traditionelles Bauernfrühstück zu essen, zubereitet aus den verschiedenen Aufläufen und den Schinkenbröseln. Zum Glück hatten wir genug Feuerwasser, um das Zeug runterzuschlucken. Anschließend verteilten wir die Geschenke. Kristian packte seins aus.

»Eine Strumpfhose! Ist die für Damen oder für Herren?«, fragte er entzückt.

»Mir ist nichts Passendes eingefallen, deshalb habe ich dir eine Strumpfhose gekauft.«

Kristian sah mich fragend an.

»Zieh sie über den Kopf und geh in eine Bank, dann kannst du dir kaufen, was du willst«, erklärte ich.

Kristian fiel mir um den Hals und bedankte sich überglücklich. Der Knallkopf. Ich packte sein Geschenk aus. Was zum Teufel ... ein Lady Shaver?! So ein Ding, mit dem die Weiber sich die Muschi rasieren?! Kristian fing an zu erklären:

»Reg dich nicht auf, Juha! Erinnerst du dich, wie du mich mal rasiert und mir beinahe das halbe Gesicht weggeschnippelt hast? Mit dem Ding kannst du mich rasieren, auch wenn ich penne.«

»Kapierst du Perversling, dass das kein Rasierer ist, sondern ein Muschitrimmer?«

Kristian zuckte nur die Schultern und soff weiter. Von Mikael bekam ich eine Art Humanoid, eine lila Puppe mit einer seltsamen Antenne am Kopf. Mikaels Augen strahlten vor Glück.

»Erkennst du ihn?«

»Wen?«, fragte ich erstaunt.

»Das ist ein Tele-Tubby«, juchzte Mikael.

»Was für ein Scheiß-Tele-Tubby?«, fragte ich immer noch verwundert.

»Kennst du Blödmann die Tele-Tubbies nicht? Das ist Tinky-Winky!«, klärte Mikael mich auf.

Frohe Weihnachten ...

Freitag, 25.12.

Der zerbröselte Schinken oder der Klare bescherte mir Dünnpfiff. Ich rannte frühmorgens zum Klo, aber es war besetzt. Von innen rief Kristian:

»Ich teste bloß deinen neuen Rasierer.«

Die Tür ging auf. Kristian hatte millimeterkurze Stoppeln, und das Waschbecken war voller Haare. Ich stieß ihn hinaus und setzte mich aufs Klo. Der Dämlack scherte sich den Kopf mit einem Muschitrimmer. Frohe Weihnachten ...

Samstag, 26.12.

Es wundert mich überhaupt nicht mehr, dass die Polizei an Weihnachten so viele familiäre Konflikte schlichten muss. Mir hing die Desperado-Weihnacht spätestens dann zum Hals heraus, als Mikael uns alle um acht Uhr in der Frühe weckte, damit wir uns im Fernsehen die Tele-Tubbies angucken konnten. Das Erlebnis war dann allerdings so atemberaubend, dass ich Mikael verzieh. Besonders lebhaft blieb mir in Erinnerung, wie die verschieden gefärbten Tele-Tubbies immer wieder riefen: »Tschüss, tschüss, Dipsy geht nach Hause, was, nach Hause, nach Hau-se, aha, tschüss, weit, weit weg, jetzt gehen die Tele-Tubbies schlafen, nein, nein ...« Innerhalb einer halben Stunde lernte ich Tinky-Winky, Po, Dipsy und Laa-Laa kennen. Scheiße, ich wurde süchtig nach den Tele-Tubbies. Den größten Eindruck machten sie offenbar auf Kristian, denn er war den ganzen Tag in sich gekehrt und streichelte andauernd meinen Tinky-Winky. Ich schlug Kristian vor, nach Hause zu gehen, nach Hause, nach Hau-se ...

Sonntag, 27.12.

Puh, das war vielleicht ein Weihnachtsfest. Ich zog rasch Bilanz. Ich hätte so viele Muschis kriegen können, wie ich nur wollte, und konnte auf der Habenseite immerhin zwei sexuelle Begegnungen verbuchen. Ich hatte einen Tele-Tubby und einen Muschitrimmer bekommen. Außerdem blieben mir noch einige Flaschen Schnaps und mehr als dreitausend Mark. Ehrlich – besser hätte Weihnachten nicht laufen können ...

Mittwoch, 30.12.

Zum Glück war ich zufällig zu Hause, als auf der Straße ein höllisches Gekicher losging. Irgendwelche Bengel hatten bei dem Datsun 100A von meinem Nachbarn eine Feuerwerksrakete in den Auspuff gesteckt und warteten irgendwo versteckt darauf, dass das Ding in die Luft ging. Na, die Rakete rutschte in den Auspuff wie ein eingecremtes Fieberthermometer in einen Kinderpopo. Ich hatte einen Logenplatz, als die Rakete und der Auspufftopf in tausend Stücke zersprangen. Wer weiß, was für eine Scheißbombe die Lümmel da eingeschoben hatten, eine normale Feuerwerksrakete kann ja wohl nicht die gesamte Auspuffanlage in die Luft jagen – nicht mal bei einem Datsun 100A.

Diesmal konnte der Nachbar mir keinen Vorwurf machen,

denn er sah mich unmittelbar nach dem »Unglück« am Fenster stehen. Wahrscheinlich glaubt der Einfaltspinsel trotzdem, ich hätte die Rakete irgendwie per Fernbedienung gezündet. Ich wünschte, es wäre so ...

Ich konnte mir nicht verkneifen, aus dem Fenster zu rufen:

»Du musst dir wohl den Auspuff richten lassen, ich meine den vom Auto.«

»Leck mich«, rief er erbost zurück.

»Gleichfalls, und ein gutes neues Jahr«, wünschte ich in freundlichem Ton.

Donnerstag, 31.12.

Gunnar, Mikael und ich gingen zu Kristian, um den letzten Tag des Jahres zu feiern. Kristian trug einen Rucksack, der klirrte! Der blöde Heini hatte einen ganzen Rucksack voll Schnaps besorgt, für vier Leute! Als wir das Ding auspackten, fanden wir in jeder verdammten Tasche und jedem Geheimfach mindestens eine Flasche. Kristian erklärte, er habe Bücher ins Antiquariat gebracht, und eins davon sei mehr als zehntausend Mark wert gewesen! Ich fragte, was für ein Buch das denn sei. Kristian zuckte nur die Achseln und meinte, er habe keine Ahnung, aber es sei doch komisch, dass jemand so viel für ein altes Buch bezahlt, das obendrein mit einer Widmung beschmiert war. Wenn Kristian zehntausend dafür bekommen hatte, war es wahrscheinlich mindestens eine halbe Million wert. Der würde garantiert auch das Original der Zehn Gebote im Antiquariat verscherbeln, wenn es ihm in die Hände fiele. Doof bleibt doof ...

Mikael und Gunnar hatten Kartoffelsalat und Würstchen besorgt. Sie hatten allem Anschein nach eine verdammte Fressorgie im Sinn, denn Gunnar füllte einen ganzen Eimer mit Würstchen. Bisher war mir noch nie aufgefallen, wie obszön ein Eimer voll billiger Knackwürstchen aussieht. Pfui Deibel!

Am Nachmittag hatten wir schon voll den Boogie drauf. Mikael stopfte sich ein Würstchen nach dem anderen ins Maul, als würde er dafür bezahlt. Dazu löffelte er mindestens einen Liter Senf. Kurz darauf wurde er sozusagen im Handumdrehen nüchtern und trippelte mit kurzen Schritten aufs Klo. Obwohl ich die Stereoanlage voll aufdrehte, hallten die beschissenen Kackgeräusche durch die ganze Wohnung. Dann war Mikaels jämmerliche Stimme zu hören.

»Juha, hast du eine Kerze?«

»Eine Kerze? Willst du dir damit den Arsch zustopfen?«

»Bitte, Juha, bring mir eine Kerze und Streichhölzer«, flehte Mikael.

Hatte er etwa vor, seinen Hintern zu versiegeln? Kristian brachte ihm eine Kerze und ein Feuerzeug. Als die Klotür aufging, quoll ein dermaßen erschütternder Gestank heraus, dass Kristian in hohem Bogen auf die Fliesen kübelte. Obwohl ich in der Küche war, musste ich würgen, so unglaublich stank es. Kristian blieb bei Mikael und der Kerze auf dem Klo und reiherte weiter.

Als sich die Lage ein wenig beruhigt hatte, war vom Klo her Mikaels erschöpfte Stimme zu hören:

»Waren die Würstchen nicht laktosefrei?«

Es erübrigte sich, auf der Packung nachzusehen ...

Als Mitternacht näher rückte, gesellte sich der sichtlich schlanker gewordene Mikael wieder zu uns. Ich hatte eine Tüte voll verschiedener Raketen gekauft, die wir auf der Straße abfeuern wollten. Wir zogen uns schon die Mäntel an, da sagte Kristian, er gehe noch schnell auf den Balkon, eine rauchen. Ich suchte nach meiner Raketentüte, als auf dem Balkon der Dritte Weltkrieg der Rentner ausbrach! Ein höllisches Prasseln, Jaulen, Krachen, Zischen, Fauchen, dazu Kristians gellende Schreie. Es sah aus, als wäre auf dem Balkon ein Meteorit eingeschlagen. Alle Farben des Universums illuminierten Kristian, der eng an die Scheibe gepresst um Hilfe rief. Er hatte seine Kippe in die Feuerwerkstüte geschmissen ...

Seltsamerweise hatte Kristian keine einzige Brandwunde. Er stand nur unter Schock, und am Rücken waren alle Klamotten bis zur Unterhose verbrannt oder mindestens angekokelt. Kristian erklärte, er habe keine Lust, sich das Feuerwerk anzusehen, also gingen Mikael, Gunnar und ich zu dritt nach draußen, um das neue Jahr zu begrüßen.

Als wir zurückkamen, hockte Kristian auf dem Sofa. Jetzt stand noch Bleigießen auf dem Programm. Wir schalteten den Herd ein und holten das Blei. Gunnar war als Erster an der Reihe. Angeschickert, wie wir waren, hatten wir vergessen, einen Eimer Wasser bereitzustellen, in den man das flüssige Blei kippen konnte; Gunnar, der die heiße Schmelzkelle in der Hand hielt, geriet in Panik und kippte sein Blei in Mikaels Glas. Dummerweise guckte Mikael gerade woandershin, als der Bleiklumpen in seinen Cocktail plumpste. Ohne Böses zu ahnen, griff er nach seinem Glas und trank einen großen Schluck, wobei das bleierne Stachelschwein ihm in die Kehle rutschte. Die Grimasse, die er zog, als ihm der große, stachlige Metallbrocken gegen das Gaumenzäpfchen prallte, war echt sehenswert. Leicht panisch versuchte er mit den Fingern zu zeigen, dass ihm etwas im Hals steckte. Ich guckte in seinen Mund und stellte fest, wenn ich mit drei Promille versuchen würde, einen Gegenstand, der am ehesten einer Fusion von fünfhundert Angelhaken glich, aus Mikaels Kehle zu lösen, wäre der halbe Kopf weg, bevor ich das Ding rausbekäme. Wir riefen einen Krankenwagen. Es war verdammt schwierig, den

Sanitätern zu erklären, was Mikael im Hals hatte. Sie wollten schon die Polizei rufen, als wir sagten, es sei Silvesterblei. Sie dachten nämlich, wir hätten es geradewegs in Mikaels Maul gekippt. Die Ambulanz raste mit Mikael davon.

Wir alle hofften, dass sie den Klumpen unversehrt aus Mikaels Kehle kriegten, damit wir sehen konnten, was das Blei Gunnar für das kommende Jahr prophezeit hatte.

Kapitel 5

Freitag, 1.1.1999

So viel Menschenliebe sollte jeder haben, einen Freund in Not zu besuchen. Mikael lag nach dem gestrigen, in der Freizeit eingetretenen Arbeitsunfall immer noch in der Klinik. Er hing an zig Schläuchen. Allem Anschein nach brachte es ihn auf die Palme, dass wir zu raten versuchten, welcher Schlauch die Schlacke aus ihm heraussaugt und welcher irgendein Zeug in ihn reinlaufen lässt.

»Ey, hier kommt sicher die Pisse raus, der ist ganz gelb«, rief Kristian und zeigte auf einen der Katheter.

Mikael tat der Mund offenbar so weh, dass er tatsächlich kein Wort sagen konnte. Ich las ihm an den Augen ab, dass die Besuchszeit vorbei war – für uns. Als wir gingen, trompetete Kristian noch:

»In welchen Schlauch fließt Mikaels Kacke?«

Ich glaubte, aus Mikaels Bett ein leises Seufzen zu hören. Seine Sprachlosigkeit wunderte mich. War das Blei etwa noch heiß gewesen, als er es verschluckt hatte?

Samstag, 2.1.

Zum Glück durfte Mikael die Klinik heute verlassen. Wir trafen uns alle bei mir. Plötzlich schnellte Kristian hoch wie ein Springteufel.

»Ey, Leute! Wegen Mikaels Unfall haben wir vergessen, unser Blei zu deuten. Ich hol die Dinger gleich mal her.«

Als Kristian zurückkam, zeigte er seine Bleifigur vor, die unverkennbare Ähnlichkeit mit einem Schwanz hatte.

»Juha, kannst du mir erklären, was das bedeutet?«

»Tja, die kleinen Knübbelchen prophezeien natürlich Geld, und da das Ding eindeutig Schwanzform hat, wirst du wahrscheinlich in diesem Jahr Irrsinnssummen verdienen, indem du in einem einheimischen Schwulenporno mitspielst.«

»Sag bloß, ehrlich? Ich wollte immer schon Schauspieler werden. Was für ein Film ist das?«, fragte Kristian blauäugig.

Ich hätte meine schöne Prophezeiung nicht wiederholen können, ohne loszuprusten.

»Mikael, hast du das Blei noch, das sie dir aus dem Hals geholt haben? Dann könnte Juha auch Gunnar die Zukunft vorhersagen«, meinte Kristian.

»Nee«, lautete Mikaels äußerst kurze und bestimmte Antwort.

Wir beendeten die Wahrsagerei und servierten Mikael starken, unverdünnten Schnaps, nur so zur Betäubung.

Donnerstag, 7.1.

Tiina kam zu Besuch. Wir hatten uns lange nicht gesehen, und sie schien ziemlich ausgehungert zu sein, denn sie ging mit mir um wie ein Höhlenmensch. Sie zerrte mich an den

Haaren zum Sofa. Ich hatte echt Mühe, einen hochzukriegen, weil mir die Kopfhaut so beschissen wehtat. Wenn man einen 90 Kilo schweren Kerl mehr als zehn Meter an den Haaren schleift, kriegt er nun mal Kopfschmerzen, das ist Fakt. Tiina warf mich ungerührt aufs Sofa und zerrte mir die Kleider vom Leib, so dass an der Unterhose das Gummiband riss. Ich überlegte ängstlich, in was für einem SM-Camp sie gewesen sein mochte. Sie vögelte mich in einem solchen Tempo, dass ich tatsächlich ohnmächtig wurde. Als ich zu mir kam, glaubte ich, sie würde mir einen leidenschaftlichen Zungenkuss geben, merkte aber bald, dass sie entsetzt versuchte, mich zu beatmen. Ich muss schon sagen, das war der Fick meines Lebens.

Am Abend sah ich mit dem Taschenspiegel nach, ob ich von der Schleiferei eine kahle Stelle auf dem Kopf hatte.

Freitag, 8.1.

Ich beschloss, in einem wissenschaftlichen Experiment zu testen, wie viel Alkohol ein Mensch verträgt.

Samstag, 9.1.

Das Experiment ging weiter. Da es sich um ein wissenschaftliches Experiment handelte, beschloss ich, verschiedene Arten des Alkoholtrinkens zu erproben. Ich kaufte eine Säuglingsflasche. Es war ein komisches Gefühl, Wein durch den Schnuller zu saugen. Offenbar kam dabei irgendein Kindheitstrauma hoch, denn ich musste furchtbar heulen, als ich an der Flasche nuckelte. Deshalb beschloss ich, auf das Fläschchen zu verzichten und es stattdessen der Frau im Obergeschoss zu bringen, die ein kleines Gör hat. Sie nahm die Flasche dankbar entgegen. Kurz darauf klingelte es bei mir. Vor der Tür stand ebendiese Frau; sie boxte mich so hart in den Bauch, dass ich den ganzen Abend nicht mehr gerade sitzen konnte.

»In der Flasche war Alkohol. Wollen Sie unsere Eveliina zur Säuferin machen, Sie Penner?«, fragte sie und knallte die Tür zu.

Die Leute sind undankbar.

Sonntag, 10.1.

Das Experiment ging weiter, allerdings begann ich den Tag, indem ich eine Dreiviertelstunde lang kotzte. Ich hörte erst damit auf, als ich sicher sein konnte, dass mein Magen völlig leer war. Seltsamerweise musste ich jetzt nach jedem Schluck überlegen, ob ich ein Expressgöbeln einlegen sollte. Das Experiment fordert seinen Tribut, aber ich bin ein harter Bursche. Zumindest meiner Meinung nach.

Ich süppelte weiter, zumal Kristian und Mikael so großzügig waren, mir Nachschub zu bringen. Vielleicht hätte ich Kristian aber doch nicht um Schnaps bitten sollen, er hatte es nämlich geschafft, irgendwo einen deutschen Fusel namens Ratzeputz aufzutreiben. Er erzählte mir, Hitler habe jeden Morgen von diesem Zeug getrunken. Ich probierte den Ratzeputz. Scheiße, was für ein Gesöff. Mikael, der ein bisschen Deutsch konnte, erklärte, der Name bedeute Rattenvernichter. Kristian war schwer beleidigt, weil die Spezialität, die er unter Mühen besorgt hatte, keinen Beifall fand. Als Nächstes zog er aus der Brusttasche eine Flasche, in der, soweit ich es erkennen konnte, eine tote Schlange steckte. Er erklärte eifrig:

»Das ist in Nordkorea eine große Delikatesse, probier doch mal.«

Ich weiß nicht, wie lange ich mich auf dem Klo aufhielt, aber irgendwann gab ich auf, wankte zum Kiosk und kaufte einige Flaschen Bier. Es ist wirklich hart, als Wissenschaftler zu arbeiten. Das Experiment geht weiter ...

Montag, 11.1.

Ein seltsamer Tag, oder nein, es ist Nacht, nein, Nachmittag oder Morgen ... Irgendwie ist mein Zeitgefühl eine Spur beeinträchtigt, nicht viel, aber ein wenig – ein winziges bisschen.

Dienstag, 12.1.

Ich kann den Stift halten, aber das Papier will nicht auf dem Tisch liegen bleiben, also schreibe ich nicht mehr. Verdammt nochmal, jetzt will der Tisch auch nicht mehr an der Decke bleiben, wirklich ein seltsamer Tag …

Mittwoch, 13.1.

Heute war der sechste Testtag. Und ich machte Fortschritte. Der Schwundanteil war beeindruckend hoch, denn 75 Prozent vom Schnaps exkorporierte ich in weniger als 30 Sekunden nach dem Genuss in hohem Bogen wieder raus. Es kotzte mich an, dass er mit höllischem Druck hochkam, denn ich schaffte es nicht immer, rechtzeitig den Mund aufzumachen, und dann sprühte das Zeug durch den Riechkolben. Ich merkte, dass meine Gurke vom ständigen Telefonieren mit Villeroy und Boch total angeschwollen war!

Donnerstag, 14.1.

Man sagt, der Appetit wachse beim Essen, aber mir scheint, dass beim wissenschaftlichen Saufen das Ruhebedürfnis wächst.

Freitag, 15.1.

Ziemlich viel pures Ruhen an der Grenze zwischen Schlaf und Bewusstlosigkeit.

Samstag, 16.1.

Wird die Birne vom Saufen weich oder scharf? Ich erinnerte mich nämlich auf einmal ganz genau daran, wie ich einmal mit Kristian im Muminpark war. Kristian hüpfte wie ein kleiner Junge von einer Attraktion zur anderen. Obwohl ich damals keinen Kater hatte, erschrak ich ganz fürchterlich, als hinter einer Ecke zwei große Penisse hervorspazierten.

»Toll, Hatifnatten!«, schrie Kristian und stürmte los, um die lebendigen Kolben zu umarmen.

Kristian brauchte den ganzen Nachmittag, um mir zu erklären, wer die Hatifnatten waren und der Muminpapa und die Muminmama und die Kleine My ...

Wir wanderten so konzentriert durch den Park, dass wir gar nicht merkten, wie die Zeit verging. Als es dämmerte, schlug ich Kristian vor, nach Hause zu fahren. Aber was war das für ein Scheiß? Alle Tore waren abgesperrt, und keine Menschenseele weit und breit. Kristian geriet in Panik. Scheiße, wir waren Gefangene im Muminland! Wir streiften wie die Tiger im Zoo am Gitter entlang, fanden aber kein einziges Loch, durch das wir in die Freiheit schlüpfen konnten. Zum Glück entdeckten wir eine Telefonzelle und riefen bei der Polizei an.

»Polizeidienststelle Naantali«, meldete sich ein Bulle.

»Guten Abend. Folgendes: Ein Freund und ich sind im Muminland gefangen. Die Tore sind geschlossen und wir stecken sozusagen fest. Wäre es möglich, dass ein starker Polizist vorbeikommt und uns rauslässt?«, brachte ich mein Anliegen vor.

Dröhnendes Lachen drang an mein Ohr.

»Kennen Sie das Lied denn nicht: Des Nachts bei den Mumins ist's Haus immer offen, hej Mumin ...«

Ich hörte, wie aufgelegt wurde. Scheiße! Kristian, ich, die

Kleine My, Muminpapa, Muminmama, der Hemul, das Snorkfräulein, Filifjonka, Schnüferl, Mymla, Misa und Tuutikki verbringen eine fröhliche Nacht im Muminland, und ganz ohne Schnaps.

Montag, 18.1.

Der elfte Testtag brach an, ich weiß nur nicht genau, wann und wie. Jedenfalls war er angebrochen. Irgendwann muss es geklingelt haben, nehme ich jedenfalls an, denn ich ging zur Tür, vor der, wie ich vermutete, Kristian und Mikael warteten. Wer sonst würde mir ungerührt dabei zuhören, wie ich fünfzehn Minuten lang versuchte, die Tür am Klingelknopf zu öffnen. Schließlich brüllte ich durch den Briefschlitz:

»Angetreten! Stürmt die Tür, marsch!«

Irgendwann bekam ich die Tür schließlich auf, wahrscheinlich aus Versehen. Mikael und Kristian schätzten meinen Zustand ein, und Mikael machte sich umgehend daran, die sofortige Behandlung zu organisieren. Er rief irgendeinen Ojutkangas an und erklärte mir dann, das sei ein Arzt, der einem Lachgas gibt. Da drehte ich endgültig durch.

»Verdammt noch mal, ich habe es mir doch gedacht. Ihr Burschen habt nicht mal den Mumm, mir den Gnadenschuss zu geben. Ihr lasst mich lieber mit Gas erledigen.«

Mikael brachte mich zum Taxi und versuchte zu erklären, dass ein Kater mit diesen Ausmaßen mit Lachgas kuriert wird ...

Wir kamen zur Klinik, wo ein Herr mit Meckifrisur mich empfing. Er tröstete mich, er habe früher selbst so viel gesoffen, dass die Pfeifen schepperten. Angeblich war er auch mal bei den Friedenstruppen gewesen. Himmel und Hölle, ich hatte irrsinnigen Schiss. Ein als Arzt verkleideter Elitesoldat, der mich gleich vergasen würde? Ojutkangas legte mich auf eine Liege und stülpte mir einen Maulkorb übers Gesicht, durch den bald darauf Gas strömte. Ich wartete auf die Todeszuckungen, aber offenbar hatte der Kommando-Arzt die Absicht, mich vorher eine Weile zu foltern. Während ich darauf gefasst war, dass mir die Zehennägel ausgerissen und die Glieder verrenkt wurden, trug es mich fort in die faszinierende Welt des Distickstoffmonoxids ...

Als ich wieder zu Bewusstsein kam, blickte ich mich um und dachte, der Himmel ist ein verdammt seltsamer Ort. Der Engel hat eine schwarze Meckifrisur, und die Wolken werden in Gasflaschen aufbewahrt, die immer noch hinter meinem Kopf standen. Allmählich schnallte ich, dass dieser Ojutkangas tatsächlich Arzt war und mir Lachgas gegeben hatte. Ich war zudem ziemlich sicher, dass ich mich noch im selben Leben befand wie vor rund einer Stunde. Ojutkangas ließ mich ins Röhrchen pusten und stellte dann fest, nach einer so massiven Sauftour wäre es besser, wenn ich ein paar Tage auf der Station bliebe. Mikael versprach, sich um die Bezahlung zu kümmern, so dass ich mich, immer noch unter Gaseinwirkung, ins Bett sinken ließ. Man brachte mir eine derartige Menge Pillen, dass ein prachtvoller Nachmittag garantiert war. Schweben und schöne Krankenschwestern ...

Dienstag, 19.1.

Ich lag in einer Privatklinik. Nicht in der Wäschekammer eines beschissenen Gesundheitszentrums, sondern in einem richtigen Krankenzimmer, noch dazu in einem Einzelzimmer! Ich hatte sogar einen eigenen Fernseher, den ich im Pillenrausch allerdings nicht einschalten konnte. Ab und zu kam eine wunderschöne Krankenschwester zu mir und bat mich, den Hintern freizumachen.

»Ich spritze Ihnen ein wenig Vitamin B, dann fühlen Sie sich besser.«

Zum Schluss gab sie mir noch einen Klaps auf den Po. Scheiße, die reinste Männerquälerei!

Ich hatte bestimmt nicht mal als kleiner Junge so viel Orangenlimonade getrunken wie heute. Eine Flasche nach der anderen, und zwischendurch immer mal wieder ein Schüsselchen Pillen. Ich weiß nicht, ob es am Limo-Trinken lag oder an den Pillen, jedenfalls war ich entsetzlich müde. Ich schlief viel, wirklich viel ...

Mittwoch, 20.1.

Offenbar wirken regelmäßige Nahrung und einige Liter Limo pro Tag Wunder. Ich schlug Dr. Ojutkangas vor, mich nach Hause gehen zu lassen. Er fragte, ob ich so weitermachen wolle wie bisher. Ich versprach, auch andere Optionen in Erwägung zu ziehen, weil die Folgen wirklich wüst gewesen waren. Ojutkangas gab mir ein paar Heftchen über Alkoholismus mit und mahnte mich, sie zu lesen. Ich sagte, ich würde mich in das Material vertiefen, sobald meine Augen mit ihrem wahnsinnigen Hin und Her aufhörten. Verdammt seltsam, die Guckerchen stehen keine Sekunde still.

Freitag, 22.1.

Ganz erholt fühlte ich mich zu Hause immer noch nicht. Ich beschloss, meine Bude zu verlassen und Kristian zu besuchen.

Zu meiner Verwunderung öffnete er mir nicht, aber in der Wohnung war ein seltsames Wimmern und Klagen zu hören. Ich trabte wie ein wildes Pony zur Hausmeisterwohnung, klingelte und erklärte, es gebe offenbar einen Notfall. Der Hausmeister ließ mich mit dem Generalschlüssel ein. Ich lief rufend durch die Bude und fand Kristian schließlich nackt auf seinem Bett, in einer wirklich seltsamen Position. Entsetzt fragte ich, was los sei. Kristian winkte mich heran. Er war schweißbedeckt und hatte eine halbleere Flasche Bier neben sich. Vor ihm lag ein aufgeschlagenes Yogabuch. Kristian stammelte:

»Juha, hilf mir hoch, aber ganz vorsichtig, ich hab nämlich einen Zeh im Hintern.«

Ich fragte entgeistert:

»Wie bitte, was hast du wo?«

Blitzschnell ging ich alle Varianten durch. Hatte Kristian den abgehackten Zeh eines anderen im Arsch oder seinen eigenen abgehackten Zeh oder gar den eigenen, am Fuß sitzenden Zeh? Die Alternative, dass es sich um den am Fuß sitzenden Zeh eines anderen handelte, schloss ich aus, denn dann hätte der ganze restliche Körper zwischen Kristians Haxen eingeklemmt sein müssen. Kristian stöhnte immer mitleiderregender.

»Ich wollte Yoga üben, und als ich es mit der Lotusstellung versucht habe, ist mir plötzlich der Zeh in den Hintern gerutscht. Er ist bestimmt gebrochen, als ich mit dem gesamten Gewicht draufgesackt bin.«

Ich half Kristian hoch. Scheiße, was er für Schreie ausstieß. Eigentlich kein Wunder, denn der Zeh war sicher auf die dreifache Größe angeschwollen. Das hatte den Anus bestimmt auch ganz schön strapaziert. Jetzt war ich derjenige, der Kristian zum Arzt verfrachtete. Zu Ojutkangas wollte ich ihn nicht bringen, denn ich vermutete, dass man nicht alles mit Lachgas behandeln kann.

Nach mehreren Stunden kamen wir mit Krücken zurück.

»Wieso hat dich denn das Yoga-Fieber gepackt?«, fragte ich verwundert.

»Ich hab in der Zeitung gelesen, dass man in Indien durch Yoga zur Erleuchtung kommen kann. Dann habe ich mir in der Bibliothek das Buch da geholt und war sofort begeistert.«

Kristian wollte mir seine Lehren unbedingt erläutern, trotz gebrochenen Zehs. Er zog die Hose runter, hockte sich auf alle viere und reckte den Hintern in die Luft.

»Juha, könntest du mal probieren, ob die Energien in meinem ersten Chakra in Ordnung sind?« Er blieb in seiner Stellung.

Was sollte der Scheiß, der Kerl reckt den nackten Arsch hoch und bittet mich, zu prüfen, ob die Energien in seinem ersten Chakra in Ordnung sind?

»Soll ich dir etwa den Finger in die Kimme stecken und nachfühlen, ob da gute Energien sind? Hast du sie noch alle?«

»Doch nicht im Hintern! Das Wurzelchakra sitzt zwischen den Geschlechtsorganen und dem Anus. Von da steigt die Basisenergie in den Menschen auf«, erklärte Kristian sachkundig.

Ich bat ihn um Gnade, denn da ich keine Erfahrung besäße, könne ich eigentlich nicht sagen, ob die Energie, die zwischen seinen Eiern und seinem Auspuff aufstieg, gut oder schlecht sei. Kristian zog die Hose wieder hoch. Er sagte, er versuche zu erreichen, dass die Kundalin-Energie aus dem ersten Chakra in seinen Kopf steige, was unausweichlich zur Erleuchtung führen würde. Ich versuchte, seinen Eifer zu zügeln.

»Kapierst du, dass die Yogis in Indien sich jahrelang in der Meditation üben, bevor sie zur Erleuchtung gelangen? Die meditieren oft stundenlang.«

Kristian sah mich wütend an.

»Glaubst du, ich würde nicht an jedem Scheißtag über irgendwas meditieren? Häh?«

Ich merkte, dass unser Gespräch keinen fruchtbaren Verlauf nahm. Es war wohl sinnlos, Kristian darauf hinzuweisen, dass vermutlich selbst in Indien kein einziger Yogi mit einer halbleeren Flasche Bier neben sich zur Erleuchtung gelangt ist. Zumindest nicht mit einem Zeh im Arsch. Glaube ich wenigstens nicht ...

Samstag, 23.1.

Tiina kam zu Besuch. Sie merkte, dass ich nicht ganz ich selbst war. Ich erklärte ihr, dass ich in Lachgasbehandlung gewesen war und immer noch gelegentlich Diazepam naschte. Tiina hatte überraschend viel Mitgefühl. Sogar so viel, dass wir einen so genannten Schnellen hinlegten. Ich glaube, mein Wurzelchakra flog in hohem Bogen an die Schlafzimmerwand. Es war ein aufrüttelndes Erlebnis. Seltsam, dass die Diazeps es nicht schaffen, meinen heiligen Schwengel ruhigzustellen.

Sonntag, 24.1.

Der Kater ist verdammt hartnäckig, obwohl ich Lachgas, Vitamin B in den Hintern, Orangenlimonade und einen ganzen Kübel Pillen bekommen habe. Andererseits war es nach dem wahnsinnigen wissenschaftlichen Experiment kein Wunder, dass der Kater sich länger hält.

Kristian rief an und sagte, er könne vorbeikommen und mir beibringen, wie man die Energien des Wurzelchakra erkennt. Ich erklärte ihm, dass Tiina gerade bei mir sei und wir gerade damit beschäftigt seien, die Position der verschiedenen Energiezentren mit der Zunge zu erkunden. Als ich noch hinzufügte, ich würde beim ersten Chakra anfangen, antwortete er nur kurz angebunden:

»Du bist überhaupt nicht vergeistigt, Juha. Das läuft doch bloß auf Vögeln raus. Tschüss!« Tuut, tuut, tuut ...

Montag, 25.1.

Kristian rief mich am Morgen an und sagte, er habe bei der Meditation sein früheres Leben gesehen.

»Ich war ein toller Maler«, verkündete er mit hörbarem Stolz.

»Na, das glaube ich unbesehen.«

»Ach? Wieso?«, fragte Kristian interessiert.

»Weil alle Anstreicher Säufer sind.«

»Scheiße, ich war Kunstmaler!«, schrie Kristian.

»Kristian!«

»Ja?«

»Du hast mich gerade auf eine tolle Idee gebracht.«

»Wirklich? Was denn für eine?«, fragte Kristian verdutzt.

»Ich habe einen Pinsel im Schrank. Den hole ich jetzt und kitzle damit Tiinas Schenkel, und dann gehe ich mit dem Pinsel ganz zärtlich immer höher und höher ...«

»Denkst du an nichts anderes als ans Ficken?«

»Im Moment nicht.«

Ich legte auf und suchte den Pinsel. Tiina schlief noch, als ich begann, die Innenseite ihrer Schenkel zu »bemalen«.

»Juha ...«

»Ja?«

»Mach weiter ...«

Dienstag, 26.1.

Der Trick mit dem Pinsel war so erfolgreich gewesen, dass mein Schwengel noch einen Tag danach höllisch wehtat. Ich überlegte, eine Ibuprofen-Kapsel mit der Stecknadel aufzupieksen und den Inhalt durch das Löchlein in meinen Johannes zu schleusen, in dem offenbar ein Minikrematorium glühte. Scheiße, daran waren nur die Pinselstriche in Kristians früherem Leben schuld. Wie ist es möglich, dass sich wegen dem früheren Leben eines verdammten Säufers mein Büchsenöffner so anfühlt, als hätte er in der Mikrowelle gesteckt? Ich muss den Schwachkopf dazu bringen, mit dem Meditieren aufzuhören, sonst ergeht's mir schlecht.

Tiina rief mich am Nachmittag an. Sie war in einem Geschäft für Künstler gewesen und hatte acht verschiedene Pinsel gekauft.

»Ich komme zu dir, sobald ich wieder sitzen kann, du Picasso«, gurrte sie am Telefon.

Was war das wieder für ein Scheiß? Picasso war doch dieser durchgeknallte spanische Maler, der mehr gevögelt als gemalt hat. Na, im Prinzip war mir das schon recht. Mein Schwanz war momentan jedenfalls in Picassos blauer Periode. Wann er wohl wieder in die rosarote kommt?

Freitag, 29.1.

Kristian hatte einen Kochkurs bei irgendwelchen angesagten Gourmetköchen besucht. Er rief schon gestern an und verkündete, heute gebe es ein schickes Dinner. Ich ging mit Mikael hin. Um mich für Kristians Kochkünste zu wappnen, hatte ich den ganzen Tag ausschließlich Samarin und nichts anderes getrunken und dazu Milchsäurebakterien gefuttert. Mikael erzählte, er habe sich eine Darmspülung gegönnt. Na, vielleicht brauchte er einen Vorwand, um sich beutelweise Wasser in den Arsch zu kippen. Auch wenn er meinen Entzug bezahlt hat, ist er trotzdem seltsam – meistens jedenfalls.

Kristian machte uns auf. Du liebe Scheiße, er hatte eine so riesige Kochmütze auf dem Kopf, dass die Deckenlampen klirrten, wenn er von einem Zimmer ins andere ging. Ich erwartete irgendeinen Aperitif, aber Kristian servierte uns selbstgemachten Möhrensaft.

»Möhrensaft schmiert die Därme. Außerdem ist er gut für die Leber. Prost!«, belehrte er uns.

Na hallo, unsereins stößt mit Möhrensaft an, puh. Kristian hatte seine Kochmütze an den Nagel gehängt und kam jetzt mit einer weißen Schürze wie ein Kellner an den Tisch.

»Als Vorspeise gibt es Timbale von Roter Bete, mit Karambola dekoriert. Anschließend könnt ihr auch noch ein Vorspeisensüppchen mit Frikadellen bekommen. Das Hauptgericht ist Cœur de filet, au four zubereitet und am Tisch flambiert. Dazu gibt es Duchesse-Kartoffeln. Und als Nachtisch frittierten Camembert mit Erdbeeren.«

Kristian würzte seinen Vortrag mit einem Schwulenakzent. Was war bloß in ihn gefahren? Zuerst zerquetscht er sich beim Yoga den Zeh, und jetzt bläst er sich plötzlich zum Gourmetkoch auf. Mikael und ich wechselten einen besorgten Blick, denn wir hatten kaum ein Wort von dem Menu verstanden.

Als Erstes landete die Rote-Bete-Timbale auf dem Tisch. Offenbar war etwas passiert, was nicht hätte passieren sollen. Auf dem Teller lag ein roter Haufen mit einem sternförmigen grünen Etwas obendrauf. Kristian klärte uns auf, das sei eine Karambola-Scheibe. Der Haufen erinnerte an das, was ein Hund, der eine Flasche Campari getrunken hat, am nächsten Morgen rausdrückt, nur viel weicher. Er schmeckte allerdings nicht schlecht. Kristian erklärte eifrig:

»Beim Teig war ich wohl zu sparsam mit meinen Eiern, deshalb ist die Timbale so matschig.«

Im nächsten Moment bröckelte Mikael seine Rote-Bete-Timbale durch die Nase über den Tisch.

»Womit hast du das zubereitet?!«

»Es sind zu wenig Hühnereier drin!«, fauchte Kristian beleidigt.

Als Nächstes trug er eine klare Brühe auf, in der kleine Bällchen schwammen. Er fing wieder an zu erklären:

»Das ist eine Bouillon aus echtem Ochsenschwanz mit Faschiertem vom Huhn.«

Scheiße, bei den Ausdrücken, die er verwendete, hätte es sich genauso gut um Rehkacke in Wallachpisse handeln können. Wir probierten trotzdem, und es schmeckte wirklich gut – was immer es war.

Dann war endlich das Hauptgericht an der Reihe. Jetzt bekamen wir zum ersten Mal Alkohol zu Gesicht, denn Kristian brachte eine Bratpfanne und eine Flasche Kognak an. Er verkündete:

»Jetzt flambiere ich die Steaks.«

Er goss den Kognak in die Pfanne! Scheiße, was für eine Verschwendung. Zum Schluss zündete er mit einem Streichholz die ganze Pfanne an. Ich weiß nicht genau, wie es passierte, jedenfalls schlugen die Flammen so hoch, dass Kristians Wimpern, Augenbrauen und Stirnhaare laut knisterten. Auch der Lampenschirm fing Feuer, Mikael und ich beeilten uns, es zu ersticken. Kristian schaffte es, die Flammen auf den Steaks zu löschen, und verschwand, um Entschuldigung bittend, auf dem Klo, von wo bald darauf leises Fluchen und Schrubben zu hören waren. Die Duchesse-Kartoffeln hatten offenbar das gleiche Schicksal erlitten wie die Rote-Bete-Timbale. Nach einer Weile kehrte Kristian mit fünf Zentimeter kürzeren Stirnhaaren und ohne Wimpern und Augenbrauen an unseren Tisch zurück. Wir wollten höflich sein und versuchten unsere Portion zu essen, ohne loszulachen. Das Fleisch war überraschend gut, obwohl der Geruch verbrannter Haare den Genuss beeinträchtigte.

Da Kristian beinahe am Esstisch verbrannt wäre, beschlossen wir, ihn von der Zubereitung der Nachspeise zu befreien. Mikael hatte in weiser Voraussicht einen verdammt guten Likör mitgebracht. Wir gönnten uns ein Gläschen, auch ich, obwohl ich schon eine Weile ohne Hochprozentiges ausgekommen war. Wir stießen auf Kristian an. Mikael tat einen unsterblichen Ausspruch:

»Kristian, mit dir bekommt irgendwer eine gute Ehefrau.«

Diesmal war ich an der Reihe, mich durch die Nase zu entleeren. Scheiße, wie fürchterlich Likör in den Kieferhöhlen brennt, bevor er zum Rüssel rauskommt.

Sonntag, 31.1.

Heiliger Strohsack, was für ein Kater. Ich hatte gestern so wild gefeiert, dass die Morgenpisse in der Schüssel schäumte! Die hat noch nie geschäumt. Hatte mir in der Nacht irgendein Humanoid eine Kohlensäurekapsel in den Distelstecher implantiert? Kam die Pisse deshalb sprudelnd raus? Ich zog mich aus und drehte mich vor dem Spiegel hin und her, um festzustellen, ob mir irgendwelche Gewebeproben entnommen worden waren. Doch ich fand nur dieselben Narben wie bisher und obendrein an denselben Stellen – zum Glück. Es wäre nämlich voll horrormäßig, festzustellen, dass eine zwanzig Zentimeter lange Narbe um zehn Zentimeter nach links gewandert ist. In so einem Fall besteht ein beträchtliches Risiko, direkt und ohne jede Vorwarnung verrückt zu werden.

Ich merkte, dass ich verdammt viele Narben habe! Das Leben hat mich nicht mit Samthandschuhen angefasst. Scheiße, mir kamen die Tränen.

Montag, 1.2.1999

Am Morgen wirbelten Mikael und Kristian bei mir herein. Kristian war total euphorisch.

»Mann, Juha, ich hab im Bingo gewonnen, ich hab im Bingo gewonnen!«

Ich guckte ihn ungläubig an, denn er schob keinen Einkaufswagen voller Tausender vor sich her und schleppte auch keinen fünfundzwanzig Kilo schweren Weihnachtsschinken an, von einer Palette Saludo-Kaffee ganz zu schweigen. Doch er zog drei Gutscheine für eine Minikreuzfahrt aus der Tasche.

»Yippie, Jungs! Jetzt stechen wir in See und jagen Muschis!«, jubelte er.

Er buchte auch gleich drei Kabinenplätze für uns, schon am Nachmittag würden wir saukaltes Meerwasser unter unseren haarigen Hintern haben.

Wir enterten das Schiff, wo wir eine Viererkabine bekamen. Uns war ein bisschen mulmig, weil wir nicht wussten, welcher Knallkopf das vierte Bett belegen würde, aber es ließ sich niemand blicken. Also trapsten wir zum Essen ins à-la-carte-Restaurant. Kristian hielt uns einen eingehenden

Vortrag darüber, wie man das Lachsmedaillon, das ich bestellt hatte, schneiden soll. Er untersuchte meine Portion, als wäre er ein Scheißpathologe, der ein unter den Zug geratenes Opfer vor sich hat. Er hob mein Medaillon an, beklopfte und drückte es und stocherte darin herum, bis das Ganze aussah, als hätte mir jemand ein Hipp-Gläschen (ab drei Monate) auf den Teller gekippt. Kristians vorsichtiges Urteil lief darauf hinaus, dass das Lachsmedaillon tatsächlich aus Seelachs zubereitet war, wie die helle Farbe verriet. Außerdem stellte er fest, dass am Fisch keine Bratspuren zu sehen waren, das Medaillon also höchstwahrscheinlich mit der Rosépfeffersauce im Ofen gegart worden war. Die Knoblauchkartoffeln seien dagegen in der Pfanne zubereitet worden, denn die Oberfläche sei nicht vertrocknet. Wie auch immer, obwohl Kristian das äußere Erscheinungsbild meiner Mahlzeit verdorben hatte, schmeckte sie gut. Mikael dagegen dürfte ziemlich sauer gewesen sein, der arme Tropf hatte nämlich mit Rührei und Krabben gefülltes Flunderfilet bestellt. Kristian präparierte daraus einen so ekelhaft aussehenden Matsch, dass Mikael an die Reling eilte und das dearrangierte Filet ins Meer reiherte. Erst nach einer Dreiviertelstunde kam er zurück. Er hatte in die falsche Richtung gekotzt, nämlich gegen den Wind. Doch nun war er wieder unter uns, frisch geduscht – und in neuen, sauberen Klamotten.

Kristian hatte mit seinen Geschichten über die geheimen Energiezentren einen so irrsinnigen Schlag bei den Tussis, dass Mikael und ich es vorzogen, uns in eine der Schiffskneipen zu hocken und dort ein Gespräch unter Männern zu führen. Unsere Storys schienen die Mädels nicht die Bohne zu interessieren, kein Wunder, nachdem Guru Kristian ihre besonderen Energien spürte ... In der Nacht schrak ich aus dem

Schlaf, als Kristian irgendeine Dame in unsere Kabine brachte. Mikael hatte sich so gründlich besoffen, dass er nichts von der Ankunft des Pärchens mitkriegte. Ich hörte Kristian mit der Tussi flüstern, stellte mich aber schlafend, um meinem Kumpel die Möglichkeit zu einer schnellen Nummer zu geben. Kristian und seine Zicke kletterten in das obere Bett und löschten das Licht. Es war so dunkel, wie es mitten im Winter um Mitternacht in einer fensterlosen Kabine nur sein kann. Von oben kamen eindeutige Geräusche. Ich zog mir das Kissen über die Ohren, aber die verdammte Klatsch-Performance war trotzdem zu hören. Nach einer Weile flüsterte Kristian:

»Dreh dich mal um, dass ich deinen Arsch sehe.«

Meine Augen flogen so weit auf, als hätte ich eine ganze Kelle von Asterix' Zaubertrunk gesüppelt. ›Dreh dich mal um, dass ich deinen Arsch sehe?‹ Vorsichtig schob ich den Kopf über den Bettrand und guckte nach, ob oben das Licht an war. Nein. Ich stopfte mir das Kissen so tief in den Mund wie nur möglich, sonst hätte ich mir die Kehle aus dem Hals gelacht. Es war so dunkel, dass die Tussi mitten in der Kabine Purzelbäume hätte schlagen können und man trotzdem kein Fitzelchen von ihrem Hintern gesehen hätte. Mir lief vor Qual der Schweiß übers Gesicht, als ich mit mir kämpfte, um die romantische Stimmung nicht durch Gelächter zu verderben. Mag ja sein, dass Kristian mystisches Wissen über die Energiezentren besitzt, aber das hier war ein starkes Stück. ›Dreh dich mal um, dass ich deinen Arsch sehe …‹ Das Wurzelchakra hat er da bestimmt nicht gesucht …

Dienstag, 2.2.

Am Morgen wurde ich durch einen fürchterlichen Aufprall direkt neben meinem Bett geweckt. Da es immer noch stockdunkel war, knipste ich das Licht an. Auf dem Fußboden lagen die nackte Tussi und Kristian, der an ihrem Hintern festgebolzt zu sein schien. Offenbar hatte Kristian Nachholbedarf, denn er orgelte einfach weiter. Ich machte das Licht aus und hoffte, dass das Sandmännchen käme und mir mit dem Hammer auf den Dez haute. Eine Viertelstunde lang lauschte ich dem Gekeuche und kaute frustriert auf meinem Kissen herum. Ich beschloss, dafür zu sorgen, dass Kristian bei sämtlichen Bingos Hausverbot bekam. Irgendwann hörte das Stöhnen auf, dafür spürte ich, wie jemand in mein Bett kroch und nach meinen Kronjuwelen griff. Die heisere Stimme an meinem Ohr gehörte zum Glück der Frau.

»Soll ich es dir auch gleich besorgen, wo ich einmal feucht bin?«

Ich knipste das Licht an und sah zwei im Wahn glänzende Augen, die mich feurig anstarrten. Hatte Kristian der Alten seinen Yogazeh in den Arsch gesteckt und sie damit zur sexuellen Erleuchtung geführt? Ich lehnte höflich, aber bestimmt ab und riet ihr, sich an Mikael zu wenden. Ein Fehler, denn nun bekam ich Grunzlaute auf Deutsch und ein gnadenlos hämmerndes Ficken zu hören. Kein Wunder, dass in Finnland so viele Einheimische wegen Rückenbeschwerden Frührente beziehen. Verdammte Karnickel ...

Mittwoch, 3.2.

Es war himmlisch, wieder im eigenen Bau zu schlafen. Da mir selbst kleinere Mengen Schnaps irgendwie zuwider waren, entschied ich mich dafür, einen Kasten Mineralwasser zu kaufen. Ich schüttete gleich vier Flaschen in mich rein. Komisch, nicht mal von Bier muss man so viel rülpsen wie von dem Sprudelzeugs. Der zweite unangenehme Aspekt bei Mineralwasser ist, dass es einem, wenn man viel davon trinkt, Tränen in die Augen treibt. Merkwürdiger Stoff.

Freitag, 5.2.

Um mich aufzumuntern, wollte ich Kristian besuchen und mich nach seinen neuesten Schnapsideen erkundigen. Wieder klingelte ich erfolglos. Diesmal drang ein seltsames, tiefes Summen aus Kristians Bude. Ich hämmerte mit der Faust an die Tür, so fest ich konnte, und brüllte durch den Briefschlitz:

»Scheiße, mach sofort auf!«

Kristian öffnete mir verdutzt.

»Ach, da ist wer?«

Ich marschierte an ihm vorbei in den Flur.

»Ach, da ist wer?«, knurrte ich. »Scheiße, ich hab bestimmt eine Viertelstunde lang geklingelt und die ganze Zeit so ein komisches Brummen gehört. Hast du irgendwem einen geblasen, oder was? Wenn du einen beknackten Perversen im Kleiderschrank versteckt hast, lass ihn ruhig raus. Ich bring ihn nicht um – noch nicht.«

Kristian war tödlich beleidigt und ging steifnackig in die Küche.

»Ich habe meditiert und war so tief in Trance, dass ich das Klopfen deines weltlichen Körpers nicht gehört habe. Ich bin meinen geistigen Lehrern begegnet, die mir echte Ratschläge geben«, fauchte er.

Mein Interesse erwachte. Geistige Lehrer? Ich musste lange betteln, bevor Kristian mir von ihnen erzählte. Einer sei ein alter Indianer, der ihm knappe Anweisungen gebe. Ich bat um ein paar Beispiele, doch Kristian schüttelte nur den Kopf. Er habe außerdem noch einen sibirischen Schamanen, der ihn lehre, den Unterschied zwischen Leben und Tod zu verstehen. Ich muss zugeben, dass ich mich gezwungen sah, Kristian zu packen und seinen Atem zu schnuppern. Er roch nicht nach Schnaps. Die Welt war offenbar aus den Fugen geraten: Kristian hockt murmelnd in seiner Bude und empfängt Medizinmänner und Schamanen. Wirklich merkwürdig, geradezu seltsam ...

Montag, 8.2.

Kristian stürmte in meine Bude wie ein Feuerwehrmann.

»Juha, guck mal!«, kreischte er und ließ die Hose runter.

Ich sah eine dreckige, kurze Unterhose mit roten Kreisen auf rosa Grund, rannte ans Fenster und zog die Vorhänge zu.

»Was zum Teufel soll das? Vor meinen Augen die Hose runterlassen!«, tobte ich. »Kapierst du nicht, dass irgendwer uns sehen könnte und dann glaubt, ich wäre auch schwul?«

»Ich bin nicht schwul«, entgegnete Kristian verwundert.

»Zur Sache! Was wolltest du mir zeigen?«

»Ach ja!« Kristians Begeisterung flammte wieder auf. »Guck mal, ich hab eine kurze Unterhose an.«

»Na und?«

»Ist das nicht ein ziemliches Wunder?«

»Dass du eine Unterhose trägst? Klar, das ist ein unglaubliches Wunder. Normalerweise gehst du ja ohne, bloß mit einer Boss-Socke über der Flinte ...«

»Du machst dich über mich lustig.«

»Okay, okay, du trägst eine gepunktete kurze Unterhose. Soll ich mir deshalb die Pulsadern aufschneiden? Oder dir?« Mir wurde das Ganze allmählich langweilig.

»Es ist Winter, und ich trage eine kurze Unterhose!«

»Na, das ist wohl verdammt noch mal deine Sache«, giftete ich.

»Draußen ist es höllisch kalt, aber mir ist ganz warm. Guck mal, ich hab auf dem Flohmarkt diese tolle Slalomhose gekauft«, sagte Kristian und zeigte auf seine gefütterte Hose. »Die hält so warm, dass ich in der Pofurche sogar ein bisschen schwitze, fühl mal.«

»Fahr zur Hölle!«, explodierte ich.

»Du magst mich nicht.«

»Doch. Ich mag dich so sehr, dass ich dir glatt Slalom-Skier und einen Flug in die Alpen spendieren würde, damit du die Gletscher runterfahren kannst.«

»Ehrlich?! Würdest du das tun?« Kristian war beinahe gerührt.

»Unter einer Bedingung.«

»Na?«

»Dass du noch nie Slalom gelaufen bist«, gab ich mit ernster Miene zurück.

Kristian legte die Hand aufs Herz und sagte:

»Juha, so wahr ich hier stehe, ich schwöre, dass ich noch nie Slalom gelaufen bin.«

»Dann solltest du vielleicht schon mal den Koffer packen?«, schlug ich vor.

Kristian zog wortlos die gefütterte Hose hoch und verschwand wie der Blitz. Wahrscheinlich, um seinen Koffer zu packen. Ich ging ein Rubbellos kaufen, denn ich hatte nicht genug Geld für Kristians neues, ziemlich gefährliches Hobby.

Dienstag, 9.2.

Kristian rief gleich am Morgen an.

»Ich hab ein furchtbares Problem.«

»Na?«

»Ich kann meinen Pass nicht finden«, heulte Kristian auf.

»Wozu brauchst du deinen Pass?«, fragte ich entgeistert.

»Na, für den Gletscher.«

Jetzt erinnerte ich mich wieder an den gestrigen Zirkus. Scheiße, Kristian hatte den Blödsinn ernst genommen. Ich musste das Spiel mitspielen.

»Wo verwahrst du ihn denn?«, fragte ich.

»Ööh, wie sieht der denn aus?«

»Was?«

»Der Pass ...«

»Verdammt nochmal, was faselst du denn da? Du weißt doch wohl, wie ein Pass aussieht! Ein kleines, blaues Buch.«

»Na, ich habe eben noch nie einen Pass gehabt ...«, antwortete Kristian zaghaft.

»Moment mal, du hast noch nie einen Pass gehabt, und jetzt suchst du ihn in deiner Bude?«, fasste ich zusammen.

»Genau«, erwiderte Kristian verunsichert.

»Glaubst du etwa, der Pass würde jedem Finnen während irgendeiner Reklamesendung zugestellt?«

»Woher soll ich das wissen?«, schnaubte Kristian.

»Ich gebe dir jetzt einen fachmännischen Rat: Hör auf, einen Pass zu suchen, den es vielleicht nicht gibt«, sagte ich sorgfältig artikulierend.

»Bist du sicher?« Kristian zögerte.

»Nein«, seufzte ich. »Vielleicht ist es doch besser, wenn du weitersuchst. Bestimmt findest du den Pass irgendwo.«

»Glaubst du?«, fragte Kristian mit neuer Hoffnung.

»Ich glaube es nicht, ich weiß es. Ich bin ganz sicher, dass dein Pass irgendwo auftaucht. Und denk dran, nachzusehen, was für ein Pass es ist. Es könnte ja sein, dass du in Wahrheit Algerier bist.«

»Danke für die Ermutigung, Juha, ich mache mich gleich auf die Suche. Scheiße, wenn ich nur wüsste, welche Farbe ein algerischer Pass hat ...«

Kristian legte auf und machte sich daran, seine Schränke auszuräumen.

Mittwoch, 10.2.

Das Telefon klingelte mitten im morgendlichen Onanieren. Ich wollte nicht loslassen, aber das hartnäckige Geklingel störte meine an sich lebhafte Fantasie. Schließlich nahm ich den Hörer ab.

»Hallo!«, brüllte ich.

»Warst du gerade beim Masturbieren?«, fragte Mikael.

»Das geht dich einen Scheißdreck an!«

»Habe ich also richtig geraten.«

Ich überlegte, ob der Knallkopf Überwachungskameras in meiner Bude installiert hatte oder hellseherische Fähigkeiten besaß.

»Macht nichts, du kannst nach dem Gespräch weiterwichsen«, erklärte er trocken. »Ich habe da eine Geschichte, die dich interessieren könnte.«

»Mikael, du hast das Talent, die Dinge interessanter zu machen, als sie eigentlich sind.«

»Danke«, antwortete Mikael.

»Und worum geht es nun?«

»Ich habe gestern den Auftritt einer dänischen Performance-Gruppe gesehen, bei dem mit dem Arsch Zigarre geraucht wurde.«

»Und?«, fragte ich verdattert.

»Ist das nicht eine ziemlich ungewöhnliche Art, Zigarre zu rauchen?«

»Deshalb rufst du mich an? Weil irgendwer mit dem Arsch eine Zigarre gepafft hat?«, erkundigte ich mich ungläubig.

»Ja, und ich möchte betonen, dass er sie wirklich geraucht hat. Sich die Zigarre bloß in den Hintern zu stecken, wäre ja nicht der Rede wert«, fuhr Mikael fort.

»Aha, na, dann komm doch mal her und bring eine dicke Havanna mit, dann stecke ich sie dir in den Arsch, mit dem brennenden Ende voran, wenn das so eine Kleinigkeit ist«, frotzelte ich.

»Du willst nicht mit mir über die Motorik des Enddarms und die Methoden des Zigarrenrauchens diskutieren.«

»Das hast du völlig richtig erkannt«, lobte ich und legte auf.

Donnerstag, 11.2.

Diesmal rief Kristian an, völlig aus dem Häuschen.

»Stell dir mal vor, Mikael hat gesehen, wie jemand mit dem Po eine Zigarre geraucht hat!«

Ich seufzte.

»Oho, unglaublich«, antwortete ich und gab mir alle Mühe, interessiert zu wirken.

»Denk bloß, wie das schmeckt, wenn man den Rauch rausbläst«, entsetzte sich Kristian.

»Moment mal«, unterbrach ich ihn, »rausbläst? Wie meinst du das?«

»Ja, der Rauch muss doch nach Scheiße schmecken.«

»Ich glaube nicht, dass irgendwer seinem Arsch Geschmacksnerven antrainieren kann«, knurrte ich.

»Wer spricht denn hier vom Arsch? Der Mann hat den Rauch mit dem Po eingesogen, er muss ihn doch irgendwann rauspusten«, erklärte Kristian.

»Willst du allen Ernstes behaupten, wenn ein Mensch sich eine Zigarre in den Hintern steckt, pustet er den Rauch durch den Mund aus?«

»Natürlich?!«

»Hat Mikael das gesagt?«

»Nein, aber ich hab ja wohl auch ein Gehirn«, schnaubte Kristian.

»Ja, scheint so«, seufzte ich. »Hör mal, ich muss Schluss machen, ich habe gerade eine wichtige Sitzung.«

»Wow, ich wusste gar nicht, dass du zu Sitzungen gehst. Dann bist du ja eine wichtige Persönlichkeit«, sagte Kristian bewundernd.

»Ja, tschüss.«

Mir kam der Verdacht, dass mein Telefon verhext ist. Vermutlich steckt irgendein teuflisches Geistwesen in ihm, das sich auf meine Kosten amüsieren will.

Sonntag, 14.2.

Ich war so verflucht krank und vergrippt, dass ich es bei Gott nicht glauben würde, wenn es mir jemand erzählen würde. Aus purer Todesangst schrumpfte sogar mein heiliger Kolben um 12 Zentimeter auf das lächerliche Maß von 28 Zentimetern. Oder waren es 28 Zoll? Hoffentlich bringen Antibiotika, Gebete und eine Überdosis Viagra ihn wieder auf seine ursprüngliche Länge.

In einem medizinischen Ratgeber las ich, dass die Hautwärme niedriger sein kann als die tatsächliche Körpertemperatur, wenn das Fieber gerade steigt. Das kann man angeblich überprüfen, indem man das Fieber sowohl unter dem Arm als auch im Auspuff misst. Wenn die Temperatur im Auspuff deutlich höher ist als in der Achselhöhle, steigt das Fieber.

Ich habe den ganzen verfluchten Tag lang das Fieber unter dem Arm und im Arsch gemessen und den Mittelwert errechnet. Die Temperatur beträgt schon anderthalb Thermometer. Scheiße, ich muss mir die Achselhöhle waschen. Der Fieberwahn packt mich wieder ...

Dienstag, 16.2.

Kristian besuchte mich mit einem Bekloppten namens Vaittinen. Als sie meinen Zustand sahen, bestellten sie mir sofort eine Hauspflegerin. Obwohl es mir wirklich total schlecht ging, fing ich an, von einem Sexmotor im kurzen Krankenschwesternkittel zu träumen. Seit mehr als einer Woche hatte ich keinen Ständer mehr gehabt, was nebenbei gesagt nicht mehr vorgekommen ist, seit ich ungefähr drei war, aber jetzt zeigte mein bestes Stück wieder erste Lebenszeichen. Während ich auf die Pflegerin wartete, gab ich mich der Hoffnung hin, dass mir zur Abwechslung mal wieder woanders der Schleim rausfliegt als aus der Nase.

Endlich klingelte es, und ich schlurfte möglichst mannhaft zur Tür. Heilige Scheiße! Da stand eine mindestens siebzigjährige Tante, für deren Beine die Bahn ein hübsches Sümmchen bezahlt hätte, denn es waren die perfekten Eisenbahnschwellen. Sie führte mich sofort zum Bett zurück und maß Fieber – natürlich im Arsch.

»O weh, du armer Junge, die Tante gibt dir jetzt was Heißes zu trinken und ein bisschen Arznei«, bemutterte mich die Alte.

Ich kapiere nicht, warum sie mir die ganze Zeit über die Haare streichen und mit mir plappern musste wie mit einem Kleinkind:

»Hat Klein-Juha Aua-aua? Tante gibt dir Haferschleim, dann fühlst du dich bald besser.«

Und damit nicht genug. Scheiße, sie fütterte mich, und obendrein war der erste Löffel so heiß, dass ich sicher eine Verbrennung siebten Grades an der Zunge bekam! Die Tante sagte ungerührt:

»Ist der Brei noch zu heiß? Lassen wir ihn abkühlen, und dann essen wir brav den ganzen Topf leer.«

Ich glaubte mich im Fieberwahn verhört zu haben – den ganzen Topf? Eher würde ich einen Karton Pappdachnägel essen als Haferschleim. Im Kindergarten musste ich immer in der Ecke stehen, weil ich den Frühstücksbrei nicht essen wollte, und jetzt hatte die alte Hexe vor, mir eine ganze Topfladung reinzulöffeln. Wenn ich nicht so schwach gewesen wäre, hätte ich einen so genannten Topfmord begangen. Gleich darauf drängte ich mich in die äußerste Ecke des Bettes, während sich der Breilöffel bedrohlich näherte:

»So, nun mach das Mündchen auf, der Laster kommt ...«

Donnerstag, 18.2.

Kristian und Vaittinen kamen nachsehen, wie es mir ging. Sie interessierten sich sehr für die häusliche Pflege, die ich bekommen hatte. Ich sagte, so toll wäre ich noch nie gelutscht worden. Die Burschen machten große Augen, als ich hinzufügte, ich hätte nie geglaubt, dass eine so attraktive Blondine den Beruf einer Krankenschwester wählt, wo sie doch jederzeit als Fotomodell arbeiten könnte. Vaittinen lief der Speichel aus dem Mund, als ich in Fahrt kam:

»Könnt ihr euch vorstellen, dass man Fieber und Grippe durch den Fahnenmast raussaugen kann?«

Ich beschloss jedoch, wenigstens halbwegs aufrichtig zu sein:

»Mannomann, das war bestimmt ein halber Topf voll Schleim, der da im Mund gelandet ist.«

Vaittinen begann sofort über sein Befinden zu klagen.

»Verflixt nochmal, sollte ich vielleicht auch eine Krankenschwester bestellen? Irgendwie fühle ich mich gar nicht wohl.«

Ich sagte, ich könne ihm eine äußerst kompetente Fachkraft empfehlen.

Freitag, 19.2.

Tiina besuchte mich. Sie brachte eine Ische namens Lissu mit. Eine merkwürdige Erscheinung, muss ich sagen. Sie gab mir die Hand, klopfte mir dabei mit dem Zeigefinger auf die Handfläche und sagte:

»Hallo, ich bin Lissu aus Haarajoki!«

Lissu aus Haarajoki, die einem mit dem Zeigefinger auf die

Handfläche klopft wie bei irgendeinem beschissenen Kinderspiel, *Die Maus kocht Brei* oder so? Tiina schlug vor, zu dritt zum Essen in ein Chinarestaurant zu gehen. Warum nicht, dachte ich. Die Erinnerung an den entsetzlichen Haferschleim plagte mich immer noch.

Wir gingen also in das Chinarestaurant, wo diese Lissu zu meiner Verblüffung sofort eine Buddel Weißwein bestellte. Es kam mir seltsam vor, dass sie Tiinas Freundin sein sollte, da Tiina so eine strikte AA-Tussi war. Lissu saß mir gegenüber, und plötzlich spürte ich, wie ein Frauenfuß zwischen meinen Beinen herumfuhrwerkte. Da Tiina neben mir saß, hielt ich es für sehr wahrscheinlich, dass der Fuß, der an meinem Feuerrohr rieb, Lissu gehörte. Ich war beschwipst genug, um so verdammt steif zu werden, dass ich nur vornübergebeugt zur Toilette gehen konnte. Die anderen Gäste blickten mich erstaunt an, als ich um 90 Grad gekrümmt zum Klo marschierte. Sie dachten bestimmt, ich würde ein orientalisches Ritual zelebrieren, zum Dank für eine erlebnisreiche Mahlzeit.

Tiina und Lissu beschlossen, bei mir zu übernachten. Zum Glück sackte die Hufreiberin fast sofort weg, und ich konnte ungestört mit Tiina rummachen. Ich muss schon sagen, beim Design von Tiinas Arsch sind alle Gene an der richtigen Stelle gelandet.

Samstag, 20.2.

Die Situation, in der ich mich beim Aufwachen fand, war selbst für mein ereignisreiches Leben ungewöhnlich. Lissu war aufs Hochbett geklettert und lag zwischen Tiina und mir. Offenbar litt sie unter schwerer Katergeilheit, denn sie rieb die ganze Zeit ihre Muschi an meinem Oberschenkel.

Wir standen auf. Lissu und ich süppelten Frühstückswein, während Tiina Kaffee trank. Nach einer Weile fragte Lissu mich:

»Hast du es schon mit zwei Frauen gemacht?«

Ich sah den seltsamen Vogel aus Haarajoki verdattert an. Ob ich es schon mit zwei Frauen gemacht habe? Ich kriegte mich überhaupt nicht mehr ein.

»Scheiße, ich hab mindestens schon vierhundert Weiber gehabt, und du fragst, ob ich es schon mit zweien gemacht habe!«

»Nein, nein, ich meine gleichzeitig«, präzisierte Lissu hastig.

Allmählich zweifelte ich an ihrem Verstand.

»Wie zum Teufel sollen vierhundert Tussis gleichzeitig in meine kleine Bude passen? Und wie soll ich es schaffen, vierhundert Weiber gleichzeitig zu ficken? Hundertfünfzig wären vielleicht drin, aber irgendwann sind selbst meine Eier leer.«

Lissu wurde wütend und rückte endlich mit der Sprache raus:

»Kannst du Tiina und mich jetzt ficken oder nicht?!«

Ich verneinte sofort, denn vom Vögeln mit zwei Frauen habe ich ein schweres Trauma. Ich war einmal als junger Kerl auf einer Party, von der nach und nach alle verschwanden, bis auf mich und zwei Ladys. Die beiden machten sich über mich her, und wir hatten unbestritten eine Menge Spaß miteinander, bis die eine fand, ihr wäre es jetzt oft genug gekommen. Sie setzte sich ans Ende des Bettes, auf dem ich noch mit der anderen vögelte, und fing an, Fernsehen zu gucken! Mein heiliger Kolben ist noch nie so schnell weich geworden wie damals. Aus Rache kippte ich eine Flasche Bier in den Fernseher. Ein Wunder, dass die Scheißkiste nicht explodiert ist, so wie es darin rumpelte und zischte. Mich verarscht man nicht!

Dienstag, 23.2.

Ich beschloss, rasch bei Mikael vorbeizuschauen. Ich hatte schon so lange zu Hause rumgehangen, dass ich alle Zeitungen und Bücher mehrmals gelesen hatte. Auch die Videos waren vom häufigen Abspielen fast verschlissen. Offenbar hatte bei Mikael wieder ein kleines Wochenanfangs-Gelage stattgefunden. Kristian starrte mit grauem Gesicht an die Wand, und Vaittinen pennte auf dem Fußboden.

»Gut, dass du kommst«, sagte Mikael zur Begrüßung. »Kristian und ich haben uns darüber gezankt, ob Niespulver einfach nur gemahlener Pfeffer ist oder nicht.«

Hand aufs Herz, darüber hatte ich noch nie nachgedacht.

Kristian hatte einen Geistesblitz: »Scheiße, probieren wir's doch einfach aus!«

Da keiner sich freiwillig Pfeffer in den Rüssel ziehen wollte, mussten wir abstimmen.

»Wer nicht als Versuchskaninchen mitmachen will, hebt die Hand«, verkündete Kristian feierlich.

Der Einzige, dessen Flosse sich nicht hob, war der abgesackte Vaittinen, der folglich als Sieger aus der Abstimmung hervorging. Kristian flitzte in die Küche, um den Pfeffer zu holen. Er würzte Vaittinens Nase so gründlich, dass eine Wolke von Pfefferstaub in der Luft hing. Atemlos warteten wir auf das Resultat unseres wissenschaftlichen Experiments. Anfangs glaubten wir, Vaittinen wäre tot, denn eine ganze Weile lang schien er überhaupt nicht zu atmen. Dann ging es los. Zuerst legte sich sein ganzes Gesicht in Falten, was vermutlich auf das Brennen in den Nasenhöhlen zurückzuführen war. Als Nächstes folgte ein vorsichtiges Schniefen, danach rieb er sich heftig die Nase.

»Ich hab gewonnen, ich hab gewonnen, von Pfeffer niest man nicht!«, rief Kristian.

Vaittinen stand verdattert auf und ließ den ersten Pruster los. Danach kam ein Nieser nach dem anderen, eine ganze beschissene Serie, von wüsten Flüchen begleitet. Er rieb sich die Nase, als ob darin ein kleines Lagerfeuer brannte. Seine Augen tränten. Vaittinen litt.

»Unentschieden, unentschieden, Vaittinen niest!«, jubelte nun Mikael.

In der Bude herrschte ein ziemlicher Radau. Zwei Kerle schreien Hurra und der dritte niest, mit knallrotem Kopf und total von der Rolle. Als ich Vaittinens Gesichtsfarbe genauer betrachtete, kam mir der Verdacht, dass es sich bei dem Pfeffer nicht um eine milde Sorte handelte. Ich überprüfte die Dose. Scheiße, das war Cayennepfeffer!

Als sich das schlimmste Chaos gelegt hatte, setzte sich Vaittinen halbtot aufs Sofa und fragte:

»Was ist denn da passiert?«

Wir sahen ihn verblüfft an und antworteten im Chor:

»Nichts Besonderes!«

Mittwoch, 24.2.

Ich wollte ein bisschen frische Luft schnappen, deshalb machte ich mich auf, um Kristian guten Tag zu sagen. Ich war schon am frühen Morgen unterwegs, was selten genug vorkommt. Der Wind blies mir so kalt ins Gesicht, dass ich schon auf halbem Weg mit dem Gedanken spielte, Kristian aus Rache zu verprügeln. Andererseits hatte er mich nicht gebeten, vorbeizukommen, schon gar nicht zu Fuß, also beschloss ich, seine irdische Hülle unversehrt zu lassen. Schon im Treppenhaus hörte ich ein seltsames Klirren aus Kristians Bude. Der Knallkopp trieb wieder irgendeinen seltsamen Scheiß, daher klingelte ich gar nicht erst, sondern donnerte mit der Faust gegen die Tür. Daraufhin ertönte ein entsetzliches Kreischen und lautes Türenschlagen. Ich musste ziemlich lange warten, bis Kristian mir öffnete, furchtsam und mit Augen so groß wie Untertassen. Mit zitternder Stimme erklärte er:

»Juha, du darfst mich nicht so erschrecken. Ich hab mir mitten im okkultistischen Ritual in die Hose geschissen.«

»Okkultistisch?«

Ich ging Kristian an die Gurgel und forderte sofortige Aufklärung darüber, was Okkultismus war.

Wir gingen in die Küche, wo lauter Gabeln auf dem Fußboden lagen. Kristian setzte sich an den Tisch und tat, als würde er mit der nächsten Gabel vom leeren Teller essen, ließ die Gabel dann plötzlich auf den Boden fallen und sagte entschuldigend:

»Hoppla, wie taktlos von mir. Wie konnte es nur passieren, dass mir die Gabel runterfällt.«

Meine Stirn krauste sich zu einem einzigen großen Fragezeichen, als ich Kristians Show sah. Ich setzte mich ebenfalls und schlug mit der Faust auf den Tisch, so dass auch die restlichen Gabeln in hohem Bogen herunterflogen. Da jubelte Kristian:

»Toll, jetzt kommen bestimmt Frauen zu Besuch!«

Mir brannte allmählich die Sicherung durch, ach was, nicht bloß eine Sicherung, sondern der ganze Kasten.

»Was soll denn das beknackte Gabelwerfen?«

Kristian setzte wieder die Scheißmiene des allwissenden Professors auf und erklärte sachkundig:

»Guck mal, die Sache ist die, dass man überraschend Besuch von Frauen bekommt, wenn eine Gabel auf den Fußboden fällt. Bei einem Messer kommen Männer zu Besuch. Deshalb habe ich Gabeln auf den Boden geschnipst, damit ich überraschende Frauenbesuche bekomme, die wiederum zum Geschlechtsverkehr mit einer neuen, aufregenden Schnalle führen können. So läuft das eben, Juha. Das ist die so genannte Geheimwissenschaft, man nennt sie auch Okkultismus.«

Meiner Einschätzung nach war Kristian noch nüchtern. Ein wahrhaft seltsames Treiben – wieder mal.

Bevor ich ging, wollte ich die Kraft von Kristians Okkultismus auf die Probe stellen. Ich kippte die Schublade mit den Messern auf den Fußboden. Kristian wurde vor Erschütterung ganz grau im Gesicht. Ich rief ihm zum Abschied zu:

»Vielleicht solltest du in den nächsten Tagen die Sicherheitskette vorlegen. Falls du überraschend Männerbesuch bekommst.«

Im Treppenhaus hörte ich, wie Kristian sich mit zitternden Händen an der Kette zu schaffen machte. Auf dem Heimweg fiel mir ein, dass er seinen ganzen Messervorrat in Estland gekauft hatte. War ich zu grausam gewesen? Womöglich funktionierte der Okkultismus ja doch.

Sonntag, 28.2.

In diesem Monat hätte es sich gelohnt zu arbeiten, stellte ich fest, als ich im Kalender blätterte. Nur 28 Tage, aber voller Monatslohn. Das musste ich mir für nächstes Jahr aufschreiben. Ich befestigte einen Zettel an der Kühlschranktür. »Besorg dir eine Stelle mit Monatsgehalt ab 1. 2. 2000. Hau ab, wenn der Monat um ist. Der nächste hat 31 Tage!«

Ich lass mich nicht verarschen. Und bescheißen schon gar nicht.

Montag, 1.3.1999

Kristian war von seinem Okkultismus offenbar so besessen, dass er immer noch nicht aus seiner Bude kroch. Scheiße, heute war schon der fünfte Tag. Ich beschloss, zu ihm zu gehen und ihn zu retten.

Diesmal klingelte ich und nahm mir vor, mich auch sonst korrekt zu benehmen. Eine verschüchterte Stimme fragte:

»Wer ist da?«

Ich war drauf und dran, zu antworten: »Wer hat Angst vorm fremden Mann? Mach auf und guck nach!«, nannte dann aber doch nur meinen Namen, in möglichst beruhigendem Ton. Und tatsächlich – er öffnete. Zu meiner großen Verblüffung trug Kristian eine Schwimmbrille! Ich beschloss, mir in aller Ruhe anzuhören, wie das Gesetz von Ursache und Wirkung diesmal lautete. Kristian berichtete, mein Messertrick habe erschreckend gut funktioniert. Ein Gebührenkontrolleur sei gekommen, oder eigentlich zwei – ein Mann und eine Frau. Ich sah Kristian ausdruckslos an und versuchte, mich in seine okkultistische Welt einzudenken.

»Messer und Gabel waren also hier, um zu prüfen, ob du einen Fernseher hast. Was ist daran so ungewöhnlich?«, fragte ich, als sei es das Normalste auf der Welt.

Kristian wirkte keineswegs verlegen, sondern eher noch nervöser als beim letzten Mal. War ihm ein Löffel oder gar eine Suppenkelle auf den Boden gefallen und fragte er sich deshalb, was als Nächstes bei ihm anklopfen würde?

Wie ein aufgeregter Agent 008 winkte Kristian mich in die Küche. Er führte mich an den Herd, hob den Deckel vom Kochtopf, als habe er es mit einem verstrahlten Uranbehälter zu tun, und sagte heiser:

»Guck!«

Nun wurde ich tatsächlich selbst leicht nervös und überlegte, was für Rattenköpfe er wohl gekocht hatte, aber der Topf enthielt eine ganz wohlriechende, traditionelle Fleischsuppe. Auch das Fleisch sah normal aus, also war allenfalls mit einer etwas ungewöhnlicheren Geschichte über seine Herkunft zu rechnen. Kristian starrte mich entsetzt an.

»Ich hab gestern aus Versehen ein Pimentkorn aus der Suppe gegessen.«

Ich fand keine tröstenden Worte, weil ich noch nichts über die Folgen des Pimentkorns wusste. Als kleiner Junge hatte ich mehr als eins genascht, wenn es Suppe gab, aber ich hatte eigentlich keinerlei Symptome davon gekriegt, höchstens hatte ich mich geärgert, wenn ich mal ein besonders feuriges Kügelchen erwischte. Kristian sah mich verwundert an.

»Kennst du den alten Volksglauben nicht?«, fragte er. »Wenn man ein Pimentkorn isst, fliegt man auf den Markt und wieder zurück!«

Nee, zum Teufel, irgendwie musste ich Kristian schleunigst aus seiner okkultistischen Welt befreien. Da geht doch jeder Mann vor die Hunde, wenn er mit der Schwimmbrille auf dem Kopf darauf wartet, auf den Markt und zurück zu fliegen. Ich holte ein fast volles Döschen Piment aus dem Küchenschrank und nahm Kristian in den Würgegriff. Mit der anderen Hand hielt ich ihm den Rüssel zu, bis er die Schnauze weit genug aufriss, dass ich ihm den Inhalt der Scheißdose in den Hals kippen konnte. Man hörte die Kügelchen in die Suppenröhre prasseln. Kristian stand wieder total unter Schock. Ich setzte mich an den Küchentisch und erklärte ruhig:

»So, Kristian, und jetzt warten wir auf die Starterlaubnis.«

Wir saßen zwei Stunden da, ohne ein Wort zu wechseln. Kristian stierte von Zeit zu Zeit durch seine beschlagene

Schwimmbrille auf das Fenster. Schließlich riss er sich die Brille herunter und sagte:

»Okay, gehen wir ein Bierchen zischen.«

Ich schlug den Pub am Markt vor. Kristian fand die Idee verdammt gut.

Mittwoch, 3.3.

Als ich wach wurde, merkte ich, dass ich darauf achtete, mit welchem Bein ich zuerst aus dem Bett stieg und dergleichen Blödsinn. Dieser beschissene Okkultismus steckte allmählich auch mich an. Zum Glück war Kristian davon geheilt worden, nachdem er eine Dose Pimentkörner geschluckt hatte, also dachte ich mir, ich könnte ihm zur Aufmunterung ein Pornovideo bringen, das ich gefunden hatte. Ich habe keine Ahnung, wie dieses Kunstwerk in meine Kollektion geraten ist, aber jedenfalls ficken darauf sieben echte Zwerge eine als Schneewittchen verkleidete italienische Schnepfe in jedes Loch. Ein witziger Streifen, ehrlich.

Kristian hatte die Sicherheitskette nicht mehr vorgelegt, es schien also alles in Ordnung zu sein. Ich hatte sogar ein paar Literflaschen Hopfensaft mitgebracht, die wir zum Film genießen konnten. Ich wollte Gläser aus der Küche holen – Scheiße, was war das jetzt wieder? Überall lag Brot herum! Manche Stücke waren derart verschimmelt, dass sie bloß noch blaugrüne Klumpen waren. Ich fragte Kristian, ob er vorhabe, Enten zu füttern, oder weshalb seine Küche voll von mehr oder weniger altem Brot sei. Kristians Augen glänzten geradezu.

»Du hast sicher bemerkt, dass ich ziemlich klassische Gesichtszüge habe«, sagte er.

Ich betrachtete Kristians aufgedunsenen, fast kugelrunden Kopf und gab zu, dass seine Fresse zweifellos ziemlich einzigartig war.

»Die Sache ist die, dass man einem alten Volksglauben nach eine schöne Singstimme bekommt, wenn man schimmliges Brot isst. Na, und wenn ich mit meinen klassischen Gesichtszügen auf der Bühne stehe und auch noch singen kann, ist mein Konto bald so voll, dass nichts mehr draufpasst!«, jubelte Kristian.

Ich überließ ihm das Pornovideo und schlurfte zutiefst deprimiert nach Hause. Ich nahm mir vor, so lange zu wichsen, bis ich blind wurde – jedenfalls nach einem anderen alten Volksglauben.

Donnerstag, 4.3.

Ich weiß nicht, ob es am aufkeimenden Frühling liegt oder was, jedenfalls schaffe ich es irgendwie nicht, allein in der Bude zu hocken. Deshalb beschloss ich, bei Mikael vorbeizuschauen, obwohl ich ihn nach wie vor für leicht seltsam halte.

Offenbar fand bei Mikael schon seit geraumer Zeit irgendeine beschissene MIB-Frühjahrstagung für Professoren statt, denn seine ganze Bude war voll von abgesackten, graubärtigen Typen in dunklen Anzügen. Auf den Tischen standen leere und halbleere Whisky- und Kognakflaschen, alle scheißvornehm. Mikael war immerhin noch fähig, mir die Tür zu öffnen. Gleich darauf wurde ich Zeuge bei einem der merkwürdigsten Schauspiele meines Lebens: Einer der Graubärte zeigte ein Lebenszeichen, er zog nämlich ein echtes Monokel aus der Westentasche und klemmte es sich vor das Auge! Scheiße, ich hatte noch nie ein Monokel live gesehen, und dieser Ziegenbart hatte eins vor seinem rechten Auge! Vielleicht hatte er aber das falsche Auge erwischt, denn er sah eindeutig so aus, als ob er etwas suchte. Meine Neugier erreichte so massive Dimensionen, dass ich mich dem Alten wie ein CIA-Agent an die Fersen heftete. Endlich fand der Monokelmann, was er suchte: das Scheißhaus. Vorsichtig, als vollzöge er ein heiliges Ritual, kniete er vor dem Klo nieder. Ich blieb an der Tür stehen und sah ihm mit wachsendem Interesse zu, denn er klappte den Deckel nicht hoch. Ich war total von den Socken, als der Alte mir plötzlich den Stinkefinger zeigte! Aber ich hatte mich geirrt, denn gleich darauf fuhr der Mittelfinger mit voller Kraft so tief in die Kehle des Alten, wie es nur ging, ohne bleibende körperliche Schäden zu verursachen. Die Folge war ein so genanntes Sprühbrutzen direkt auf den Klodeckel! Ich musste einen ordentlichen Kängurusprung nach hinten machen, um keine Spritzer auf die Klamotten zu kriegen. Heilige Scheiße, der Alte seierte mit solchem Druck auf den Klodeckel, dass das ganze Scheißhaus im Nu eine neue Glasur hatte. Anschließend erhob sich der Typ, dessen Monokel ebenfalls voller Schrotzen war, wischte sich den Mund ab und stellte fest:

»Das war knapp, beinahe wäre mir schlecht geworden.«

Er streckte mir seine dreckige Hand hin, um sich vorzustellen, aber ich nickte nur und sagte:

»Hallo!«

Der Alte räusperte sich eine Weile, dann erklärte er mit lauter Stimme:

»Guten Morgen, junger Mann! Ich bin der Apotheker Bertil Nordlund-Kauha!«

Ich hatte den ziemlich starken Verdacht, dass dieser lebende Rezeptblock sich, wie man so sagt, aus dem eigenen Lager versorgt hatte.

Ich beschloss, einen Beschluss zu fassen. Entweder lasse ich es geschehen, dass auch meine eigene Birne so richtig weich wird, oder ich suche mir einen neuen Bekanntenkreis. Jetzt stehen die Dinge jedenfalls nicht gut, überhaupt nicht gut ...

Freitag, 5.3.

Kristian rief unverschämt früh an.

»Juha, dein Film ist echt erregend. Da gibt ja eindeutig jeder der sieben Zwerge Schneewittchen, die am Anfang eine ganz unerfahrene Jungfrau ist, Unterricht in einem Teilbereich vom Sex. Hast du dir mal überlegt, dass Schneewittchen von einem der Zwerge defloriert worden ist?«

Ich erinnerte mich dunkel, dass wir über dieses Thema schon einmal gesprochen hatten. Kristian war zu aufgekratzt, um als völlig gesund durchzugehen, also legte ich auf, damit er Zeit zur Genesung hatte.

Mittwoch, 10.3.

Ich hegte die Hoffnung, dass es Kristian inzwischen besser ging, und besuchte ihn. Diesmal öffnete er die Tür ausgesprochen schwungvoll.

»Scheiße, du bist ja besoffen?!«, stellte ich fest.

»Überhaupt nicht«, dröhnte Kristian und ging in Boxerstellung, »ich hab Hundert-Unzen-Handschuhe im Schrank.«

»Hundert-Unzen-Handschuhe?«

»Ja, Hundert-Unzen-Boxerhandschuhe!«

»Zieh dir was über, dann bringen wir die Dinger ins Sportmuseum«, schlug ich vor.

»Wieso?«

»Na, Hundert-Unzen-Handschuhe hat doch kein Mensch, außer dir natürlich«, stichelte ich.

Kristian wirkte plötzlich niedergeschlagen.

»Wolltest du gerade ausgehen?«, fragte ich freundlich.

»Nee, wieso?«

»Na, weil du diesen versifften Winterhut aufhast, noch dazu mit runtergeklappten Ohrenschützern.«

Kristian trug eine schlotternde weiße Trainingshose, deren Taschen nach außen hingen wie Elefantenohren. Die Hose hatte sehr spezielle Flecken – überall. Auf dem Kopf saß ein vom Katerschweiß verfärbter roter Winterhut mit dem Logo der Brauerei Koff, und dazu trug er ein total schief geknöpftes Hemd.

»Meine Haare sind so fettig, dass ich mich ohne den Hut schäme«, antwortete Kristian.

»Ach, entschuldige, ich wusste nicht, dass du Besuch hast«, sagte ich höflich.

»Hier ist keiner!«, knurrte Kristian.

»Nicht? Warum zum Teufel lässt du deinen beschissenen Kopf dann unter dem Scheißfilzhelm schmoren?«

»Na, es könnte ja jemand kommen ...«

»Und was hindert dich daran, zu duschen?«

»Das Zittern ...«

»Das Zittern?«

»Ja, meine Hände sind so am Zittern, dass ich den Thermostat nicht richtig eingestellt kriege. Gestern habe ich es versucht und den Hahn aus Versehen auf eiskalt gestellt. Danach hab ich noch mehr gezittert«, erklärte Kristian, vor Kälte bibbernd.

Verwundert betrachtete ich die wackelnde Menschensülze, die Kristians Züge trug.

»Bitte, lieber Juha, könntest du nicht mit mir unter die Dusche gehen?«

»Wie meinst du das denn?«, fragte ich verblüfft.

»Du brauchst bloß die Temperatur richtig einzustellen«, erklärte Kristian und fing auch schon an, sich auszuziehen.

Ich packte ihn am Hals und schob ihn ins Bad. Als Erstes beförderte ich den klatschnassen, wie ein Güllewagen stinkenden Hut in die hinterste Ecke. Ein Wunder, dass sich auf Kristians Kopf noch keine Maden tummelten, denn unter dem Hut kamen Dampfwolken hervor. Ich bugsierte Kristian unter die Dusche und brauste seinen Kopf ab. Er zappelte, vermutlich, weil ihm das Wasser zu kalt war, also griff ich rasch nach der nächsten Flasche und spritzte ihm einen ordentlichen Klacks Shampoo auf den Dez. Dann eine kraftvolle Schnellwäsche und die abschließende Spülung. Erst nach dem zügigen Säuberungsritual ging mir auf, dass ich Kristians Haare mit Scheuermittel geschrubbt hatte. Ich guckte nach, ob seine Kopfhaut blutete. Sowohl die Kopfhaut als auch Kristian sahen zufrieden aus.

»Danke, Juha«, stieß Kristian hervor.

»Nichts zu danken«, erwiderte ich kühl und trocknete mir die Hände ab.

»Juha ...«

»Ja?«

»Mich juckt es so an den Sackhaaren, könntest du ...«

»Leck mich doch!«, brüllte ich und zog mir die Jacke an. »Sehe ich etwa aus wie die Chefkellnerin in irgendeinem Scheißaltersheim?«

»Nein, aber das Haarewaschen hat doch überhaupt nicht lange gedauert, und an den Eiern habe ich viel weniger Haare als auf dem Kopf ...«

»Scheiße, Mann, du bist ja total daneben«, seufzte ich und machte, dass ich wegkam.

›Ich hab viel weniger Haare an den Eiern als auf dem Kopf.‹ Kacke, das hätte mir gerade noch gefehlt, dass er mir einen armdicken Sackhaarzopf zum Schrubben unter die Nase gehalten hätte. Wird Kristian etwa tatsächlich verrückt?

Donnerstag, 11.3.

Ich beschloss, das Kochbuch auszuprobieren, das Tiina mir geschenkt hatte. Es wäre allerdings verdammt nett, zu wissen, ob man Auberginen an der Fleisch-, Eier- oder Gemüsetheke bekommt. Gefüllte Auberginen sehen wirklich gut aus, jedenfalls auf dem Foto. Kann irgendein Tier so einen Pimmel haben? Ein ziemlich ordinärer Schwengel. Ein dicker, schwarzer Kolben. Ich wollte gerade zum Einkaufen gehen, als jemand mit der Faust an meine Tür hämmerte. Ich sah am Türspion nach, wer es war. Kristian natürlich, das hätte ich mir ja denken können.

Ich ließ den leichenblassen Kerl ein.

»Die Teufel haben wieder angegriffen«, kreischte er.

»Wer?«

Kristian ließ die Hose runter und hielt mir ein Vergrößerungsglas hin.

»Guck's dir selbst an.« Er zitterte und kratzte sich am Sack.

»Was soll ich angucken?«, fragte ich verwundert.

»Meine Eier!«

»Na, so klein ist dein Schwanz nun auch wieder nicht, dass ich ihn nicht mit bloßem Auge sehen würde. Und zweitens habe ich wirklich keine Lust, mir deinen Pimmel unter der Lupe anzugucken.«

»Hab ich was von Pimmel gesagt? Guck an die Wurzeln der Sackhaare!«

Wirklich ein seltsames Gefühl, fremde Sackhaare durch die Lupe zu betrachten. Ich war die ganze Zeit auf dem Sprung, das Vergrößerungsglas in Kristians empfindliche Zonen zu rammen – falls er mir dazu Anlass gab.

»Heiliger Bimbam!«, rief ich erschrocken. »An deinen Eiern herrscht ja ein höllisches Gewimmel!«

»Genau ...«

»Das darf nicht wahr sein, die haben Beine und alles ...«

Kristian versuchte, mir die Lupe wegzunehmen und die Hose hochzuziehen.

»Mal langsam«, wehrte ich ab. »Das ist interessant. Was sind das wohl für Viecher?«

»Filzläuse ...«

»Pfui Teufel!«, kreischte ich und warf die Lupe weg.

»Könntest du mir die Sackhaare rasieren und die Biester mit der Pinzette abzupfen?«, flehte Kristian.

»Bist du übergeschnappt?«

In dem Moment wurde die Tür aufgeschlossen. Tiina kam in den Flur, wo Kristian mit runtergelassener Hose stand und ich vor ihm kniete.

»Herr im Himmel ...«, brachte Tiina heraus.

»Ey, warte mal, das ist nicht das, wonach es aussieht«, setzte ich zu einer Erklärung an.

»Stimmt, Juha hat nicht an meinem Schwanz gelutscht«, mischte sich Kristian ein. Ich warf ihm einen mörderischen Blick zu.

»Noch nicht ...«, versetzte Tiina kühl.

Ich sprang wütend auf und drückte ihr die Lupe in die Hand.

»Guck mal, wie es an den Eiern von dem Kerl wimmelt«, fauchte ich.

Tiina nahm die Lupe und inspizierte Kristians Eier.

Fettarsch-
Kristian
?
2002

»Ach, wie niedlich«, sagte sie bewundernd. »Was sind das für Tierchen?«

»Filzläuse«, antwortete Kristian.

»Und der verdammte Knallkopf will, dass ich sie ihm mit der Pinzette auszupfe«, schnaubte ich.

»Warum kaufst du keine Entlausungscreme?«, fragte Tiina ungerührt.

»Wieso kennst du dich mit so was aus?«, wunderte ich mich.

»Das gehört zur Allgemeinbildung«, konterte Tiina.

Kristian begann zu schniefen.

»Das ist mir so peinlich ...«, greinte er.

»Bring den Flohfritzen ins Bad und stopf alle meine Kleider und Handtücher in die Waschmaschine. Ich gehe in die Apotheke«, sagte ich zu Tiina.

Ich hatte absolut keine Lust mehr auf Auberginen, selbst wenn es sich um Gemüse handeln sollte.

Freitag, 12.3.

Kristian rief an und fragte, ob er vorbeikommen könne.

»Juckt es noch?«, fragte ich zurück.

»Ein bisschen ...«

»Leider passt es heute nicht so gut, ich muss mit Paps einkaufen gehen.«

»A-aber dein Vater ist doch tot«, wunderte sich Kristian.

»Habe ich Paps gesagt?« Ich merkte, dass ich eine schlechte Notlüge erfunden hatte.

»Ja«, antwortete Kristian krebshaft beleidigt.

»Sorry, ich hab wohl ein bisschen undeutlich gesprochen. Ich gehe mit Babsi einkaufen.«

»Weiß Tiina von dieser Babsi?«, stichelte Kristian.

Ich hatte die Nase voll von dem beschissenen Notlügenzirkus.

»Kapierst du nicht? Ich will deine Scheißfilzläuse nicht!«, brüllte ich in den Hörer.

»Ach so ...« Kristian schlüpfte wieder in die Rolle des Märtyrers. »Ich wollte bloß vorbeikommen, um dir zu erzählen, wie ich letzte Nacht Pisse auf den Kopf gekriegt habe.«

»Was?«

»Aber das dramatische Schicksal eines armen, von einer normalen Geschlechtskrankheit befallenen kleinen Menschen scheint dich ja nicht zu interessieren ...«

»Also gut, komm her, Mann. Reden wir drüber.«

Ich schaffte es gerade noch, mir Frischhaltefolie um die Lenden zu wickeln, bevor es klingelte.

Zu meinem Entsetzen waren auch Bubi und Rolli, die beiden Dobermänner, dabei.

»Ich habe heute wieder die beiden fantastischen Dobis in Pflege«, laberte Kristian muttihaft.

»Fühlt sich ein Dobermann eigentlich beleidigt, wenn man ihn Dobi nennt?«, fragte ich.

»Keine Ahnung. Aber Bubi war letzte Nacht über irgendwas beleidigt, denn als ich wach wurde, hatte ich eine haarige Klimmstange direkt vor meinen Augen, und dann sprühte von der Seite her auch schon die Pisse. Und als ich um Hilfe rief, hab ich das Zeug in den Mund gekriegt«, berichtete Kristian.

Ich warf einen Blick auf den sabbernden Bubi und rannte zum Klo. Kristian folgte mir bis zur Tür.

»Bist du am göbeln?«

»Ja, wegen deinem Dobi ...«

»Du darfst es keinem verraten, aber ich glaube, Mikael hat gewichst, als ich ihm davon erzählt habe«, flüsterte Kristian.

»Wieso?«, rief ich aus der Kloschüssel.

»Na, er hat mich die Geschichte dreimal hintereinander erzählen lassen und wollte, dass ich ihm Bubi genau beschreibe, und dabei hat er in den Hörer gekeucht«, erklärte Kristian todernst.

»Kristian.«

»Ja?«

»Wieso glaubst du eigentlich, dass ich deine Geschichte hören will?«

»Ich brauche deine Hilfe«, antwortete Kristian.

»Welche Überraschung.«

»Wie soll ich Bubi erklären, dass sein Revier nächsten Sommer vielleicht in Griechenland ist?«

»Was zum Teufel faselst du jetzt schon wieder?«

»Na, ein Männchen markiert doch durch Pinkeln sein Revier. Und jetzt, wo Bubi mir auf den Kopf gepinkelt hat und ich im Sommer nach Griechenland reise, ist sein Revier dann in Griechenland. Immer da, wo mein Kopf ist«, philosophierte Kristian.

Unter der luftdichten Folie waren meine Eier und mein Arsch inzwischen schweißnass geworden.

»Kristian, wollen wir mit den Hunden einen Spaziergang machen?«

»Au ja!«, rief er begeistert.

»Geht schon mal vor, ich komme gleich nach.«

»In Ordnung.«

»Moment mal«, rief ich ihm nach, als er schon im Treppenhaus war.

Er erstarrte.

»Du hast ja eine echte Pisskopftaufe gekriegt«, sagte ich. »Meinen Glückwunsch.«

»Du nimmst mich nicht ernst«, klagte er.

Sobald Kristian und die Hunde weg waren, verriegelte ich

die Tür und schraubte die Klingel ab. Dann stopfte ich mir Watte in die Ohren und überprüfte, ob im Kühlschrank genug Flüssigkeit war, um meinen Bedarf zu decken. Alles bestens, drei Flaschen süßer deutscher Weißwein halten mich feucht genug – für einen Tag. Ich beschloss, meinen Eiern und meinem Arsch ein ausgedehntes Luftbad zu gönnen.

Samstag, 13.3.

Ich hatte vor, den Frühlingssamstag ungestört zu genießen, und wollte das Telefon ausstöpseln, um meine Ruhe zu haben. Gerade als ich nach dem Stöpsel tastete, klingelte das Ding direkt neben meinem Ohr. Irgendwer hatte es gerade noch geschafft.

»Kristian hier, hallo! Du, ich muss unbedingt mit jemandem reden. Juha, ich glaube, ich habe mich gestern in einen Mann verliebt – aus Versehen!«

Selbst wenn das Haus um mich herum in Flammen gestanden oder die Nato mich bombardiert hätte, wäre keine Macht der Welt imstande gewesen, mich vom Telefon wegzubringen. Ich setzte mich auf meine vier Buchstaben und sagte ruhig:

»Erzähl weiter.«

»Mikael und ich sind in eine Kneipe gegangen, wo es irrsinnig viele echt schöne Weiber gab. Na ja, ich hab mir eine wahnsinnig tolle, große Eva ausgeguckt. Wir haben auf die Distanz miteinander geflirtet, und ich bin fast ausgeflippt, weil sie so bildschön war. Du hättest sehen sollen, wie toll sie tanzte und ihren kleinen, festen Hintern kreisen ließ«, seufzte Kristian.

Ich war wie eine Schallplatte, auf der die Nadel hängt.

»Erzähl weiter.«

»Okay. Na, ich bin an die Theke gegangen, um mir einen Drink zu bestellen, und stell dir vor, die Lady stand auf einmal neben mir. Dann ist etwas Schreckliches passiert! Sie hat einen anderen Mann geküsst. Mir wäre fast das Herz stehen geblieben. Kapierst du, Juha, die haben sich geküsst!«, rief Kristian hörbar erschüttert.

Ich beruhigte ihn und bat ihn, mit seiner spannenden Geschichte fortzufahren.

»Die haben sich eine Weile geküsst, und dann hat die Perle sich plötzlich umgedreht und mich geküsst! Ich hab einen fürchterlichen Schreck gekriegt, weil ich bombensicher war, dass ihr Freund mir gleich mit einer zerbrochenen Bierflasche die Fresse poliert. Zum Glück guckte ich dem Luder beim Küssen kurz über die Schulter, da sah ich nämlich, dass sie eine Frau geküsst hatte! Scheiße, der andere Mann war eine Frau, die wie ein Mann aussah! Ich war so froh, dass ich anfing zu wimmern, während ich die Frau meines Lebens küsste«, schüttete Kristian mir sein von glühender Liebe erfülltes Herz aus. »Wir haben ganz oft miteinander getanzt, und als die ersten Schmusesongs kamen, habe ich die Puppe sofort wieder aufgefordert. Da ist mir erst aufgefallen, wie groß sie war. Sie hatte ziemlich hohe Absätze, aber trotzdem ... Der DJ hat so tolle Schmusemusik aufgelegt, dass wir anfingen, uns im Takt den Hals zu küssen. Als ich an der Reihe war, bin ich plötzlich an ein ziemliches Wunder gestoßen: Scheiße, die Schnecke hatte einen Adamsapfel!«

An diesem Punkt musste ich die Sprechmuschel abdecken, damit mein Gekicher nicht an Kristians Ohren drang.

»Kapierst du, Juha, die hatte einen Adamsapfel. Ich hab ihr gesagt, ich weiß, dass sie ein Mann ist – oder jedenfalls mal einer war. Da hat sie mir in die Augen geguckt und gefragt, na und, und mich ganz fest an sich gedrückt. Wir haben das Stück zu Ende getanzt, und dann bin ich nach Hause. Jetzt habe ich ein Problem. Ich bin auf keinen Fall schwul, aber ich habe ein bisschen Sehnsucht nach dem Kerl – nee, nach der Tussi. Die konnte so fantastisch küssen«, schwärmte Kristian.

Ich musste ehrlich zu ihm sein.

»Kristian, ich glaube, es gibt ziemlich wenige Fragen, in denen ich dir nicht helfen kann, aber jetzt hast du es geschafft, eine zu finden. Sorry, Kristian, so ist es manchmal in der Liebe.«

»Mag sein«, schniefte Kristian und legte auf.

Ich erinnerte mich vage, dass auch Adam und Eva irgendeinen Zoff wegen Adams Apfel hatten. Eine hinterhältige Schlange, die Liebe.

Sonntag, 14.3.

Der beschissene Kristian! Seinetwegen konnte ich nicht schlafen. Mir ging die ganze Nacht der Gedanke durch den Kopf, in welch ungeheurer Gefahr ich all die Jahre geschwebt habe. Ich habe alle möglichen Scharteken in meine Bude geschleppt. Bestimmt habe ich nicht mal die Hälfte davon auf den Hals geküsst. Muss ich von jetzt an bei jeder Sexpartnerin den Hals freilegen und nach eventuellen Überresten des Adamsapfels abtasten? Himmel nochmal, womöglich habe ich es im Suff einem Kerl besorgt! Was soll aus dieser Welt noch werden? Alles nur Beschiss.

Montag, 15.3.

Mikael hatte Kristian und mir Flugtickets nach Stockholm besorgt. Das waren irgendwelche Gratistickets, mit denen man am selben Tag zurückfliegen musste. Kristian war total begeistert, weil er noch nie geflogen war – außer aus der Kneipe. Ich weiß nicht, was der Hauptgrund für sein heftiges Picheln war – Scheißangst vor dem Fliegen oder purer frühlingsbedingter Schnapsdurst.

Kristian führte sich während des ganzen Fluges auf wie ein kleiner Junge.

»Guck mal, Juha! Wie klein die Autos aussehen, sogar der Laster ist ganz winzig.«

Plötzlich wurde er ernst und erzählte lauthals eine rührende Geschichte aus seiner Kindheit.

»Als ich ein kleiner Junge war, musste ich zum Zahnarzt. Da wurde mit so einem Rosenbohrer gebohrt, wo an der Seite irgendwelche Scheißriemen liefen. Ich weiß nicht, ob das ein Tretmodell war wie die alten Nähmaschinen, jedenfalls hat mir derart der Schädel gewackelt, dass die eine Helferin mir mit beiden Händen den Kopf festhalten musste, damit die Gehirnflüssigkeit nicht schäumte. Das Bohren tat so weh, dass ich nicht mal weinen konnte. Als es vorbei war, haben sie meinen halbtoten Kinderkörper aus dem Stuhl gehoben und mir zur Belohnung für meine Tapferkeit ein Flugzeug geschenkt, dem die Flügel fehlten! Obwohl ich noch so klein war, hab ich doch schon so manches kapiert. Scheiße, das Ding sah aus wie ein Gummischwanz, mit einer kleinen Windschutzscheibe und zwei kleinen Piloten, die den Bumsstängel steuerten! Juha, wenn bei unserem Flieger jetzt die Flügel abfielen, würden wir dann abstürzen und von irgendeinem åländischen Bauern bestaunt werden, dem es den größten Dildo der Welt in den Acker gehauen hat?«, fragte Kristian und meinte es ganz offensichtlich ernst.

Ich beschloss, Psychologie zu studieren. Scheiße, Angst treibt die Fantasie und die Erinnerung offenbar zu unglaublichen Leistungen an. Bravo, Kristian! Die größte Gaudigurke der Welt ragt aufrecht aus einem Kartoffelacker, und an der Seite steht in Riesenbuchstaben SAS?! Sehr gut, Kristian!

Kristian schluchzte während der gesamten Landung. Er war absolut sicher, dass wir sterben würden. Kurz bevor wir aufsetzten, fasste er mit seiner schweißnassen Hand nach meiner und starrte mich aus tränennassen Augen an:

»Ich habe dich geliebt.«

Ich brauchte alle Kraft, um mich aus seinem hysterischen Griff zu befreien. Als die Maschine glücklich auf der Erde war, sprang Kristian hoch wie der Teufel aus der Kiste und zollte einen Applaus, an dem das Politbüro der Sowjetunion und die TASS ihre Freude gehabt hätten.

»Es lebe der Kapitän, es lebe der Copilot, die leben hoch, hoch, hoch!«

Die Stewardess eilte herbei und drückte Kristian auf seinen Sitz. Eigentlich hatten wir vorgehabt, uns Stockholm anzugucken, aber Kristian wollte zu Ehren der erfolgreichen Landung ein paar Drinks kippen. So glücklich hatte ich ihn noch nie gesehen. Ich beschloss, mir ein schwedisches Pripps hinter die Binde zu gießen. Ein paar richtig interessante junge Damen flatterten an die Theke, sie waren auf dem Weg nach Fuerteventura. Plötzlich fand ich es gar nicht mehr so spannend, durch die Straßen von Stockholm zu latschen. Ein fantastischer Birnenpopo aus Solna setzte sich neben mich und erzählte, sie hätte nur zwei winzige Bikini-Unterteile und ein paar enge Kleider für abends eingepackt. Mir war völlig klar, dass es eine große Sünde an der ganzen Menschheit gewesen wäre, so herrliche Brüste in einem Bikini-Oberteil zu verstecken. Ich versuchte, die Kröne der Schöpfung zu überreden, ihren Urlaub gegen zwei Wochen in Helsinki einzutauschen. Sie dürfte die ganzen zwei Wochen in Strings herumlaufen, oder vielmehr die meiste Zeit ohne. Obwohl ich versprach, ihr täglich zwei Besuche im Solarium zu spendieren, konnte sie sich nicht recht für meinen Vorschlag erwärmen. Vielleicht stand mir der Aszendent des Mars immer noch auf der Stirn geschrieben, denn sie fasste mich plötzlich an der Hand und zog mich zum Invalidenklo. Sie verriegelte die Tür, stieg aus der Hose, lehnte sich ans Waschbecken und fragte:

»Vill du ha mig?«

Aus meinem Mund kam keine Antwort, aber als Zeichen der Zustimmung ließ ich meine Jeans fallen. Der Sex mit einer bildschönen Schwedin im Invalidenklo von Arlanda war wahrscheinlich das erregendste Erlebnis, das ich je hatte. Nach unserem ätherischen Moment wusch sich die Tussi, zog sich an und sagte:

»Nu måste jag gå ...«

Zum Abschied bekam ich noch einen wundervollen Kuss. Scheiße, warum verliebe ich mich immer in die falschen Frauen ...

Kristian lehnte halb besoffen an der Theke. Da wurde unser Rückflug aufgerufen. Ich rüttelte meinen Kumpel.

»Komm, wir müssen in die Maschine.«

Kristian starrte mich an wie ein Blöder und lallte:

»In welche Maschine?«

Er war total neben der Spur, also zog ich die Schraube noch ein bisschen fester an: »In eine Lügendetektormaschine«. Kristian riss die Augen auf.

»Das kann nicht wahr sein! Am selben Tag zum ersten Mal im Flugzeug und dann im Lügendetektor, nicht zu fassen ...«

Ich schleppte Kristian durch den Check-in und bugsierte ihn auf seinen Platz. Während des ganzen Fluges brabbelte er:

»Ich hab keinen Scheiß geredet. Jedes Wort ist wahr, wie ihr seht. Ich habe nie Scheiß geredet. Jedes Wort ist wahr, wie ihr seht ...«

Wirklich eine tolle Reise. Na ja, ein großes Plus für das Inva-Klo von Arlanda. Meine Gedanken sind allerdings auf Fuerteventura, ach ja ...

Dienstag, 16.3.

Kristian und ich beschlossen, zur Vorabstimmung zu gehen, weil immer ein kleines Risiko besteht, dass man am eigentlichen Wahltag nicht stimmfähig ist. Kristian war irgendwie bedenklich aufgekratzt. Er fand es ungemein wichtig, seine Bürgerpflicht so gewissenhaft zu erfüllen, dass man schon im Voraus zur Wahl geht. Man hätte glauben können, dass der beknackte Idiot sich von irgendeiner Splitterpartei als Kandidat hatte aufstellen lassen und nun freudig zur Urne eilte, um sich selbst seine Stimme zu geben!

Wir kamen zur Post, wo die Vorwahl stattfand. Dort hatte sich eine höllisch lange Schlange gebildet. Kristian marschierte geradewegs in eine Kabine und rief:

»Soll ich auf der Liste hier meinen Kandidaten umkringeln?«

Eine Postangestellte holte ihn eilig aus der Kabine und sagte, er solle sich in die Schlange stellen und seinen Ausweis bereithalten. Nach langem Warten bekamen wir unseren Wahlschein, woraufhin Kristian lauthals fragte:

»In welcher Kabine wählt man die Konservativen?«

Die Angestellte sah ihn an wie einen Bekloppten. Kristian

schlich verlegen in das nächste Kabuff. Ich war in der Nebenkabine, als er plötzlich rief:

»Juha, sag mal eine Zahl zwischen 1 und 1 000!«

Scheiße, war mir das peinlich.

»Nimm von mir aus die 69!«

»Danke!«, rief Kristian fröhlich.

Auf dem Heimweg ließ er sich darüber aus, was für einen wichtigen Beitrag zur Zukunft unseres Landes und vor allem zur Beschlussfassung er geleistet hatte. Ohne seine Meinung und seinen starken Einfluss würde zum Beispiel die Arbeitslosigkeit nie überwunden werden. Ein echter Penner mit einer Riesentüte leere Schnapsflaschen schwankte uns entgegen. Kristian rief ihm zu:

»Du solltest dich auch schon mal auf die Rückkehr ins Berufsleben vorbereiten. Ich habe gerade gewählt, jetzt ist es bald vorbei mit der Arbeitslosigkeit. Unsereins hat irre viel Einfluss!«

Ich schlug den Kragen hoch und bewegte meine Pantöffelchen schneller. Kristian war in einer äußerst gefährlichen Stimmung – gefährlich für ihn selbst.

Donnerstag, 18.3.

Ich wurde schon um 4.00 Uhr wach, was lief bloß schief bei mir? Überall priesen sich die Wahlkandidaten an – daran musste es liegen, also beschloss ich, einen Wahlboykott einzuleiten. Ich zog Filzpantoffeln an und schlich ins Treppenhaus, wo ich aus jedem Briefschlitz die Tageszeitung zog. Die Leute lesen massenhaft Zeitungen! Ich hatte einen höllisch großen Stapel zum Müll zu tragen. Noch am Müllcontainer überlegte ich, ob ich sorgfältige Arbeit leisten und den ganzen Scheiß verbrennen sollte, entschied mich aber, vorläufig noch Gnade walten zu lassen.

Seltsam, nach dieser falschen Reformation fühlte ich mich völlig ruhig, also legte ich mich wieder schlafen.

Samstag, 20.3.

Kristian, Mikael, Vaittinen und der Apotheker Bertil Nordlund-Kauha drängten sich in meine Bude, um Wahlparty zu feiern. Alle vier waren sternhagelvoll.

Ich versuchte gar nicht erst, den Herren zu erklären, dass der Wahltag erst morgen war und unsereins die Wahl boykottierte. Um mein Dasein zu erleichtern, machte ich einen Abstecher zum Alko.

Als ich zurückkam, tanzten Mikael und der Apotheker Bertil Nordlund-Kauha sowie Kristian und Vaittinen Wange an Wange zu einem Schmusesong von Eros Ramazzotti! Scheiße, in meiner Bude ging es zu wie in einer Schwulen-WG. Ich schaltete das Radio aus und befahl der ganzen Bagage, sich aufs Sofa zu pflanzen. Dann hielt ich eine Wahlrede:

»Hört zu, Kerle, wenn der Schwulenzirkus nicht sofort aufhört, brauchen eure Gesichter eine Vollrenovierung!«

Vier Paar unstete Augen versuchten verständnisvoll dreinzublicken. Die Burschen nickten zustimmend. Nur Kristian schwang sich zu einer Verteidigung auf:

»Wir haben nicht rumgeschwult, wir haben bloß verschiedene Tanzschritte ausprobiert, weil wir heute Abend auf Muschijagd gehen wollen. Sogar Bertil hat gesagt, er würde nach zwanzig Jahren Pause eventuell mal wieder ficken!«

Ich verzog mich mit meiner Flasche in mein Hochbett, um Dantes Göttliche Komödie zu lesen. Ich überlegte, ob ich mit dem ersten Teil anfangen sollte, in dem es um die Hölle geht, oder ob ich in Anbetracht der Umstände das zweite Kapitel wählen sollte, wo das Fegefeuer durchschritten wird. Ich landete im Fegefeuer.

Sonntag, 21.3.

Was war letzte Nacht in meiner Bude passiert? Vier Kerle in Unterwäsche lagen nebeneinander wie die Scheißpinguine am Südpol. Ein nettes Häuflein halbnackter Säufer. Ich holte sofort meinen Fotoapparat und verewigte den Stapel von allen Seiten. Na, zu Weihnachten lasse ich von den Fotos Karten drucken. Aus reiner Nächstenliebe könnte ich auch den Angehörigen aller Fotomodelle ein paar Kopien schicken.

Die Wahlparty wurde abgesagt – kein Partygänger war wach. Ich beschloss, in der Göttlichen Komödie Auszüge aus dem letzten Kapitel zu lesen, das vom Paradies erzählt. Eine gute Sonntagslektüre ...

Montag, 22.3.

Ich fühlte mich ein wenig rastlos. Hatte ich etwa Frühling in der Brust? Ich zog das Hemd aus, stellte mich vor den Spiegel und streichelte und drückte meine Brust so lange, bis ich einen Ständer hatte. Da rief ich sofort Tiina an.

»Wirst du geil, wenn du deine Brüste drückst und streichelst?«, fragte ich mit ernsthaftem Interesse.

»Juha, ich bin bei der Arbeit«, erklärte Tiina sachlich.

»Bitte, du musst mir antworten«, beharrte ich.

»Ja, manchmal ...«

»Selbst wenn du an nichts Erotisches denkst?«, eruierte ich weiter.

»Können wir darüber reden, wenn wir uns sehen?«, schlug Tiina vor.

»In Ordnung, ich bin in einer Viertelstunde da …«

»Nein, Juha! Nein!«, rief Tiina.

Ich beschloss, Tiinas Kommentar nicht gehört zu haben – ihren letzten Kommentar. Sie erwartete mich bereits auf der Straße vor ihrem Arbeitsplatz.

»Juha, was soll das?«, fuhr sie mich an.

»Reg dich nicht auf«, sagte ich beschwichtigend. »Gibt es bei euch ein Invalidenklo?«

»Juha, ich …«

Ich nahm Tiina in die Arme und ließ die Zungenspitze zärtlich um ihre Lippen kreisen.

»Ja …«, antwortete sie.

Wir gingen an dem verwunderten Pförtner vorbei geradewegs zum Invalidenklo. Ich verriegelte die Tür und zog Tiina die Jacke aus.

»Du bist verrückt …«, flüsterte sie.

»Ich weiß, aber nicht dumm.«

Ich zog Tiina weiter aus. Nachdem ich ihren Rock hochgeschoben und Strumpfhose und Slip heruntergezogen hatte, konnte ich einen empirischen Versuch anstellen.

»Nach dem Feuchtigkeitsgrad zu schließen, spricht nichts dagegen, dass ich in das Fräulein eindringe, oder?«, fragte ich Tiina, die sich stöhnend an den Waschtisch lehnte.

»Red nicht, tu was …«

Ich benutzte eine Rolle Klopapier als Schalldämpfer. Es war ziemlich erregend, wie Tiina, Tränen in den Augen, auf das Klopapier biss und versuchte, nicht zu schreien. Zeit und Ort setzten der Dauer des Akts gewisse Grenzen. Wir machten es in der Kurzfassung. Tiinas Make-up war danach an sich in Ordnung, saß nur am falschen Platz. Der Lippenstift am Kinn und die Wimperntusche auf den Wangen. Entsetzt guckte sie in den Spiegel.

»Wie soll ich das meinen Kolleginnen erklären?«

»Was?«

»Dass mein Make-up verschwindet, während ich einkaufen gehe!«

»Wir waren doch gar nicht einkaufen?«, wunderte ich mich.

»Na, ich kann doch nicht sagen, dass ich mit einem Monster auf dem Invalidenklo gevögelt habe, eine Klopapierrolle im Mund.«

»Warum nicht?«, lachte ich. »Ich würde mir einen Spaß daraus machen, wobei ich das Invalidenklo vielleicht nicht ...«

»Andererseits«, überlegte Tiina mit durchtriebener Miene, »hätten die alten Giftnudeln dann endlich mal was, worüber sie sich das Maul zerreißen können.«

»Ach Mist, jetzt habe ich ganz vergessen, die Sache mit den Brüsten auszuprobieren«, fiel mir plötzlich ein.

»Juha, nicht ...«

»Dauert bloß eine Sekunde.«

Dienstag, 23.3.

Was zum Teufel?! Bin ich etwa ausdauernd geworden? Jetzt führe ich schon seit einem Jahr Tagebuch wie ein kleines Mädchen! O shit! Ich dachte darüber nach, ob ich aufhören sollte. Was bringt es mir, als Tattergreis im Altersheim zu lesen, wie ich früher unter allen möglichen Verrenkungen tolle Ladys gebumst habe, zum Beispiel auf dem Schwerbehinderten-

Klo in Arlanda? Das einzig Steife, was ich dann noch habe, ist mein Krückstock und mein Verstand ... obwohl, wenn die Altenpflegerinnen schön schnuckelig sind ...

Samstag, 27.3.

Samstage im Frühling müssten zu Feiertagen erklärt werden. Scheidet der Frühling Testosteron aus? Ich konnte jedenfalls mit bloßen Händen feststellen, dass meine Testosteronproduktion gestiegen war.

Ich holte ein Lexikon und sah nach, was dort über Testosteron stand. Herrgott im Himmel, das kann Knochenwachstum auslösen?! Ich rief sofort Kristian an.

»Wie groß ... ich meine, wie klein bist du?«, fragte ich.

»Du willst mich wieder veräppeln«, klagte er.

»Leck mich, Mann, das ist eine wichtige Frage.«

»Einssiebenundsiebzig.«

»Hattest du in letzter Zeit viel Kontakt mit der Frühjahrssonne?«

»Wie meinst du das?«

»Bist du draußen gewesen?«

»Ja«, sagte Kristian verwundert.

»Oft?«

»Na ja, ziemlich oft.«

»Gut, dann miss dich und ruf mich sofort an, wenn du eine Veränderung feststellst.«

Nach einer Weile klingelte das Telefon.

»Juha, es ist unglaublich!«, juchzte Kristian.

»Na?«

»Ich bin neun Zentimeter gewachsen!«

»Nicht zu fassen ...«

»Ja, ich bin jetzt einssechsundachtzig«, rief Kristian, »ich bin ein großer Prachtkerl!«

»Du hast dich also gemessen?«

»Jawoll!«

»Manno, dann hast du von der Sonne Testosteron gekriegt«, folgerte ich. »Steht er dir öfter als früher?«

»Willst du, dass ich ihn nochmal messe?«

»Nochmal? Hast du auch deinen Schwanz gemessen?«

»Natürlich«, sagte Kristian verblüfft.

»Ich hatte dich gebeten, deine Körpergröße zu messen, nicht deinen Schwanz!«

»Hab ich doch. Zuerst den Körper, 100 cm + 77 cm ...«

»Moment mal, was für Scheißhundert plus?«

»Mein Zollstock ist bloß einen Meter lang, deshalb musste ich mich stückweise messen«, erklärte Kristian.

»Stückweise? Mann, was hast du angestellt?«, fragte ich besorgt.

»Ich hab mir ein Buch auf den Kopf gelegt, mich an die Wand gestellt, einen Strich gezogen und dann gemessen, wieviel unter dem Strich blieb.«

»Okay, und wie viel war das?«

»100 cm + 77 cm + 9 cm.«

»Woher kommen die plus neun?«

»Na, das war mein Schwanz«, sagte Kristian leicht genervt, »insgesamt also 186 Zentimeter.«

»Ach so ... War dein Schwanz erigiert?«

»Natürlich.«

»Neun Zentimeter bei Erektion?«

»Jawoll«, antwortete Kristian stolz.

»Kristian, ich muss schon sagen, dein Selbstbewusstsein ist bewundernswert«, meinte ich.

»Danke, du hast meinen Tag gerettet.«

»Nichts zu danken …«

Sonntag, 28.3.

Tiina gab mir schon im Voraus ein kombiniertes Geburtstags- und Ostergeschenk. Gespannt öffnete ich das Päckchen und entdeckte einen Spielzeughasen, so groß wie ein kleiner Kartoffelsack! Er hatte bodenlange Schlappohren und hielt einen kleinen Rosenstrauß zwischen den Pfoten. Ein niedliches Wesen! Ich taufte ihn sofort auf den Namen Hugo.

Tiina ging wieder nach Hause, und gleich danach klingelte es. Ich war so aufgeregt wegen meines neuen Haustiers, dass ich nicht durch den Türspion guckte, sondern einfach aufmachte. Zum Glück war ich gerade nicht total blau, denn nach einjähriger Pause standen wieder zwei kleine Osterhexen vor mir!

»Wir bringen dir den Osterzweig …«

Ich bat die Hexlein herein. Die eine warf einen Blick auf Hugo und kreischte:

»Krieg ich den?«

Ich war schockiert. Wie könnte ich meinen Augapfel hergeben, mein kleines Hugo-Häschen? Ich sagte, das sei unmöglich. Die Göre rief:

»Machen wir einen Häschenhandel?«

»Einen was?«, fragte ich verwundert.

»Einen Häschenhandel«, wiederholte die kleine Hexe aufgebracht.

Ich zuckte die Achseln und fragte mich, was zum Teufel das nun wieder heißen sollte. Die Hexe flitzte ins Treppenhaus und kam kurz darauf mit einem kleinen, zerfledderten Plüschhasen zurück, der garantiert schon in der Waschmaschine rotiert hatte, und in der Schleuder, dem Trockner, auf Asphalt, im Sand, im Kofferraum ... An der kreuzweise eingekerbten Nasenspitze konnte man das lumpige Ding gerade noch als Hasen identifizieren. Die kleine Hexe drückte mir das einäugige Plüschwesen in die Hand und stellte fest:

»Wir machen einen Häschenhandel. Du kriegst mein Häschen, und ich krieg dein Häschen!«

Das temperamentvolle Hexlein wollte sich Hugo schon unter den Arm klemmen, also musste ich eingreifen.

»Kommt nicht in Frage. Erstens ist das von meiner Seite ein schlechter Häschenhandel, weil ich ein mindestens fünfmal größeres und ganz neues Häschen verlieren und dafür dein kleines und zerrissenes Häschen bekommen würde. Und zweitens habe ich mein Häschen so ins Herz geschlossen, dass ich es nicht weggeben kann.«

Die kleine Hexe funkelte mich mit mörderischem Blick an und spuckte geradezu:

»Dann leck mich doch, Alter!«

Damit knallte sie die Tür so fest zu, dass die Türglocke bis ins Bad flog. Aus dem Mädchen wird noch mal eine richtige Hexe – für irgendwen.

Ich nahm Hugo in die Arme und klopfte ihm zärtlich auf den Kopf.

»Papas kleines Häschen nimmt niemand mit, tap tap ...«

Mittwoch, 31.3.

Mikael rief mich aufgeregt an.

»Kristian ist im Krankenhaus!«

Ich war entsetzt. Kristian hatte offenbar einen beschissenen Schnapskrampf gekriegt und war wie ein bekloppter Kolben durch die Bude gequirlt. Jetzt war er zur Untersuchung im Krankenhaus. Ich ging sofort hin, um ihn zu retten. Er lag im Bett und sah meiner Meinung nach ganz gesund aus. Am Handgelenk hatte er ein komisches Plastikarmband, das er mir sofort zeigte. Scheiße, da stand sein voller Name drauf, daneben eine Personenkennziffer.

»Mit dem Ding hab ich Zutritt zu allen Geräten, zu den Karussells und der Achterbahn und allem«, prahlte er glücklich und guckte stolz auf sein Armband.

Vielleicht ist es ganz gut, dass Kristian *in* alle Geräte kommt – er hat es echt nötig.

Donnerstag, 1.4.1999

Ich beschloss, mein altes Fahrrad aus dem Keller zu holen und zum Alko zu radeln. Heute ist wieder der Tag im Jahr, an dem man besser nicht ans Telefon geht, die Tür aufmacht oder überhaupt mit irgendwem redet. Heute ist dieser beschissene »April, April«-Tag.

Ich kaufte zwei Buddeln Schnaps und packte sie in eine Tüte, die ich vorsichtig an den Lenker hängte. Jungs, es ist Frühling! Ich beschloss, ein bisschen Seeluft zu genießen, und lenkte mein Rad zum Pitkäsilta-Ufer.

Die Polizei und die Feuerwehr wurden ans Pitkäsilta-Ufer gerufen. Dort sollte ein Radfahrer ins Wasser geflogen sein. Die Feuerwehrleute fischten ein altes Fahrrad heraus, an dessen Lenker eine Tüte mit zwei Schnapsflaschen hing. Die Polizisten untersuchten das Rad und entdeckten eine von Hand eingekratzte Markierung: Dieses Rad gehört dem kleinen Juha, oder es setzt was! Die Polizisten und die Feuerwehrmänner wunderten sich. Auf Befehl der Polizei wurde praktisch das ganze Ufer auf den Kopf gestellt, doch man fand keine Leiche. Einer der Polizisten untersuchte die Schnapsflaschen.

»Der ist ertrunken. Ein Penner würde nie zwei Flaschen Schnaps zurücklassen, selbst wenn er sie aus brennendem Öl holen müsste. Gehen wir!«

Nach der Schicht feierten die Bullen einen Sauna-Abend, wo sie Schnaps tranken und sich fettige Würstchen ins Maul stopften. Einem von ihnen fiel plötzlich ein, dass er zwei Flaschen Klaren aus dem Nachlass des kleinen Juha im Kofferraum hatte. Er rannte mit schlenkernden Eiern zum Parkplatz. Atemlos kehrte er zur Sauna zurück.

»Guckt mal, Jungs, hier ist noch der Schnaps von dem ersoffenen Penner. Jetzt wird gefeiert!«

Die Polizisten schraubten die Flaschen auf und genehmigten sich einen Eröffnungsdrink. Ihre Gesichter sahen aus wie Kopien von einem Nashornarsch.

»Was soll der Scheiß, da ist ja Wasser drin!«

Zehn scharfe Hausbierrezepte:

1. AUSREICHEND MÄCHTIGES BASIS-HAUSBIER

Scheiße, besorg dir erst mal einen Zuber für mindestens 30 Liter. Da kippst du 10 Liter kochend heißes Wasser und sechs Kilo Zucker rein. Verquirl das Ganze und tu kaltes Wasser dazu, bis die Brühe handwarm ist. Jetzt wird es Zeit, acht Würfel anständige Hefe reinzuwerfen und den Zuber mit handwarmem Wasser bis fast zum Rand aufzufüllen. Steck einen Geruchsverschluss in den Deckel, damit dir die Scheiße nicht explodiert.

2. VERSCHNITTENES ERDBEER-HAUSBIER

Bereite das ausreichend mächtige Hausbier zu und gib eine mit einem scharfen Messer durchgeschnittene halbe Erdbeere dazu. Die verleiht dem Ganzen einen schönen sommerlichen Touch. Wenn du sämigere, smoothie-ähnliche Getränke magst, kannst du die ganze Scheiße mit dem Handmixer zu Erdbeer-Hausbier-Grütze pürieren.

3. SEHR STARKES STANGENSELLERIE-HAUSBIER

Du brauchst mehrere große Milchkannen, die du mit Stangenselleriestangen füllst. Gieß das ausreichend mächtige Hausbier zwischen die Stangen und warte ein paar Wochen. Dieses Getränk hat starke gesundheitliche Wirkungen, denn Sellerie entwässert und Hausbier beschleunigt die Verdauung. Die »Pisse-und-Kacke-strömt«-Garantie ist ein halbes Jahr ab Beginn der Herstellung gültig.

4. SEHR LEICHTES (LIGHT) STANGENSELLERIE-HAUSBIER

30 Liter ausreichend mächtiges Hausbier, in das man eine mit der Rasierklinge abgeschabte, spinnwebendünne Scheibe Stangensellerie gibt. Nach drei Wochen solltest du das Ganze durch den Mixer jagen, damit niemand an der Sellerieschreibe erstickt. Für dieses Produkt gebe ich keine Pissgarantie, aber die Scheiße fliegt wie ein Bombengeschwader.

5. WASABI-HAUSBIER

Bereite die Basisversion zu und drücke zehn Tuben (sehen aus wie Zahnpastatuben) von dem japanischen Wundergewürz rein, das du am leichtesten unter dem Namen Wasabi findest. Diese grüne Paste gibt dem Hausbier einen fuselähnlichen, beißenden Geschmack und macht das Kotzen zu einem erheblich interessanteren Erlebnis als zum Beispiel das Ausreihern von normalem Basis-Hausbier.

6. EPA-DHA-HAUSBIER

Nimm als Grundlage ausreichend mächtiges Hausbier. Kauf im Reformhaus oder in der Apotheke zehn Halbliterflaschen EPA-DHA-Öl und kipp den Inhalt in das Basis-Hausbier. Dies ist eine äußerst gesunde Mischung, denn der Teil des Hausbiers, den der Organismus aufgenommen hat, bevor man kotzen muss, ist heilsam für das Gehirn, das Herz, die Gelenke, die Haut und die Adern. Dank des Öls fließt das Zeug wie geschmiert durch die Kehle, in beiden Richtungen. (Das Öl gibt's auch mit Zitronengeschmack!)

7. KAFFEE-HAUSBIER

Kipp den Inhalt von fünf Paketen guten Kaffee (grob gemahlen!) zu dem Hausbier. Diese Mischung gibt dem Getränk eine festliche dunkle Farbe und verzögert durch den hohen Koffeingehalt das Absacken um mehrere Stunden.

8. SANFTES KAFFEE-HAUSBIER

Fülle eine Anderthalbliterflasche mit einem Liter Kaffee-Hausbier und einem halben Liter Kaffeesahne. (Achtung! Die Sahne erst kurz vor dem Verzehr hinzufügen!)

9. TANDOORI-HAUSBIER

Kauf 15 Beutel Tandoori-Gemüsetopf der Marke Blå Band und schütte den Inhalt zum Hausbier. Dieser exotische Reis-Gemüse-Hausbier-Brei eignet sich auch als festliche Vorspeise, denn die Reiskörner aus den Tüten quellen auf und machen aus dem Hausbier eine schmackhafte, berauschende Pampe, die man auch in größerem Kreis löffeln kann. Besser nicht in Flaschen abfüllen, weil man es nicht mehr aus der Flasche rauskriegt.

10. ECHINAFORCE-HAUSBIER

Mach den Basissatz nach dem ersten Rezept, aber füge den Inhalt von 40 Echinaforce-Fläschchen à hundert Milliliter hinzu. (Es lohnt sich, den beschissenen Tropfaufsatz mit einem Messer abzuhebeln, damit man die ganze Flasche auf einmal in den Zuber leeren kann.) Ein hervorragendes Schnupfenmittel! Bei Bedarf kann man es auch auf die Haut streichen, wenn einem zum Beispiel wegen eines unbehandelten Hefesyndroms die Fresse blüht. Extrem starke antiseptische Wirkung.

Hau ab, Schwuli.